심언봉 장군

陸軍中將 沈彦俸將軍 遺墟碑
장군은 음봉면 용혈리에서 태어나 유년 및 청소년
시절을 이 고장에서 보냈으며, 8.15해방 후 국군
창설의 주역으로 한국 전쟁 기간 중 공산 침략
저지하였고 강병 육성에 혼신의 힘을 다하여 나라
위기에서 구한 참 군인 이었습니다.
장군 서거 후 고향으로 모셨으나, 1987년 5월
현충원 장군 묘역으로 이장한 후 사모의 정을
남겨진 묘비(이형근 육군대장 친필)를 여기에 세우
되었습니다.
2012년 5월 청송심씨 진사공종회

좌측 석판에 이형근 대장의 친필 비문을 옮겨온 내력이 새겨져 있다. 대전현충원으로 이관하기 전 용혈리 고향 산소에 있던 비석이 보존되어 유허비에 서있다.

陸軍中将沈公彦俸之墓

심언봉 장군이 잠들어 있는 대전현충원 장군 1묘역 41호 묘지

군의 정치적 개입을 거부하고
참군인의 정신을 지켜낸

심언봉 장군

장군의 추모집을 엮으며

심언봉 장군(沈彦俸將軍) 서거(逝去) 70주기를 맞아 추모집(追慕集)을 상재(上梓)하니 만감이 서린다.

이 책에 실린 모든 사진은 진숙 명근 동생이 준비해 주어 그 덕에 추모집이 더욱 빛을 발한다.

제1장에는 충남 아산 출생으로 심 용 字 진 字 할아버지 자손으로 자라면서 알게 모르게 넘치게 들었던 갖가지 이야기를 최대한 화자의 말 그대로 기록하였다. 이제 장군을 아는 세대들도 거의 사라진 지금 추모집을 내면서 고인이 되신 집안 어른들이 몹시 그리웠다. 물어볼 것이 너무도 많은데 답해 줄 집안 어른들은 이미 이 땅을 떠났으니 말이다. 장군의 기억은 단지 이미지로만 남아있는 내가 장군 숙부를 추모하는 책을 쓰기는 결코 녹록(錄錄)하지 않았으나 사촌들의 격려와 도움이 박차(拍車)를 가하게 된 점 두고두고 흔쾌(欣快)하다.

제2장에 담은 「장군의 일화」는 LA에 체류하시던 심언만(沈彦晩) 셋째 숙부가 2006년 소책자를 만들어 심가 후손들에게 유산(lagacy)으로 내려주신 것이다. 「장군의 일화」에는 장군 동생의 성정(性情)을 소

상하게 알려주는 흥미로운 이야기들로 가득 차 있다. 누구에게도 지기 싫어하고 항상 앞서서 가기를 바랐던 아이는 어진 형의 비호로 늘 우두머리가 되어 앞장을 섰다. 아이는 동네 장정(壯丁)들의 놀림에도 지기 싫어 물어뜯었다는 이야기도 나온다. 귀여워서 못살게 군 장정들은 반성할지어다. 귀여우면 쓰다듬어줄 것이지 약을 올려 분을 돋우다니! 학교 가기 싫어 모자를 집어 던지는 어린 소년이 성장하여 장군이 되어가는 과정을 간결하게 우리들에게 들려주신다. 셋째 숙부 글을 찬찬하게 옮겨 적으며 아버지 세대들이 하나같이 문장가였구나 하는 감탄을 했다. 치기(稚氣) 어린 소년에서 장군이 되어 맹활약을 한 후 돌연 위암으로 영면(永眠)하는 장군은 영웅 탄생의 신화를 방불(彷佛)케 한다.

무엇보다 이기동(李基東) 석좌교수님의 「S 장군의 죽음」의 글을 다시 찾아 제3장에 싣게 된 것은 천우신조(天佑神助)의 시혜(施惠)라고 하겠다. 의과대학생 시절 겨울방학에 갈현동 셋째 숙부댁 서재에서 《世代》 잡지에 게재(揭載)된 「S 장군의 죽음」을 단숨에 읽고 충격을 받은 한편, 저자에 대한 소개가 한마디도 없어 저자가 누구인지 수수께

끼(enigma)였다. 어떤 분이 이렇게 장군이 처한 상황을 그토록 예리하게 분석하여 치밀한 자료를 토대로 장군의 찬란한 업적과 동시에 때 이른 죽음, 영락(榮落)의 시간을 기록했나 궁금했다.

차제에 후손들의 간절(懇切)한 추모의 념(念)을 동조하시고 글을 싣도록 허락해 주심에 감사한다. 자칫 역사의 한 줄로 묻히고 말았을 사건의 내막을 소상하게, 연혁도 정확하게 장군의 죽음에 이르기까지의 서술은 압권(壓卷)이다.

장군의 죽음을 둘러싼 자유당 시대의 정치적 타락, 권모술수와 그에 맞서 원칙과 양심을 지키고자 고뇌한 한 젊은 장군의 존재가 이기동 역사가로 하여금 붓을 들지 않으면 안되게 만들었다고 유추한다. 한 젊은 장군이 유교적 가훈을 뼛속까지 지니고 충효의 삶을 살다 간 내면을 보면 영달(榮達)과 좌천(左遷)의 소용돌이 속에서 원칙(原則)과 양심(良心)과 정의(正義)를 수호(守護)하고자 온갖 핍박(逼迫)을 무릅쓰고 지킨 고매(高邁)한 지성을 만나는 것이다.

그 대가가 혹독한 좌천으로 끝내 황산벌(연무대) 벌판에서 생을 마감하는 비극의 전조였으나 그의 삶이 뿜어내는 용기, 불타는 충정에서 비롯된 진정한 군인정신에 우리는 감읍하지 않을 수 없는 것이다.

이 모든 군부 내막을 글로 써서 우리들에게 읽도록 하신 이기동 석좌 교수님의 예지는 세월이 지나도 변함없어 35년 만에 추모집을 장식한다. 군부의 정치적 개입을 극구 반대했던 참군인 정신을 지켜낸 분으로서 심언봉 장군의 험난한 노정을 되돌아보고 고인을 추모하는 시간은 충분히 의미 있다고 하겠다.

제4장에는 장군이 주고받은 서한을 번역과 함께 실었으며, 사진, 서류 등을 담았다.

아울러 장군의 추모집 발간을 위해 옥고를 써주신 심대평 지사님께 심심한 감사를 올린다.

마지막으로 이 책이 후손들에게 경종을 울릴 만큼 큰 반향이 된다면 그것은 순전히 심언만 셋째 숙부님의 사려 깊은 소책자와 이기동 석좌 교수님의 글이 발판이 되었음을 힘주어 말한다. 다시 한 번 두 분께 감사를 드리며 이 책을 심언봉 장군 영전에 바친다.

2024년 12월 19일

愚堂 심정임

군사부일체의 정신에 투철했던 장군의 기상

沈彦俸(심언봉) 장군 서거 70주년을 맞이하여 추모집을 발간한 유족과 후손들의 노고에 먼저 치사(致謝)를 드립니다. 가족들이 상재(上梓)한 추모집을 일별해 보니 장군의 역사적 사실 기록에 충실했고, 또한 장군의 가족사진, 각종 기록 및 교신(交信) 등을 수록하는 등 한 문중의 자손으로서 인간적이었던 젊은 장군의 초상화를 보는 듯합니다. 동시에 사대부 집안의 아들로 태어나 군사부일체(君師父一體)의 정신에 투철했던 장군의 기상(氣像)을 간파할 수 있었습니다.

일제 강점기에 보성전문(현 고려대학교)을 다니다가 학병으로 징집되어 일본 와카야마 현에서 복무하다 해방되어 귀국 후 이형근 대장과 더불어 육군 제2연대 창설에 주도적 역할을 하셨고, 이후 6.25 전쟁과 휴전을 거치는 난세에 육군 제2훈련소장으로 재임하며 강군 육성을 위해 전력투구하셨습니다. 장군은 불의의 병마로 작고하시기까지 10여 년이라는 짧은 기간 동안 중책을 맡아 남들이 엄두도 내지 못할 큰 위업을 남기셨습니다.

부산 5.26 정치파동, 병기본부 제1조병창 화재사건, 국민방위군 사건 및 반공포로 석방사건 등에서 탁월한 역량을 보여주셨습니다. 특히 국민방위군 사건의 재판장으로서, 하루에도 수십 번씩 테러의 위협을 받으면서도 합당한 판결로 여론을 잠재웠고, 반공포로 석방사건에서 이승만 대통령의 승인 하에 포로 탈출을 돕기 위한 시간을 끌기 위해 미군이 요청한 지원군을 단 한 명만 보낸 후 미군 참모와 설전을 벌인

일화는 언제 들어도 통쾌합니다. 그 기지와 배포는 타고난 심(沈)가의 기질인 동시에 뜨거운 동족애의 발로였다고 하겠습니다.

초등학교 학생시절 기억이긴 합니다만 선친께서 교장으로 재직하셨던 논산 부창국민학교(현 초등학교) 운동회가 열린 날 육군 제2훈련소장이신 언봉 장군께서 내빈으로 참석하시어 전교생과 학부모들에게 기쁨과 감탄을 자아냈습니다. 이는 심문(沈門)의 정신, 숭조돈목(崇祖敦睦)의 면목을 보여주신 사례라고 생각됩니다.

전통이 와해되고 새로운 가치가 정립되지 않은 21세기 초 혼동기에 이렇듯 숭조돈목과 온고지신의 진리를 따르고자 애쓰는 일가들의 처세는 미래의 후손들에게 좋은 표양(表樣)이 되어 주리라 믿습니다.

돌아보면, 33세의 요절로 장군의 가족은 물론 장군을 따르고 아꼈던 동료들의 슬픔은 이루 말로 표현할 수 없었으나, 장군의 숭고한 생애가 뒤늦게 재조명됨으로써 자라나는 후손, 후진들은 장군을 거울삼아 어떤 분야에 종사해도 조국을 위해 헌신하는 미래의 동량이 될 것을 간절히 바라고, 또 되도록 기원합니다.

2024년 12월 19일

청송심씨대종회 명예회장

심대평 전 충청남도 도지사

제1장 후손의 회상

제2장 將軍의 逸話

제3장 S 장군의 죽음

제4장 장군의 편지와 사진

제1장

후손의 회상

愚堂 심정임

- 장군의 생애
- 셋째 숙부 이야기
- 이종찬 김종오 장군과 얽힌 일화

후손(後孫)의 회상(回想)

심언봉 장군은 충남 아산군 음봉면 산동리(용혈리) 804번지에서 태어났다.

부친 심용진과 모친 삭령최씨의 5남 1녀 중 넷째 아들이었다. 장군 부자의 사진에서 보이는, 낡은 병풍 뒤 회벽에 붙여 놓은 고문(古文)은 늘 그 자리에 붙어 있었다. 기둥에 써 붙인 입춘제방은 할아버지(장군의 부친)의 필체이다.

의관정제(衣冠精製)한 할아버지의 서슬 퍼런 용태(容態)와 장군의 단호(斷乎)한 모습이 눈길을 끈다. 이 할아버지가 나타나면 마당에서 놀던 동네 아이들이 무서워서 풍비박산(風飛紙薄散) 달아났다. 영자 언니가 아랫집 마당 대추나무에 올라갔다가 손녀딸이 나무에 올라간 것을 보고 벼락같이 호통을 치는 바람에 기겁을 하여 대추나무에서 떨어진 일도 있었다.

셋째 삼촌의 글에서 할아버지가 장군 아들을 무릎 꿇려 놓고 질타(叱咤)하셨다는 이야기가 나오는데, 우리들은 할아버지는 능히 그러시고도 남을 분이라고 치부(置簿)했다. 여느 아버지라면 아들이 보통 아

아버지와 함께

들도 아니고 일국의 명장이 되었는데 어지간하면 아버지가 뒷전으로 물러나고 적당히 양보하련만, 할아버지는 어림없는 분이었다. 굽힐 줄 모르는 도도한 기개야말로 처사(處士)의 긍지(矜持)라 하겠다.

궁벽(窮僻)한 산촌에서 신문물에 눈을 뜨고 아들들 교육에 치중하신 할아버지는 일찍 개화하신 분이었다. 동네 아이들은 물론 손녀딸인 나도 할아버지를 호랑이보다 무서워했다. 작은 할머니께서 언니와 나를 아랫집에서 놀다 가라고 산자와 약과를 모판에 담아 주며 붙들어도 언니와 나는 집에 오고 싶어 안달이 나서 그예 윗집인 우리 집으로 뿌리치듯 아랫집을 나왔다. 할아버지가 그냥 무서웠던 것이다. 맛있는 것을 주면 그것 먹는 재미로라도 조용히 있을 것이지 할아버지 집에

왼쪽에 흰 두루마기를 입은 막냇동생 언국(彦國) 이 두 손을 모으고 서있고 가운데 둘째 형 언준(彦俊)이 깍지 낀 채 웃고 서있다. 언봉(彦俸) 장군이 군복 차림으로 파안대소(破顔大笑)하고 있고 장군 뒤로 흰 두루마기를 입은 맏형 언소(彦紹)도 따라 웃는데, 한 발짝 뒤로 할아버지와 할아버지 친구 뫼골 은산 아버지 두 분이 "자네들은 뭐가 재미있어서 그리 웃나?" 하는 뜨악한 표정으로 일별(一瞥)하신다. 심가에 비친 서광(瑞光)과 영화(榮華)의 찬연(燦然)한 정점(頂點)의 순간이라 하겠다.

있는 것을 죽기보다 싫어했다. 매우 얼띤 아이였던 것이다.

할아버지가 중풍으로 반신불수(paraplegia)가 와서 3년을 와병(臥病)하다 돌아가셨는데 둘째 언니가 할아버지 수발을 하고 책을 읽어 드리면 나는 언니 뒤에 숨어서 할아버지를 바라본 기억이 있으나 말을 주고받은 일은 없다.

할아버지는 원래 지엄(至嚴)한 분이었고 손녀딸인 나는 재롱 같은 것을 떨 줄 모르는 아이였다. 그래도 꾸중을 들은 일은 없어 그것만큼은 다행이라고 생각한다.

할아버지 직계손 사진이다. 유일하게 손녀딸로서는 영자 언니가 끼어 있는데 아랫집에서 할아버지와 함께 살았던 덕이다. 가계도(Family Tree)를 그릴까 하다 생략하고 대신 이 사진으로 대체한다. 할아버지의 대를 이어가는 손주들이 집집마다 대표로 서 있어서 게재(揭載)한다. 세월의 흔적이 밴 빛바랜 흑백사진이지만 족보처럼 귀한 사진이다. 왼쪽 뒷줄부터 ① 언국(彦國, 막냇동생), ② 언준(둘째 형) ③ 아들들보다 작은 키의 아버지 ④ 군복의 장군 ⑤ 맏형 언소(彦紹) ⑥ 세 살 위 셋째 형 언만(彦晩) ⑦ 장조카 세근(世根)이 술병을 들고 약간 사진기를 향해 옆으로 서 있다. 제례를 하면 손주들이 병렬하여 잔에 술을 따르고 비우고 하는 일을 하며 제례 절차를 익히나니 술병을 나르는 일은 당연히 장조카 몫이렷다. 앞줄로 가서 ⑧번이 둘째 형의 딸 영자 ⑨번이 둘째 형의 장남 태근 ⑩번이 할아버지 앞에 선 장군의 장남 정근 ⑪번은 장군 앞에 선 셋째 형의 장남 길근이고 ⑫번이 맏형의 차남 중근 조카이다. 막냇동생 언국의 외동아들 철은 태어나지 않았다. 여기 사진 속의 주인공들이 심가의 명맥을 이어가는 중임(重任)을 띤 직계손이다.

(왼쪽) 장군이 동네잔치에 절을 하는 장면. 자세가 자로 잰 듯 반듯하다. 군복을 벗지 못하고 바로 자리를 떠야 되는 다망한 분이라는 것을 알 수 있다. 온동네 사람들의 환송을 받으며 번개같이 지프차를 타고 금마산을 넘어 논산 연무대로 질주했으리라.
(오른쪽) 장군의 둘째 형이 대견한 듯 바라보고 서 있다. 날짜가 다른 시제(時祭)에서 공손하게 절을 하는 중이다. 낯익은 목기(木器)와 놋쇠 향로(香爐)가 향수를 자아낸다.

그렇지만 할아버지란 분이 몰인정하거나 비정한 분은 아닌 것이, 명절이면 동네 어려운 집마다 쌀을 풀어 떡을 해 먹도록 하고 구휼(救恤)에 힘을 쓴 분이셨다. 또한 행실이 부정한 뜨내기들은 동네에서 가차 없이 쫓아내기도 하셨다고 하니 할아버지가 무서워서도 바르게 처신해야 했다고 한다. 우리 사촌들은 우스갯소리로 할아버지를 용혈리 추장이라고 불렀다.

장군을 기억하는 사람들의 이야기와 구전을 옮기기 전에 장군의 사진을 미리 설명한 것은 장군의 명성은 들었으나 오랜 세월이 지난 인물을 이해시키는 첩경(捷徑)이기 때문이다. 장군의 집 부모 형제 아들 조카들은 장군과 떼려야 뗄 수 없는 혈통이기 때문이다. 장군의 일화를 써서 장군 동생의 숭고한 정신을 후손들에게 알려 주신 雅山 심언만은 할아버지의 셋째 아들이다.

나는 산동리 804번지 건넌방에서 태어나서 자라며 장군의 이야기를 자장가처럼 듣고 자랐다. 가령 집안의 경조사가 있으면 삼촌은 헬리콥터에서 큰집 사랑채 마당 대추나무를 표적(標的) 삼아 경조비를 떨어뜨리고 갔다는 이야기와 용혈리 상공을 지나칠 때는 몇 차례 마을을 빙빙 선회(旋回)하면 동네 사람들이 나와 손을 흔들어 배웅을 했다는 마치 영화의 한 장면 같은 이야기를 들었다. 갈 길이 바빴던 장군은 고향집에 내리지는 못하고, 당시 헬리포트가 있을 리도 없으니 장군다운 방식으로 부모님께 문안을 하였다고 하겠다.

나는 장군의 얼굴은 기억나지 않는다. 흰옷을 입은 어른들과 대청에 앉아 계셨던 기억만 어렴풋하다. 그럼에도 불구하고 장군의 일대기를 세상에 내놓고 싶다는 저의(底意)는 마음속에 숨어 있었다. 그도 그럴 것이 자라면서 우리는 늘 장군 삼촌의 후광 속에 자라왔다. 어딜 가나 사람들이 모여 한담을 나누는 자리의 마지막 화제는 장군 삼촌의 일화로 끝나는 것이었다. 어렸을 때 귀가 닳도록 들어왔던 장군의 명성은 내 나이 일흔 하고도 여섯인데 여전하다.

성균관홀에서 열린 청송심씨 대종회에 참가하여 문중 어른들께 인사를 하는데, 아니나 다를까 역시 장군의 조카딸이라고 귓속말로 소개를 한다. 심대평 지사님이 일찍 나와 앉아계셔 인사를 드렸다.

문중에서 이런 나의 자리가 얼마간 부담스러우나 한편 자랑스러운 것 또한 숨길 수 없다. 그러는 한편 과연 이렇게 사라진 별의 후광을 입으며 만족하는 것으로 족한가 하는 생각을 하며 덤으로 좋은 대접을 받는 것으로 그쳐야 되나 하는 부담이 마음속에서 떠나지 않았다. 섬광(閃光)처럼 반짝 살다 간 한 젊은 장군의 이야기는 양식 있는 한국인이라면 누구나 귀담아 들을 만한 이야기라고 생각하여 집필을 시작하였으나 작고하신 지 70년이란 긴 세월이 흘렀다. 이미 장군의 세대는 물론 부하들도 찾아보기 어렵고 물어볼 어른들이 보일 리 없다. 망양지탄(望洋之嘆)의 성어가 바로 나의 심경이었다.

전설처럼 무성(茂盛)한 그분의 생애에 비해 남겨진 자료를 구하기 어려웠던 차에 이기동(李基東) 석좌교수님이 1972년 《세대》 2월호에 발표한 「S 장군의 죽음」의 기사를 다시 손에 넣게 되어 우리 사촌들은 환호작약(歡呼雀躍)하였다. 장군의 막내아들인 명근 동생이 국회도서관에 두 번씩이나 가서 드디어 기사화된 글을 복사해서 대전의 사촌 누나인 내게 보내 주었다. 장군의 활약에 관한 객관적인 시각의 글은 장군의 추모집을 기획하고 있는 후손들에게 금과옥조(金科玉條)와 같은 천우신조(天佑神助)의 계기가 되었다.

그대로 역사의 한 페이지의 주인공으로 화석화 되어 버릴 장군을 다시 한 번 후손들의 기억 속에서 불러내어 추모의 자리를 마련하게 되었다. 망자는 말이 없지만 나는 후손들이 바치는 찬미가 결코 헛되지 않을 것이라 믿는다.

어린 시절 장군 삼촌과 연관된 아련한 기억을 더듬어 본다.

추석날 대청마루에 흰 두루마기를 입은 어른들이 담소를 하는데, 삼촌의 하얀 옷이 푸르게 보이던 기억이 남아있다.

아이는 중정(中庭)에서 해를 등지고 대청마루에 앉아 계신 흰 두루마기를 입은 할아버지 앞에 앉은 어른들을 바라보았다. 그 날이 추석이라고 나름 생각하는 소이는, 며칠 전 알밤을 넣어 예쁘게 만든 송편을 건넌방 부엌에서 쪄내던 큰언니가 "이 송편은 삼촌 줄 꺼"라고 부뚜막에 얼씬도 못하게 새를 쫓듯 손사래를 쳐서 쫓아내었기 때문이다. 물론 보통 송편은 쥐어주어 아이들을 내보냈지만 말이다.

대청마루가 꽉 차게 대소가 어른들이 모이면 아이들은 얼씬도 못하는 어른들의 회당이 되었다.

다른 기억 하나는 장군의 영결식 때 군악대들이 사랑 웃방에서 밥을 먹는 것이 신기해서 구경했던 것이다. 생전 처음 보는 군인들이 큰 구경거리였던 것이다. 사랑채 바깥마당에서 열린 영결식장에서 어른들 따라 맨 뒤꽁무니에서 절을 했는데, 나보다 한 살 어린 경숙(장군의 장녀)이 조문객 속에서 나를 바라보던 눈동자가 망막에 남아 있다. 장군 아버지가 이승을 떠난다는 의식(儀式)을 아이가 어찌 알리오?

여기까지가 장군 삼촌과 관련된 기억의 전부이다. 두 살 위의 관순 언니(큰집)는 장군의 얼굴이 생각난다고 하며 장군의 얼굴이 뽀얗다는 이야기를 덧붙인다. 인숙(셋째 집) 언니도 천안 관사에 드나들던 장군의 얼굴이 아름아름할 뿐이라고 실토한다. 장군의 형제분들은 실제로 하나같이 얼굴이 희고 준수하다.

나의 글은 모두 장군의 형제와 가족 및 친인척의 회상과 고인과 인연(因緣)이 있던 분들로부터 들은 이야기와 장군의 명성만큼이나 회자(膾炙)되었던 구전을 집약하여 재구성한 스토리라고 하겠다. 특히 셋째 숙부 아산(雅山) 심언만 선생이 남기신 『將軍의 逸話』 소책자가 근간(根幹)이 되고 있음을 밝힌다. 이 60페이지에 압축된 장군 동생에 대한 간결(簡潔)하고 유려(流麗)한 기록이 없었다면 무모하다면 무모하다고 할 장군의 추모기를 쓸 엄두를 내지 못했으리라.

33살에 요절(夭折)한 동생의 죽음이 바로 위 형에게 얼마나 비통했을까? 누구보다 측근으로서 장군의 활약상을 곁에서 함께 나눈 셋째 숙부의 동생에 대한 기록은 완벽한 찬미가(eulogy)라 하겠다. 셋째 숙부가 「將軍의 逸話」를 통해 우리에게 내린 유훈(遺訓)을 숙지할 계기로 삼고자 나 역시 우리 세대의 주자(走者)로서 둔필(鈍筆)을 들었다.

이기동 교수님은 사진으로 본 인상보다 훨씬 패기(覇氣) 있어 보이신다. 쉬지 않고 지난 역사를 들려주시는데, 우리가 모르는 장군들의 개성과 역학관계, 정치적 탄압 등 말씀 한마디 한마디가 우리에게는 귀한 사료(史料)로 들린다.

다가오는 12월 19일은 심언봉 장군 서거(逝去) 70주년이 되는 날이다. 70주년에 맞춰 추모집을 상재(上梓)한다. 이 추모집이 나오는 데 있어 이기동 교수의 「S 장군의 죽음」이 귀한 자료가 되었다. 대소가 어른들은 물론 후손들은 그저 전설처럼 장군의 일화를 듣고 자랐으나 장군의 활동과 자유당 정권 당시의 정치와 군부의 치열한 내막까지는 알기 어려웠는데 그 부분을 해결해 주었다.

10월 7일(월) 이기동 교수님과 신세계 11층 일식집에서 점심 약속이 잡혔다고 하여 나도 부랴부랴 상경했다. 차멀미가 심한 나는 고속버스를 못타고 KTX를 타고 서울역에서 내려 강남 신세계로 달려갔다.

보이차를 들고 약속 장소에서 드디어 뵙게 되었는데, 사진으로 본 인상보다 훨씬 패기(覇氣)차 보이신다. 쉬지 않고 지난 역사를 들려주

시는데 압도(壓倒)되었다. 장시간 조금도 지치지 않고 구술을 하신다. 우리가 모르는 장군들의 개성과 역학관계 정치적 탄압 등 말씀 한마디 한마디가 우리에게는 귀한 사료(史料)로 들린다.

진숙 동생(장군의 차녀)이 경기여고 다닐 때 하루는 교장실로 불려갔더니 장군 아버지와 경기중학교 동창이라고 밝히며 따뜻이 격려해주신 서장석 교장 선생님도 거론(擧論)하신다. 이기동 교수님은 경기 동문들 회수까지도 정확하게 기억하신다. 유명(幽冥)을 달리한 친구의 딸을 격려해 주는 교장 선생님의 덕망은 듣는 우리들 마음까지 훈훈하게 한다. 고인을 기리며 장군 아버지를 일찍 여읜 자녀를 격려하고 용기를 북돋아주는 마음이 고맙다.

장장 네 시간의 말씀을 듣고 자리를 뜨는데 차로 모셔다 드리겠다고 하니 한사코 거절하신다. 대단한 기백(氣魄)의 선비이시다. 나는 명근 동생(장군의 막내아들로서 장군은 채 백일이 되지 않은 삼 개월 된 젖먹이 아들을 두고 눈을 감으셨다)이 서울역까지 픽업하고 진숙 동생이 플랫폼까지 배웅을 해주어 호사스럽게 KTX 6시 20분 차로 하향하였다. 이기동(李基東) 교수님을 뵙고 나니 큰 관문을 통과한 듯 긴장이 풀린다. 차창 밖을 내다보며 궁금했던 저자를 알현(謁見)하고 나니 그간의 미혹(迷惑)이 순식간에 안개 걷히듯 사라진다. 이렇게 쉽게 풀리는 것을 오랫동안 수수께끼 속에 쌓여 있었다니!

의과대학생 때 겨울방학에 갈현동 셋째 삼촌댁에 놀러갔는데, 서재에서 《世代(세대)》 잡지에 실린 「S 장군의 죽음」을 단숨에 읽었다. 장군이 짊어지고 감내했던 당시 정치적 상황이 얼마나 첨예했는지 가늠하기 어려운 놀라움 그 자체였다. 동시에 필자 소개가 전무한 것이 궁금했었다. 저자 소개 없이 달랑 '李基東' 이름 석 자만 있으니 도대체 글을 쓴 분이 누구일까 의문이었다. 어떤 분이길래 이렇게 소상(消詳)하게 장군의 일거수일투족과 긴장된 상황을 그려냈는지 감탄하였다. 더욱이 아산 동네 정서까지도 파악하셨다는 것이 경이로웠다.

중간중간 글 쓴 분이 누구인가 궁금했으나 또 세월이 가고 가고 하여 드디어 2024년 10월 7일에 대면을 하게 된 것은 명근 동생의 주선(周旋) 덕택이다. 그렇게 쉽게 길이 있었던 것을 혼자 끙끙 대었다니…. 각자 분주한 세상살이에 경황없이 달려온 세월이 야속한 것이다.

어제 11월 2일 현충원 보훈동산에서 위령미사를 마치고 탁 트인 가을 단풍진 동산에서 고해성사를 받으며, 전대사(全大赦)의 과분한 은사(恩賜)를 입었다. 늦가을 절정에 달한 단풍 숲에서 사제와의 고해를 통해 속죄(贖罪)의 짐이 스르르 풀려가는 신비와 만겸이 웃으며 나를 향해 떠오르는 환영을 바라보며 성체의 신비를 묵상하였다. 엘리자벳 자매와 현충원 장군묘역에서 쉬던 중 이기동 교수님과 통화가 연결되었다. 「S 장군의 죽음」을 전체 책에 수록할 의향을 비추자 허락해주셔서 일단 책을 펴내는 데 따른 공적 절차가 이뤄져 홀가분하였다. 그밖에 출간 이후까지 신중해야 할 귀한 조언을 주셨는데 자매들이 기다리고 있어 더 긴 통화는 마쳐야 했다.

현충원은 불타는 단풍과 노란 은행잎으로 눈이 부셨다. 연못은 물론 정자 주위의 꽃동산은 현란(絢爛)하다. 자매들과 주차장까지 일부러 걸어 나오며 어린 시절 명절날 해가 은행나무 뒤로 넘어가면 명절이 저무는 것이 몹시 아까워서 조바심쳤던 나의 어린 시절을 토로(吐露)하니 다들 웃는다. 어제 오후의 현충원의 단풍은 가히 천국의 재현(再現)이라고 할 만한 찬란한 만추였다.

장군 묘소에 올라가지 못하고 돌아오며 속으로 마음에 걸렸으나 함께 간 자매들에게 장군 내력을 밝히기가 조심스러웠다. 자기 집안, 가족 자랑과 자기 자신에 도취되어 떠드는 사람들이 있는데 나는 입을 다문다.

진료실에서 틈틈이 셋째 숙부가 남기신 소책자 『將軍의 逸話』를 바탕으로 심언봉 장군이란 인물을 퍼즐을 꿰듯 짜 맞추는 작업을 계속했다. 셋째 숙부의 글을 하나하나 옮기면서 숙부님이 대단한 문장가였구나 감탄을 하였다. 한글세대인 우리와 사상의 깊이와 어휘의 구사력이 하늘과 땅의 차이를 느끼게 하였다. 셋째 숙부의 인덕을 늘 익히 듣고 겪었으며 자상(慈祥)한 배려를 받은 조카딸인 나도 막상 문필가로서 숙부님을 대하니 더욱 외경(畏敬)으로 옷깃을 여미게 한다.

어린 시절의 장군과 세 살 위인 형의 성격이 극명하게 드러나는 장면은 읽을 때마다 미소를 짓게 한다. 비오는 날 천안으로 나가야 되는데 학교를 가지 않겠다고 모자를 마당에다 집어 던지면 형이 주워다 씌워주고 도로 던지면 다시 주워다 주는 장면을 보며 나는 두 형제의 성격이 어쩌면 운명까지도 다른 길로 펼쳤다는 생각을 한다.

1983년도 봄에 연세대 오세철 교수님 공역으로 현상과인식사 출판으로 『어린 魂의 죽음』(원저는 SOUL MURDER by Morton Schatzman)을 내었는데, 돌아보면 일천(日淺)한 번역이었으나 전공의 시절 추운 겨울날 환자를 돌보는 외에 전심전력을 다해 후기-

프로이디안정신분석(post-Freudian psychoanalysis)을 천착(穿鑿)한 보답이라고 할까, 장군의 모자 벗어 던지기는 일종의 Separation Anxiety(별리불안)으로 보인다. 과거에는 학교 공포증(school phobia)으로 여겼는데 학교를 가지 않겠다고 하니 표면상으로 그렇게 보였겠으나 실은 어머니(반드시 생모가 아니어도 누구나 강한 애착 관계를 맺은 대상이면 된다)와 떨어지지 않으려는 발로의 시위(protest)라고 하겠다. 훗날 장군이 되어 전국적 명사가 될 미래의 아이에게 특히 용혈리 전답이 거의 심가 영지라고 해도 과언이 아닌 대갓집 도령이 넓은 산과 들을 떠나 공부를 하기 위해 마련한 작은 집에서 기거해야 되는 처지가 불편했던 것이다.

영특한 아이니 공부를 해야만 되는 나이가 된 것도 알고 마냥 모종에 가서 짓궂은 아재들 놀림을 받을 때도 지났다는 것을 알지만 그래도 아직 남아 있는 아이의 속성인 떼쓰고 땅구르기 등(temper tantrum) 어리광을 부려보고 싶었던 것이다. 어렸을 때 마음껏 어리광을 부려보고 자란 사람이 훗날 그만큼 아이들 떼나 어리광을 감내할 포용의 어른으로 성장하리니. 여기서 모자 던지기는 어떤 병적 상태가 아닌 지극히 어린이다운 순간의 일탈로서, 아이는 자연스럽게 모자 던지기와 결별하고 초등학생이 되는 것이다.

나는 장군의 일면에 이런 치기 어린 모자 집어 던지기로 억지를 부렸다는 것이 깨가 쏟아지게 재미있다. 어린이다운 천진난만한 떼쓰기는 얼마나 귀여운가! 거기다 번번이 모자를 집어다 주는 세 살 터울의 형은 또 얼마나 온순한가. 사납고 위압적인 형이라면 단박에 손찌검을 날릴 수도 있지 않았을까? 동생을 쥐잡듯 하는 형이 주변에 심심찮게 있고 온갖 심부름을 시키는 못된 형도 있다. 동생을 나무라지도 윽박지르지도 않고 두말없이 가서 모자를 집어다 주는 형의 모습은 보기 드물게 정답기만하다. 내 동생이라는 애착과 동생을 아끼는 마음이 아니고는 동생 뜻을 그리 받아주는 형이 많지 않으리라.

어렸을 때 장군은 늘 앞서서 가기를 원해서 항상 동생을 앞장세우고 뒤를 따라가며 동생을 보살펴 주던 그 형님이 주옥같은 『將軍의 逸話』를 남겨서 다음 세대에게 이 모자 던지기의 의미를 쓰게 하신 셋째 숙부이시다. 셋째 숙부의 성가(聲價)는 따로 길게 써야 될 만큼 높다. 은행가로서의 높은 평판과 직원들이 몹시 따르던 셋째 숙부의 명성은 기회 되면 따로 정리를 하고 싶다.

이렇게 손주들을 천안까지 내보내어 밥을 지어주는 친척까지 동원된 이 손주들이 하나같이 출중하여 1등을 하고 뛰어 들어오면 할머니는 "너희들만 다 일등을 하면 어쩌냐?"고 한 걱정을 하셨다고 한다. 다른 아이들의 심경과 이웃 부모들까지 염려하시는 할머니였다. 어머니는 증조할머니가 어찌나 인심이 후한지 머슴밥을 푸면 고봉으로 퍼서 밥이 무너져 내릴 정도로 담았다고 하셨다. 옛 어른들은 저울이나 말이 있어도 한 되박이라도 더 담아 보내는 것이 상례였다. 우리 어머니는 늘 동네에서 팔고 남은 생선을 떨이로 사셨다. 어릴 때 우리들은 그런 어머니가 못마땅해서 궁시렁거리면 어머니는 일체 대꾸를 하지 않으셨다. 어머니의 마음을 깨닫게 된 것은 오랜 세월이 흐르고 노년이 되어서였다. 어머니는 생선을 이고 다니며 파는 분들의 처지를 알고 짐짓 나머지 생선을 다 사주셨던 것이다. 그냥 쌀로 주지 않고 생선을 팔아 주는 것으로 도와주셨던 것이다.

본론으로 돌아와 이 school phobia(학교 공포증)로 칭해졌던 구식 용어는 벌써 사라졌고 별리불안 정도로 이해하면 되겠다. 안방처럼 포근한 동네 마을이 모두 나의 집 같고, 용혈리에서 만나는 사람 모두 집안이거나 대소가 집안일을 거들던 분들이었으니 아이의 나날은 극진한 보호와 무한한 장려 속에 해지는 것을 서러워했을 법하다. 어린 시절의 천국을 아이는 용혈리 산야에서 십분 체득했으리라.

영웅 탄생의 호조건이 다 구성되어 있는 용혈리를 떠나 학교(천안 제일초등학교)의 한 학생이 되어가는 과정이 편편치 않았으나 물론 명민한 아이가 학교라는 배움의 터에 들어가야 되는 시점에 눈을 떴으나 그렇게 한번 떼를 써보는 것도 아이다운 노릇이다. 어리광을 한 번 부려보지 못하고 자란 아이는 불운할지니! 우리 집 강아지도 내 말은 안 듣고 어리광을 부리고 길바닥에 등을 대고 슬그머니 누워버려 엉덩이를 보이면 신문지 방망이로 맞을 수도 있으니 반대로 누워 버린다. 즉 prone postion으로 누워 나한테 시위를 하는 것이다. 산책을 더하고 놀다 들어가자는 호소(呼訴)인 것이다. 결국은 내가 지고 그가 일어날 때까지 기다려주면서 밖에 있는 시간을 늘려 준다. 강제로 목줄을 죄어서 끌고 들어올 수도 있겠으나 그렇게까지 할 일이 무언가. 강아지 소원도 들어주지 못하는 인색한 주인인가?

하물며 고령군수가 탐을 내어 양자로 달라고 하였다는 이야기는 수도 없이 들었는데 그렇게 영특한 아이의 부모가 어리광을 받아 주지 못하랴? 반성인(半聖人)에 가까운 바로 위 형까지 동생을 세상에 없이 위하고 감싸고 들었으니 장군은 형제 복과 사대부의 전통이 혁혁

한 부모덕을 타고났다고 하겠다. 물론 장군 본인의 비범한 재능과 호의적인 환경의 뒷받침까지 더해 발군의 기량(氣量)을 발휘했다고 보는 게 더 맞겠지만….

정신과 임상에서 형제자매의 과도한 라이벌 관계(sibling rivarly)로 청소년기 반항과 일탈로 이어지는 형제 문제를 보아온 나로서는 장군은 형제복도 타고났다고 본다. 동생을 쥐 잡듯 잡고 온갖 궂은 심부름을 시키고 완력으로 누르고 하는 폭압적 환경에서 장군이 자랐다면 장군의 심성이 그리 대나무처럼 강직하고 소나무처럼 청청하게 인사관리를 주저 없이 해낼 수 있었을까? 한 치의 비굴이나 야비한 술수 없이 정의감에 불타 자신의 젊음을 온통 애국 충정의 발로에서 판단하고 지휘할 수 있었을까?

'대쪽'이란 표현은 리베라 일식집에서 춘희와 함께 두 은사(恩師)님을 모시고 점심대접을 한 후 차를 마시던 중 심운택 예방의학 교수님이 손기섭 일반외과 교수님께 심언봉 장군 일화를 꺼내더니 "대쪽 같은 분여. 대쪽!" 단언하셨다. 당시 군의관으로 봉직하셨다니 장군의 개성을 꿰뚫어보셨겠다.

여기서 간과하면 안 되는 모자를 집어다 동생에게 씌워주는 셋째 숙부의 온유한 성품은 그분의 일생 동안 견지되어 자자한 칭송을 받았다는 점이다. 형제간의 관계의 중요성은 구약성경 창세기 4장의 카인과 아벨(Cain and Abel)의 이야기가 증언하고 있다.

'아깝다'는 말은 1998년경으로 기억하는데, 초하(初夏)에 강영훈 총리가 연고가 있는 가야곡을 방문하고 논산 제일감리교회에서 초청강연을 하신 적이 있었다. 우연히 친척인 환자를 통하여 소식을 듣고 교회에 가서 강연을 들었다. 나는 그저 강 총리가 오신다고 하여 서둘러

강연에 참석하였다. 우리나라의 경제지표와 동남아 각 나라의 실태를 비견하며 특강을 하시는데 무심코 참석한 나는 허를 찔린 기분이 들었다. 충정으로 한 나라를 이끈 재상의 경륜이 그대로 분출되어 교회에 퍼졌다. 소읍에 내려와서까지 열강을 하는 진지한 총리 모습에 감동하였다.

강연이 끝나고 나는 교회 밖에서 기다리다가 총리님께 다가가 인사를 드렸다. 아버지한테 "강영훈 총리와 네 넷째 삼촌이 친했단다." 하는 이야기를 사뭇 들었던 터였다. 인사를 드리자 몹시 반가워하시면서 작은 어머니 건강은 좋으신지, 또 자녀들까지 자상하게 물어 보셨다. 나도 또박또박 답변을 드리고 인사를 드리고 돌아왔다. 그 다음날 강 총리의 일가가 찾아와서 "어제 저녁 집안 행사 후 강영훈 총리가 심언봉 장군을 언급하며 아까운 분이라는 말씀을 하셨다"고 나에게 전언(傳言)을 해주었다. 아까운 분! 총리의 마음속에서 지워지지 않는 아까운 친구.

이십 년도 훨씬 지나 강영훈 총리와 잠시 대면한 장면을 회상하며 총리 국립묘지 추모석에 새긴 '완벽 인격'이란 문구가 떠올랐다. 봄날 들판에 쏟아지는 햇빛처럼 온유한 대화를 나누고 난 후, 주영 대사를 역임했다는 경륜이 생각났다. 불쑥 나타난 나를 반겨주신 총리께 나는 감사하고 있다. 그만큼 총리의 마음속에 장군의 우정이 깊다는 반증이기도 하겠다. 그때 작은 선물을 갖고 가지 못한 것이 아쉽다. 왜 보이차 한 통이라도 들고 가지 못했을까? 셋째 삼촌이 갈비를 선물하고 찾아뵈었다는 기록이 있어 그래도 위안이 된다. 예절을 숭상하는 심가의 모범을 셋째 숙부가 실천하셨으니 후손으로서 면목이 서긴 하지만.

정신분석에서는 한 사람의 최초의 기억을 강조하여 원초적 장면(prime scene)이라는 이론이 있는데 나에게 죽음의 개념에 눈뜨게 한 것이 바로 장군의 죽음이었다. 어제까지 태평하던 집안이 하루아침에 통곡의 무덤이 되어 여기저기 곡소리가 그치지 않았다. 어른들이야 옆에 있는 아이를 거들떠보지도 않았지만 아이는 아이대로 큰일이 일어났다는 것을 직감했다.

여섯 살 때였는데, 장례식차 모여든 대소가 친척들로 북적이던 안방과 비탄에 빠진 어른들의 호곡(號哭)과 땅이 꺼지는 탄식으로 지붕이 무너질 것 같았다. 아이는 눈을 감아서 이 난리가 났다면 삼촌이 눈을 번쩍 뜨면 되지 않나 하는 생각을 했다. 장군이 벌떡 일어나면 될 텐데, 이 모든 울음이 뚝 그칠 텐데 하는 생각으로 조바심을 쳤다. 그러나 그런 일은 일어나지 않았다!

막상 장군의 추모집을 내려고 하니 장군을 아는 분들이 이제는 모두 세상을 떠났다. 큰언니도 2년 전에 유명을 달리하셨다. 큰언니께 장군의 기억을 캐물으면 “네 신랑감은 훈련소 군인 속에 있다”고 하셨다는데 큰언니가 출가하기도 전에 장군이 먼저 돌아가셨다. 장군이 시골집에 오면 부엌에 들러 일하는 부녀자들에게 음식 등을 집어 주며 “훈련소장도 집에 오면 아무것도 아니다”라는 농담을 하셨다고 한다. 아마 장군은 그 모략과 중상, 음모의 소굴을 가까스로 피해 논산 훈련소 부소장으로 극심한 좌절을 겪으면서 권력의 무상과 잔인한 보복에 환멸을 느꼈겠다. 그렇다고 자신의 신념을 변절하여 권력에 하루아침에 아부할 수도 없는 그런 성품이었다고 본다. 선비정신이 상투 끝까지 밴 심가의 자손으로 속보이는 짓이나 자칫 나라를 위험에 빠뜨릴 비리에 눈감고 승진을 위해 직속상관을 배반하는 변절은 생각도 할 수 없던 분이다.

장군이 논산 훈련소장 시절 납품업체의 선정 기준에서 천안 아산 출신은 제외하고 심씨 성을 가진 업체는 아예 지원을 금지했다고 한다. 엄격히 헌법의 권리로 따지면 누구나 모든 업체는 논산 훈련소에 납품 서류를 낼 수 있어야 되지만 장군도 사람인지라 정실(情實)에 흐를 위험을 사전에 차단한 처사라고 생각한다.

군부의 요직에 있다가 5.26 정치파동을 겪으며 대통령과 맞서 군부는 정치적 중립을 지킨다는 이종찬 참모총장의 신조와 명령에 충직하였던 장군은 종래 권력의 숙청(肅淸) 타켓이 되어 중앙무대에서 밀려나 논산 훈련소 부소장으로 좌천되는 굴욕을 겪었다. 그런 절명(絶命)의 순간에 변절(變節)하여 바로 대통령의 의중에 동조하고 계엄령을 내리고 앞장서서 정치의 시복(侍僕)이 되었더라면 더 출세를 하고 어쩌면 누구처럼 총애를 받는 자리를 차지하지 않았을까?

화병(火病, Wha-Byong: 미국 정신의학 진단기준의 한 범주에도 들어 있다 우리말 그대로 화병으로)을 치유하는 한 방편이었던 폭음이 위암의 한 인자가 되어 장군의 건강을 급속도로 나락(奈落)으로 떨어뜨렸으니…. 그러나 그 분들이 지킨 '군은 정치에 개입하지 않는다'는 철칙(鐵則)이야말로 국방의 안위, 더욱이 전쟁이 지속되는 상황에서 무엇보다 중요한 원칙이라 하겠다. 6.25 남침의 뼈아픈 교훈을 얻은 군이 선거개입을 위해 정치의 앞잡이가 된다는 것은 수치스럽기도 하거니와 위태로운 일이기 때문이다.

이 대통령도 권력을 유지하기 위해 또 공산화의 위험을 막기 위해 부정선거를 했다고 합리화했으나 그 독재는 4.19 의거로 대학생들이 제물이 되었다. 대통령도 하야하고 허정 수반의 권유로 망명을 떠나 다시는 조국 땅을 밟지 못했다. 평생을 조국의 독립운동을 한 투사가 권좌에 앉은 후에는 내려오기가 어려웠던가 보다.

이런 점에서 게바라가 편지 한 장 달랑 남겨놓고 쿠바를 떠나 자신의 신념을 지키기면서 볼리비아 혁명을 위해 싸우다 이게리아 골짜기에서 처형되는 삶을 선택한 것에 대해 아무도 그를 비난하지 못한다. 그는 자신의 신념에 끝까지 충실한 인물이고 그 어떤 권력도 그를 유혹하지 못했기 때문이다. 재산 한 푼 남기지 않고 국가가 자녀를 돌봐줄 것이라고 믿고 떠나는 체 게바라(Guevara). 실제로 카스트로(Castro)는 유족들을 돌봐주었다. 의리를 지켰다.

군부가 마음대로 움직여주지 않자 고분고분한 탐심(貪心) 많은 부하들을 중용하여 거사를 치렀으나 그 모든 책임은 결국 대통령에게로 향하고, 말년은 비운에 이르렀다. 그쯤에서 계엄을 철회하고 정치파동을 잠재웠더라면 대통령은 국부로서 존경을 받지 않았을까? 군부가 국방에만 전념하겠다는 의지를 가상히 여기고 한 발 뒤로 물러났다면 우리의 민주화 역사도 좀 더 빨라지지 않았을까? 여러 모로 미련이 남는다. 더구나 장군이 공부하던 책상(정릉 집에서 이사 오며 고향집으로 딸려온 책상)을 물려받아 쓰고 자란 나는 남다르게 애석(哀惜)하다.

나는 극장이라고는 근처도 안 가는 사람이지만 종영 직전에 클라라 자매와 동네 어른들과 함께 영화 〈건국전쟁〉을 보았다. 이 대통령의 명예회복을 위한 영화로서 누명을 벗겨주는 긍정적 측면이 보인다. 혹시 방위군 사건이나 이종찬 장군 체포 직전의 긴박한 장면이 나오나 기대했으나 말끔히 생략되었다. 이 대통령과 사열하는 장군 사진이 떠올랐으나 장군 이야기는 꺼내지 않고 봄비 내리는 신세계를 나와 집으로 돌아왔다. 어렸을 때 부모님이나 동네 아저씨들로부터 귀에 못이 박히게 장군의 명성을 듣고 자랐으나 내 입으로 장군을 발설(發說)하는 일은 거의 없다. 혹여라도 장군에게 누가 되지 않나 하는 두려움과 실수를 하면 어쩌나 하는 염려 때문이다.

어머니는 동네 마실도 잘 안 다니셨는데, 그런 어머니가 대전으로 내려오신다고 파발(擺撥)이 오면 큰오빠는 어머니를 모시러 대전역으로 달려갔고 나는 장군 제사에 맞춰 어머니를 모시고 넷째 어머니댁으로 내려갔다. "제사상에는 새 수저를 사서 제사를 지낸다"고 하시던 넷째 어머니 말씀이 잊히지 않는다. 해마다 찾아오는 혼령(魂靈)을 위해 다른 사람의 입에 닿지 않은 새 수저를 놓는다는 넷째 어머니의 장군에 대한 변함없는 공경(恭敬)에 탄복했다.

신혼생활도 없이 학병으로 나갔고 그후 귀국해서는 온통 군무에 전력투구한 장군의 뒷바라지를 하느라 또 여념이 없었을 넷째 어머니 또한 열부(烈婦)에 속한다.

아버지 얼굴을 모르고 자란 장군의 자녀인 진숙 명근 동생의 장군 아버지에 대한 경의(敬意)도 바위처럼 단단하다. 사촌동생들의 처세는 매우 엄격하고 절제와 예절이 몸에 배어 우리끼리 넷째 사촌들을 상양반이란 닉네임으로 부른다. 양반 중의 양반 상양반이라고.

세 살 위 형의 일화에서 "불같은 성미"로 밝히셨는데 장군은 불의에는 타협하지 않고 단칼에 베어내는 강직함이 돋보였다.

훈련소에서 수박을 한 트럭 선물이라고 싣고 와서 막무가내로 놓고 가버리니 거절도 못하고 집에 들여놨다가 귀가한 장군이 그 즉시 벼락같이 호통 치며 수박을 마당에 던져 내버렸다는 이야기는 둘째 언니를 통해 들었다. 수박이 그리 값나가는 과일도 아니고 손님도 많이 드나

드니 두고 간 듯한 것을 그리 난리 법석을 피워 박살을 내버린 처사는 아예 애초에 부정의 싹을 자르겠다고 미리 방패막이를 한 것이리라.

훈련소의 부정부패는 어디 논산 훈련소에만 해당되었겠냐마는 어떻게 훈련소장으로서 방침을 세워야 되는지를 철두철미(徹頭徹尾)하게 아시는 분이었다. 좋은 게 좋다고 적당히 하다가 아비규환(阿鼻叫喚)의 전쟁통에 그 엄청난 비리의 사건이 전개되리라는 것을 익히 예견했던 분이다. 장군의 전도유망한 경기중학 동창 정진완이 장유회사 비리에 연루되어 가혹한 처벌과 파면이라는 잔인한 사태에 이르른 것을 누구보다 옆에서 뼈아프게 지켜봤겠다. 자칫 한순간의 유혹이 어떻게 심연(深淵)으로 떨어지는지를 지켜보면서 장군은 더욱 몸서리를 쳤을 것이다. 인간의 욕망의 돛은 제어(制御)하기가 얼마나 힘든 일인가를….

심언봉 장군의 짧은 일생은 사대부 집안의 교훈을 그대로 자신의 삶에 일치시킨 분이라고 나는 믿는다. 셋째 숙부의 글에도 이기동 교수의 글에도 공통되게 등장하는 일화는 장군이 밤늦게라도 제사에 참석했다는 것이다. 당시 용혈리는 길이 좁아 공수골에다 지프차를 세워두고 금마산을 지나 고향집까지 걸어서 당으셨을 것이다. 제례와 효에 대한 공경이 몸에 밴 분이시라는 것은 장군이 학병으로 아산군 삼거리에서 소집되자, 학병으로 출발하기 전 어머니 산소에 마지막으로 들러 절하고 삼거리에서 출발하였다는 일화로도 확인할 수 있다.

할머니 산소는 은행나무 뒷산 어귀에 있어 어린 시절 학교를 오가다 들러 절하곤 했다. 정릉 집에서 다니던 보성전문학교를 뒤로 두고 젖먹이 조카(중근)를 한참이나 말없이 들여다본 후 고향인 삼거리 면사무소로 내려와서 출발했다고 한다.

어린 조카를 보면서 '내가 살아 돌아와 이 조카를 보게 될까?' 그런 비장(悲壯)한 기분이 스치지 않았을까? 장군이 엄청 자상했다는 이야기를 듣는다. 용맹무쌍(勇猛無雙)한 장군의 내면이 명주실처럼 부드러웠다는 전언을 들으면 기묘(奇妙)한 생각이 들기도 한다.

어머니가 갓 시집 와서 바느질을 하면 아장아장 걸어와서 반짓고리에 약과를 놓고 갔다는 장군 시동생이 제사에 빠지지 않았다는 이야기를 어머니는 노래하듯 우리들에게 들려 주셨다. 요통골 증조할머니 산소를 지나가면서 꼭 거수(擧手)경례를 하고 갔다는 이야기를 귀에 닳게 들었다. 갈 길이 바쁜 장군은 산중턱의 묘소까지 올라가지 못하고 방죽을 지나 논둑길에서 거수경례로 할머니에게 절을 한 것이다.

요통골 증조할머니 산소는 지대가 높고 넓은 들판과 멀리 소갈뫼 고개와 방개울 홍씨네 마을까지 조망(眺望)되는 터에 자리를 잡았다. 방죽을 발아래 거느리고 시냇물이 굽이쳐 돌아 내려가는 배산임수(背山臨水)의 지형이다.

인가와도 떨어져 있어 한적하고 종일 볕이 드는 만년유택(萬年幽宅)이다. 나라의 장정(壯丁)들을 소집하여 훈련을 책임지는 장군이 제사에 빠지면 난리 나는 사대부 집안의 넷째 아들이었던 것이다. 야밤에도 고향집에 제사를 지내러 와야만 했으니…. 그리고 용혈리(龍穴里)는 문자 그대로 분지와 같은 구렁텅이 산골 동네였다. 병자호란 때 이곳에 정착했다는 기술을 인용한다.

副正公(부정공) 光濂(광염, 1595년 선조 28년)은 安孝公(안효공, 휘 溫)의 8대손이며 修撰公(수찬공, 휘 達源(달원))의 玄孫(현손)으로 진사공(휘 友의 長孫(장손))이시다. 아버지는 扈聖原從勳(호성원종훈)에 책록되고 사헌부 감찰에 증직된 沈諧(심해)이고 어머니는 동래정씨로 都事(도사) 鄭雲吉(정운길)의 따님이다. 정유재란(1597) 때 3세 아

(兒)로 모친의 품에 안겨 피난 중에 왜적선에 포위되는 위급한 상황에서 정절을 지키기 위해 모친 동래정씨는 바닷물에 투신하시고 忠婢(충비) 福伊(복이) 할머니에 의해 양육되어 청장년기를 과천 등지에서 보내시다가 병자호란(1636년)을 전후한 시기에 아산시 음봉면 산동리로 입향한 것으로 추정된다.

부정공께서는 장남 根(근), 차남 枓(두), 3남 桂(계)와 4녀를 두셨다. 그중 사헌부 持平(지평)으로 贈職(증직)된 차남 枓(두)의 직계 후손이 아산시 음봉면 산동리 龍臥山(용와산) 자락에 자리를 잡고 약 30여 가구 200여 명이 세거지를 이루어 살아왔다. 그러나 산업화가 촉진되면서 젊은층이 진학과 사회진출이 활발해지자 인근 천안, 대전, 서울 등지로 이주하였으며, 요즘은 약 10여 호 20여 명의 후손만이 집성촌에 살면서 산소를 관리하면서 시제를 봉행해 오고 있다.(청송심씨 종보 2023년 5월 31일(수) 11p 아산 진사공 종회를 찾아서-부정공(13세조 휘 光濂) 파 종중의 초석이 된 숨은 이야기 일부 인용)

우리는 묏골(산동 3리)을 지나 고개 넷을 넘어 월랑국민학교를 뛰어 다녔다. 약 3km가 되는 거리를 비탈길을 걷고 뛰며 가로질러 다녔다. 그때마다 묏골 앞의 정문(旌門)을 지나 다녔는데 대체 정문의 의미가 무엇인지도 모르고 오래된 비석을 들여다보며 약간 두렵기도 했으나 앞 잔디밭에서 뒹굴고 놀았다.

그 정문이 다음과 같은 역사적 사실을 품고 있다는 것을 뒤늦게 알게 된 것은 아버지(沈彦紹)의 「청송심씨 세적기」를 자세히 읽게 된 것을 통해서이다. 아버지가 꼿꼿하게 붓으로 「청송심씨 세적기」를 써서 우리들에게 남겨 주신 결과 숨겨진 사실을 널리 접하게 되었다. 대종회에서 종회 탐방차 산동리를 방문하여 아버지가 쓴 이 「세적기」가 종중회지에 게재(揭載)되어 널리 소개되었다. 장군의 뿌리에 해당되므로 전문 인용한다.

충남 아산군 음봉면 산동리 뫼골 산 85번지 부정공 광염 시제

1. 烈女 東萊鄭氏 旌閭(열녀 동래정씨 정려)에게서 정절을 배우다

〈烈女贈承訓郎司憲府監察沈諧 妻 鄭氏之閭(열녀증승훈랑 사헌부감찰 심해 처 정씨지려)〉

때는 선조 30년 정유 봄에 왜적이 다시 쳐들어오매 저희 11대 할머니 정씨께서 전라도 영광지방으로 목선을 타고 피난을 가시게 되었는데 칠산 앞바다에서 돌연히 왜적의 배 떼를 만나 사면을 포위당하여 금방 화를 당할 듯하매 정씨 할머니께서 같은 배에 탔던 사람들에게 말하기를 욕을 당하고 사는 것보다는 절개를 지켜서 죽느니만 같지 못하다 하고 데리고 가던 복이 할머니를 불러 품안에서 젖먹이 세 살 된 아기를 내어주며 우리집 혈맥은 오직 이 아기뿐이니 그대는 틀림없이 정성껏 길러줄 줄 믿는 동시에 천지신명이 보호하여 주시기만 축원하노라 하며 태연히 배에서 몸을 던져 바닷물에 떨어지는지라 같은 배에 탔던 12부인이 감동하여 따라서 물에 빠져 죽음으로써 절개를 지켰으니 아! 장하도다. 천고에 드문 일이요 자손만대에 영원히 잊지 못할 교훈으로서 그날이 바

후손의 정성을 들인 제사상

로 정유 9월 27일이었다. 그 후 복이 할머니가 천우신조하여 구사일생으로 살아서 지성껏 양육한 아기가 바로 저의 10대조 휘는 광염으로서 저희 집안에 가장 유공한 어른입니다. 세월은 흐르고 역사는 바뀌어서 정유재란도 여섯 번 환갑을 맞이하여 360년이 되었습니다. 뜻있는 자손의 사무치는 회포 더욱 간절하오며, 원래 자손이 불초하고 청빈하여 장하고 갸륵한 절의에 대하여 조금도 보답함이 없음을 부끄럽게 생각하는 바입니다.
단기 4290년 정유 춘삼월 11대 손 심언소 근서

2. 충비 복이 여사에 감사의 마음을 올리다

산동리 청송심시 종중에서는 1957년 〈충비 복이 여사 영세불망비〉를 건립하고 1983년 〈충비 복이단〉을 세워서 매년 감사의 제를 올리고 있다. 그 내용은 다음과 같다.

〈아! 복이 할머니의 재천의 충령이시여! 할머니야말로 저희들의 영생에 잊지 못할 대은인입니다. 어찌 감히 종이라고 부르리까. 세상은 이미 만민이 평등한 사회가 되었습니다. 엎드려 생각건대 당시 저희 11대조 정씨 할머니께서 피난 가시다가 영광 칠산 앞바다에서 왜적에게 포위당하게 되어 목숨을 던져 절개를 지키고자 할 때에 젖먹이 세 살 된 아기를 같이 가던 복이 할머니 품안에 안겨주며 오직 하나밖에 없는 심씨댁 혈맥이니 부디 정성껏 길러 주기 바란다고 간곡히 부탁하고 바다에 몸을 던져 태연히 절사하셨습니다. 그 후 할머니께서는 구사일생으로 아기를 안고 적진을 빠져나와 지성껏 양육하셨으니 그 때의 3세 유아야 말로 저희 10대조로서 유리 방황하는 처참한 전란 중에 있어 할머니의 따뜻한 품안이 아니었던들 어찌 생명을 보존하였으며 저희들의 오늘이 어데 있었겠습니까? 원래 사람은 낳은 공보다 키운 공이 더 크다는데 저희들이 무능무력하여 할머니의 은공을 일호도 보답하지 못하여 죄송할 뿐이오며 앞으로 영원히 세세 상전하여 할머니의 은공을 명심불망하고자 하나이다. 단기 4290년 정유 춘삼월 산동리 청송심씨 종회 근립 심언소 근서〉

충절(忠節)을 지킨 동래정씨 어머니와 세 살 된 아이를 맡아 기른 복이 할머니는 안방마님의 애원(哀願)을 저버리지 않고 젖먹이를 어엿한 시조(始祖)로 키운 분으로 시제를 지내면 반드시 복이 할머니 제(祭)를 올린다. 나는 장군의 청렴, 정의감과 의리의 특성은 이 두 분의 숭고한 희생이 대를 이어 장군에게 돌출(突出)되었다는 생각을 한다.

융(Carl Jung)의 원형(archetype)이론을 조상의 뿌리에서 만난다. 충절과 의리가 전설처럼 집단 무의식에 투영(投影)되어 심씨 11대에 이르러 장군에게 집약되었다고 본다. 지나간 역사는 사라지는 게 아니라 반복하여 각 개인에게 되풀이되면서 그 특질을 보존해 간다. 장군의 비범함은 조상 어딘가에서 물려받은 인자의 현현(懸現)이라고 본다.

우리가 조상을 기리는 의식(ceremony)은 타파(打破)되어야 할 고루한 관습이 아니라 보다 근원적인 인식의 차원에서 진지하게 논의되어야 할 주제이다. 제사라는 전통이 가물가물 사라져 가는 것은 슬픈 일이나 전통을 고수해 가는 갸륵한 후손들이 있어 다행이다.

11월 16일 오전 11시 뫼골[山洞] 뒷산 부정공(副正公) 시제(時祭)에 대전 종중의 심현근 전 회장님, 심웅택 회장님 그리고 심규선 총무님이 미리 와 계셔 깜짝 놀랐다. 연로한 어른들이 어려운 행차를 하셨다. 조상을 위하는 마음은 곧바로 나의 오늘과 미래의 후손을 위한 결의(決意)라고 하겠다.

후손들이 차례를 지내는 산소 둘레로 단풍이 불타고 하늘도 쾌청(快晴)하다. 푸른솔 가든에서 점심을 먹고 집에 들러 희규를 앞세우고 부모님 산소에 올라가 잔을 붓고 내려온 다음에 장군의 유허비로 천천히 발길을 돌려 사진을 찍었다.

비석의 제문은 이형근(李亨根) 대장의 글씨다. 제문(祭文)을 바치는 진실한 친구를 두었으니 장군의 생애는 무엇 하나 부족함이 없구나!

은행나무를 바라보니 옛 친구를 만난 듯 반갑다. 마을을 내려다보며 비스듬히 서있는 은행나무는 장군이 태어나기 전에도 그 자리에 있었고 지금도 그 자리를 지키며 마을의 수호신 같은 위용을 뽐낸다.

등잔불을 켜고 자랐던 나는 달과 별을 세며 뼈가 굵었다는 생각을 한다. 서쪽 언덕의 은행나무 뒤로 샛별이 지고 이슬이 내리도록 멍석에 누워 별자리를 헤아렸다. 키츠(Keats 1795.10.31.-1821.2.23.)의 「빛나는 별이여」를 인용한다. 25살에 죽은 천재가 남긴 마지막 소네트로서 대자연의 웅장한 아름다움과 피조물인 인간의 사랑이란 주제가 잘 조화를 이룬 시인데 미래의 장군처럼 순수한 영혼의 탄생을 예고한 시가 아닐까?

빛나는 별이여!

- 키츠(Keats)

빛나는 별이여, 내가 너처럼 변치 않는다면 좋으련만-
밤하늘 높은 곳에 걸린 채 외로운 광채를 발하며,
마치 참을성 있게 잠을 자지 않는 자연의 수도자처럼,
영원히 눈을 감지 않은 채,
출렁이는 바닷물이 종교의식처럼
인간이 사는 육지의 해안을 정결하게 하는 것을 지켜보거나,
혹은 산지와 황야에 새롭게 눈이 내려서
부드럽게 덮인 것을 응시하는 별처럼 되고 싶은 것이 아니라-
그런 게 아니라- 그러나 여전히 한결같이, 변함없이,
아름다운 내 연인의 풍만한 가슴에 기대어,
가슴이 부드럽게 오르내리는 것을 영원히 느끼면서,
그 달콤한 동요 속에서 영원히 잠 깨어,
평온하게, 움직임 없이 그녀의 부드러운 숨소리를 들으면서,
그렇게 영원히 살았으면- 아니면 차라리 정신을 잃고 죽기를.

Bright star

Bright star, would I were stedfast as thou art—
Not in lone splendour hung aloft the night
And watching, with eternal lids apart,
Like nature's patient, sleepless Eremite,
The moving waters at their priestlike task
Of pure ablution round earth's human shores,
Or gazing on the new soft-fallen mask
Of snow upon the mountains and the moors—
No—yet still stedfast, still unchangeable,
Pillow'd upon my fair love's ripening breast,
To feel for ever its soft fall and swell,
Awake for ever in a sweet unrest,
Still, still to hear her tender-taken breath,
And so live ever—or else swoon to death.
breathe in and out. I want to live that way forever—or I want to die.

차제에 더 늦기 전에 날 잡아서 사촌들과 함께 논산 훈련소에 내려가 '용봉회관' 편액도 보고 무엇보다도 기념관에 진열되어 있는 장군의 모자와 지휘봉을 보고 돌아와야겠다.

셋째 숙부 이야기

장군의 세 살 터울의 형이자 최측근이었던 셋째 숙부가 내게 보낸 묵은 서한의 먼지를 털었다. LA에서도 이면지(裏面紙)에 쓰신 필적(筆跡)을 보니 역시 삼촌답다. 말년의 편지인데 조금 진전(tremor)기가 있으시나 달필이고 맏형과 글씨체가 닮았다. 彦 자 晩 자 셋째 삼촌의 고결한 인품과 단아한 인상이 떠오른다.

인천상업고등학교를 졸업하고 조흥은행에 입사하여 인사부장으로 정년을 하신 명망 높은 은행가로서 겸손하여 부하들이 잘 따른 분이시다. 옛날 경기중·고등학교 교문 앞의 소격동(昭格洞) 집은 집안 조카들의 기숙(寄宿)은 물론 상경하는 친인척의 여관이었다. 제2장 「장군의 일화」 서문에서 소격동 집에 열 명이 살았다는 것은 객식구를 많이 거느렸다는 사연이다. 전란이 끝나고 힘들었던 시절에 소격동 셋째 삼촌댁은 근근이 살아가는 사람들의 피난처였다.

셋째 삼촌의 미덕은 수도 없이 들었다. 회식 후 밤늦게 퇴근하는 기사에게 내일 아침은 소격동으로 오지 말고 직접 은행으로 가라고 했다 한다. 퇴근도 못하고 회식 끝날 때까지 기다린 기사에게 아침만이

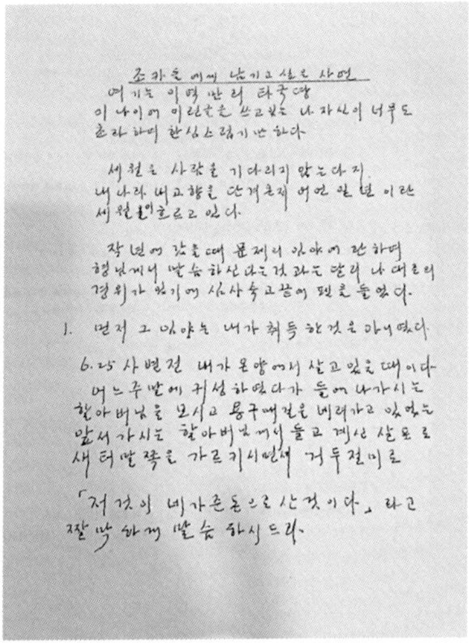

조카들에게 남기고 싶은 사연

여기는 이역만리 타국땅
이 나이에 이런글을 쓰고있는 나 자신이 너무도
초라하며 한심스럽기만 하다

세월은 사람을 기다리지 않는다지.
내 나라 내 고향을 떠난지 어언 일년이란
세월이 흐르고 있다.

작년에 갔을때 문제의 이야기에 관하여
형님께서 말씀하신다는 것과는 달리 나 대로의
경위가 있기에 심사숙고끝에 펜을 들었다.

1. 먼저 그 이야기는 내가 취득한 것은 아니였다.

6.25 사변전 내가 온양에서 살고있을 때이다
어느 주말에 귀성하였다가 들어 나가시는
할아버님을 모시고 용구메길을 내려가고 있었는
앞서가시는 할아버님께서 들고 계신 삼보로
새터말쪽을 가르키시면서 거두절미로

「저것이 네가 준 돈으로 산것이다」 라고
짤막하게 말씀하시드라.

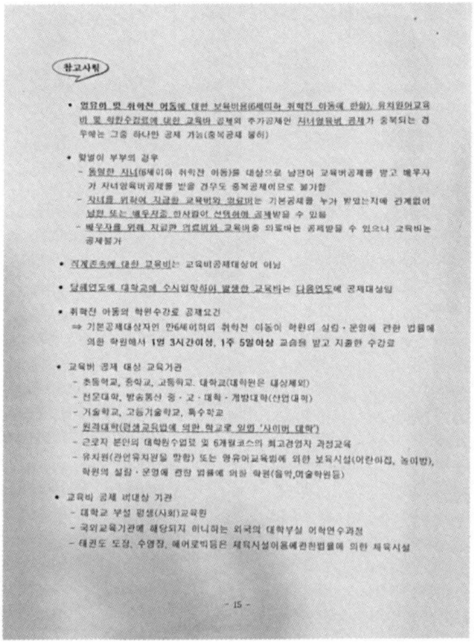

참고사항

- 영유아 및 취학전 아동에 대한 보육비용(6세이하 취학전 아동에 한함), 유치원아교육비 및 학원수강료에 대한 교육비 공제와 추가공제인 자녀양육비 공제가 중복되는 경우에는 그중 하나만 공제 가능(중복공제 불허)
- 맞벌이 부부의 경우
  - 동일한 자녀(6세이하 취학전 아동)를 대상으로 남편이 교육비공제를 받고 배우자가 자녀양육비공제를 받을 경우도 중복공제이므로 불가함
  - 자녀를 위하여 지급한 교육비와 의료비는 기본공제를 누가 받았는지에 관계없이 남편 또는 배우자중 한사람이 선택하여 공제받을 수 있음
  - 배우자를 위해 지급한 의료비와 교육비중 의료비는 공제받을 수 있으나 교육비는 공제불가
- 직계존속에 대한 교육비는 교육비공제대상이 아님
- 당해연도에 대학교에 수시입학하여 발생한 교육비는 다음연도에 공제대상임
- 취학전 아동의 학원수강료 공제요건
  ⇒ 기본공제대상자인 만6세이하의 취학전 아동이 학원의 설립·운영에 관한 법률에 의한 학원에서 **1일 3시간이상, 1주 5일이상** 교습을 받고 지출한 수강료
- 교육비 공제 대상 교육기관
  - 초등학교, 중학교, 고등학교, 대학교(대학원은 대상제외)
  - 전문대학, 방송통신 중·고·대학·개방대학(산업대학)
  - 기술학교, 고등기술학교, 특수학교
  - 원격대학(평생교육법에 의한 학교로 일명 '사이버 대학')
  - 근로자 본인의 대학원수업료 및 6개월코스의 최고경영자 과정교육
  - 유치원(관인유치원을 말함) 또는 영유아교육법에 의한 보육시설(어린이집, 놀이방), 학원의 설립·운영에 관한 법률에 의한 학원(음악,미술학원등)
- 교육비 공제 비대상 기관
  - 대학교 부설 평생(사회)교육원
  - 국외교육기관에 해당되지 아니하는 외국의 대학부설 어학연수과정
  - 태권도 도장, 수영장, 에어로빅등은 체육시설이용에관한법률에 의한 체육시설

- 15 -

LA에서 이면지(裏面紙)에 쓰신 필적(筆跡)을 보니 역시 삼촌답다. 말년의 편지인데 조금 진전(tremor)기가 있으시나 달필이고 맏형과 글씨체가 닮았다.

라도 쉬라고 직접 은행으로 가라고 이르신 것이다. 다음날 기사는 다른 어느 날보다 먼저 소격동 대문 앞에 와서 기다렸다고 한다. 집안일을 전담하는 언니가 있어도 당신 속옷은 반드시 직접 빨으신 분이다. 아마 그렇게 결벽 비슷한 절제와 예의와 인간애가 바탕에 밴 분이셨으니 매사에 어느 정도 철두철미하셨는지 상상이 가리라.

지방 어느 지점에서 은주전자를 선물했는데 공손히 사양하며 돌려보냈다는 이야기부터 셋째 삼촌은 조흥은행에서 명성이 높았다. 셋째 숙부는 내가 산골에서 진명여중에 합격한 것을 누구보다 기뻐하시고 다른 사람들에게 자랑도 하셨다. 의과대학생 때 학비를 채 마련하지 못한 아버지께 철없던 내가 볼멘소리를 하니까 옆에서 보던 삼촌이 천안으로 함께 나와 조흥은행 지점으로 들어가셔서 신분을 밝히신 후

등록금을 쥐어 주셨다.

그 까마득한 기억이 산책길에 홀연히 떠올라서 인숙 언니에게 숙부님께 입은 누(累)를 고하니 "아버지는 한두 사람에게 잘하신 게 아니다"며 "태근 오빠(둘째 집) 수술 후 간병은 내가 도맡아 했다"는 이야기와 "아버지는 태근 오빠는 신사화를 사주시고 친아들인 길근 오빠는 기성화를 사주신 분이다."라고 덧붙인다. 셋째 숙모는 제사 때마다 용혈리 일가들에게 고기와 술 등 이바지를 철철 넘게 해오셨다. 셋째 숙부는 일본에 출장 가시는 길에 의서(醫書) 신경해부와 소아과 신판(Slobody)을 사다 주셔서 여름방학에 독파를 했는데 신판에 실린 SIDS(=sudden infant syndrome)이 의사고시 주관식에 나와 일사천리로 답을 쓴 일도 있다.

1991년도 ISCO 연구소 출장길에 L.A 숙부님과 숙모님을 뵙고 떠나올 때 출장비 절반을 드리고 돌아왔다. 당시 셋째 숙모님 영주권이 나오기 전이었다. 셋째 숙부님이 고국 방문을 하면 심가 일족의 축제가 되어 현충원 장군묘역 산비탈에서 식사를 하곤 했다.

어느 해 아산 온천 모텔에 머무실 때 정근 오빠와 동행을 했던 기억도 난다. 장군의 장남인 정근 오빠는 우리 세대의 리더인데 때이른 병마로 인해 우리 곁을 떠나셨다. 우리들은 오빠의 호연지기와 호탕한 웃음을 그리워한다. 1991년 이후 나는 미국 출장이 없었고 또 이상하게 미국 여행은 내키지 않아 두 번 다시 찾아뵙지 못했다. 돌아보면 내가 받은 덕을 갚지 못하고 오늘에 이르렀다. 막내지만 이제 다들 연로하시니 내가 집안 인사를 도맡아야 되는 차례가 되었다.

L.A 다섯째 사촌들이 귀국하면 현충원 참배 후 우리 심가 사촌들은 반드시 회합을 갖는다. 철이 동생도 집안 어른들을 찾아뵙지 않고 그

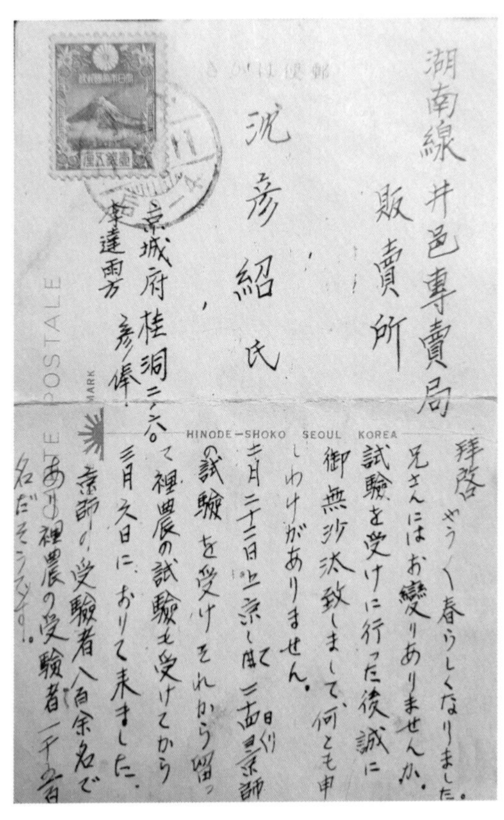

湖南線井邑專賣局
販賣所
沈彥紹 氏

京城府桂洞二ノ六〇
李達雨

CARTE POSTALE

HINODE–SHOKO SEOUL KOREA

拜啓
ぞう／＼春らしくなりました。
兄さんにはお變りありませんか。
試驗を受けに行った後誠に
御無沙汰致しまして、何とも申
しわけがありません。
二月二十二日上京して二十四日京師
の試驗を受けそれから留って
裡農の試驗も受けてから
三月六日におりて來ました。
京師の受驗者八百余名で
裡農の受驗者一千二百
名だそうです。

맏형이 정읍 전매국에 근무할 때 보낸 장군의 엽서.
일제시대 엽서를 보니 골동품을 보는 듯한 묘한 기분이 든다. 그 고달픈 시기에도 아우는 형과 형수에게 안부를 하고 미래를 향해 불철주야 날아다녔다. 경성부 계동 2의 60번지 이달우 방의 주소를 보니 장군이 다니기 편하게 경기중학교 가까이 계동에 방을 얻었음을 알 수 있다. 정릉 집을 사기 전에 살았던 거처이겠다. 아버지는 문안차 들른 넷째 사촌들에게 장군의 엽서를 유품으로 내어 주셨다. 학생 때 같은데 용혈리 사랑마루에서 엽서를 건네주시던 아버지를 옆에서 지켜보았다. 아버지가 주변을 조용히 정리한다는 생각이 순간 들었다. 이 엽서는 조선인은 교육의 기회와 취직의 기회가 극히 한정되었던 일제강점기에 두 주먹을 불끈 쥐고 뛰고 있는 조선 청년의 자화상 같기도 하다. 끝날 것 같지 않은 암울한 식민지배 속에서도 배움을 향한 의욕이 하늘을 찌르는구나!

이제 봄이 왔습니다.

형님 댁에도 아무 일 없으신지요.

시험을 친 후에 형님께 아무 연락도 못 드려 면목이 없습니다.

2월 22일 상경하여 24일 京師(경성사범) 시험을 보고 머물다가

裡農(이리농고) 시험도 보고 3월 6일에 돌아왔습니다.

京師 수험자는 8백여 명이고 裡農 수험자는 천이백 명이라고 합니다.

냥 돌아가는 법이 없다. 아버지 세대의 조상에 대한 자부심이 얼마나 끈끈했는지를 나는 익히 보며 자랐다. 어린 시절, 큰집인 우리집은 대소가 일로 잔칫집처럼 늘 북적거렸다.

장군의 일화에서 교과서같이 모범적인 셋째 숙부로서도 장군의 출정에는 도저히 일이 잡히지 않아 항명을 하고 장군을 배웅하고 주먹밥을 들려주고 돌아오면서 그나마 진정이 조금 되었겠다. 학도병으로 나간다니 얼마나 많은 눈물들을 삼켰을까? 장군이 학도병으로 나갔을 때 맏형에게 보낸 엽서를 인사차 들른 넷째 사촌들에게 '아버지 엽서'라며 빛바랜 엽서의 먼지를 털어서 주시는 것을 옆에서 지켜보았다. 엽서 한 장에 담긴 의미가 무한하다는 것을 그 순간 벅차게 느꼈다. 세상을 떠난 지 수십 년이 지났건만 형은 동생을 잊지 못하는 것이다. 엽서의 말미에는 青松(청송) 彦俸(언봉)의 서명이 있었다. 항상 본관인 청송을 쓰셨다.

해방되어 귀국한 후 용혈리에 잠시 머무르실 때 말을 샀다는 이야기가 나오는데 이 말에 관해서는 나도 할 이야기가 있다. 아침에 눈만 뜨면 사랑채 바깥마당 서쪽에 있는 마구간으로 달려갔다. 아이들은 동물에 유독 호기심과 애착이 크기 마련이다. 늘 하듯 그날 아침도 마구간에 당도하니 말이 자는지 옆으로 누워 있었다. 보통은 내가 가면 자다가도 두 발을 세우고 일어나기 마련인데 인기척에도 꼼짝 않는 것을 보고 심상치 않은 일이 일어났음을 알아차렸다. 딱 거기까지 기억이 남아있다. 옆으로 누워 죽어 있던 말의 형체만 필름 한 토막(En Bloc type memory)으로 남아 있다.

이 말과 연관되어 용구메 들판을 가로질러 말 갈퀴를 휘날리며 비호

같이 달리던 공수골 연화라는 장정(壯丁)이 뇌리에 박혀 있다. 검은 눈썹의 무사 같은 인상으로 마상에 등을 바짝 활처럼 구부리고 달리던 그의 자세가 떠오른다.

당나귀도 키웠는데, 당나귀는 꾀가 많아 할아버지를 태우고 천안장에 갔다 돌아오는 길에 주막거리 앞 냇물에 할아버지를 빠트려 파발(擺撥)을 받은 마을사람들이 달려가는데 나도 따라갔다. 그 소동에도 시냇물이 지는 해를 받아 반짝대던 물결 영상이 남아 있다. 칠면조도 키웠는데 악동들이 돌을 던지고 약 올리면 깃을 펼치며 벼슬이 붉게 부풀어 오르던 장면도 생각난다.

이 모든 진귀한 동물들과 뛰놀며 나는 마음껏 자랐는데, 이는 모두 장군이 아버님께 바친 진상품이었던 것이다.

제2장 「장군의 일화」에 실린 셋째 숙부의 글은 장군의 영결식과 할아버지의 영시(詠詩) 인용을 마지막으로 갑작스레 끝을 맺는다. 아름다운 꿈을 꾸다가 돌연 깨어난 그런 기분과 흡사하다. 유성(流星)처럼 사라진 장군의 죽음처럼 장군의 일화도 갑자기 붓을 놓아버리니 책장을 덮으면서도 몹시 아쉬워 남은 유족의 애도와 일가들의 이야기도 장군께 전해야 된다는 생각을 해왔다. 떠난 장군은 말이 없지만 남아 있는 사람들 마음속에서 장군은 떠나기는커녕 또아리를 틀고 더 깊숙하게 자리 잡고 있기 때문이다.(명근 동생이 장군의 학적부를 찾으러 안암동을 올라가는 장면을 떠올릴 때마다 눈물을 참았다.)

여름방학 때였는지, 셋째 숙부께서 은행에서 잠시 틈을 내어 용혈리로 부친 편지를 아버지 옆에서 함께 읽었다. '형님은 시골에서 선산을 지키시느라 고생하시고 동생들은 덕분에 도시에서 활동하고 있다'는 내용이었다. 형님을 위하고 장군 동생을 아꼈던 이 셋째 숙부의 적덕

(積德)하신 이야기를 일부라도 알리니 마음이 조금 가벼워진다.

아버지는 산골짜기에서 〈아사히신문〉을 보신 분이다. 셋째 동생이 정기구독하여 용혈리로 보내준 덕택이다. 다시금 역설하거니와 『장군의 일화』를 남겨 주시지 않았다면 추모집을 낼 엄두를 내지 못했으리라.

아침에 일어나면 "대한민국 충청남도 아산군 음봉면 산동리 804번지"를 쓰셨다는 셋째 숙부님. 생전에 그렇게 그리워하던 고향의 요통골 할머니 산소 앞에 안장(安葬) 되셨으니 셋째 숙부님의 고아(高雅)한 족적(足跡)은 후손들에게 면면히 이어지리니!

이종찬 김종오 장군과 얽힌 일화

명근 동생이 제본을 하여 보내준 장군의 서간집에는 초서체로 서한(書翰)을 주고받은 장군 동료들 간의 귀한 교신(交信)이 남아 있다. 일필휘지의 필적들을 보면서 장군의 글씨는 또 어찌 그리 호방(豪放)한지! 기록물 중에 흥미를 끄는 이종찬 육군대학 총장과 심언봉 장군 간에 주고받은 차용증(借用證)을 소개한다.

명근 동생이 처음에는 책에 싣는 것을 꺼렸으나 나는 정색을 하고 속내를 비쳤다. 2년 전 육군참모총장과 헌병사령관 재직시 대통령의 부당한 명령을 거부하고 육군대학 총장과 논산 훈련소 부소장으로 좌천당한 참군인들이 개인경비를 빌리면서 형식을 갖추고 하는 일련의 처리과정을 보면서 나는 남다른 소회(素懷)를 느꼈다. 공사(公私)의 구분 유대(紐帶) 깊은 인간관계를 떠나 책임소재를 엄격하게 증거로 남기는 자세에 놀랐다. 그 정도 지위에 있으면 판공비는 물론 집행 예산도 막강했을 터인데 일체 건드리지 않고 두 분들이 경비를 충당(充當)하는 대안(代案)이 남다르다. 그만큼 두 분의 친교가 돈독(敦篤)했던 것 같다.

〈심장군 학형〉

얼마 전에 유(兪) 중령 편에 보내주신 먹(墨)은 감사하고 또 감사할 따름입니다. 부탁한 일을 흔쾌히 허락해 주셔서 고맙고 어찌할 줄을 모를 뿐이올시다.

유 중령이 가는 것이 더욱 좋을 듯하여 하루 연장은 되었으나, 다시금 파견하오니 그리 아시고 선처 부탁하나이다. 오늘 CPX 시찰 차 오후에 출발하여 내일 귀소(歸所) 예정이오며, 바빠서 난필로 인사가 미흡하지만 이상 서신 드리며 평안하고 복 많이 받기를 축원하나이다.

- 육군대학 총장

육군중장 이종찬

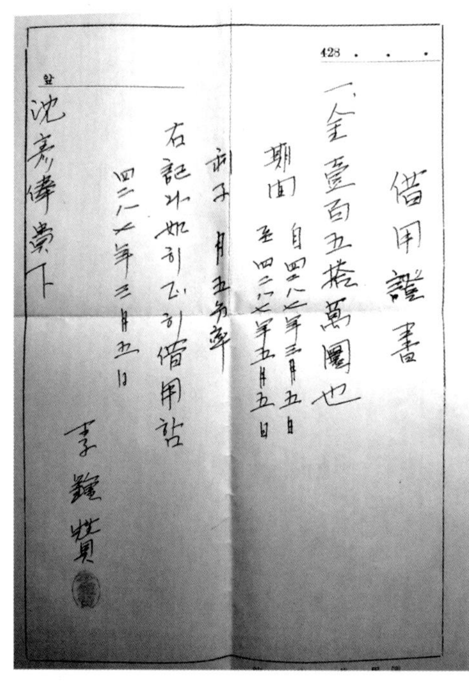
借用證書

一, 金壹百五拾萬圓也

期間 自四二八七年三月五日
至四二八七年五月五日

利子 月五分率

右記와如히正히借用함

四二八七年三月五日

李鍾贊

沈彦峰 貴下

〈금일백오십만환(圜)야〉

기간 : 4287년【1954년】 3월 5일부터

4287년【1954년】 5월 5일까지

이자 : 월 5분율

우측의 기록과 같이 정(正)히 차용함

4287년【1954년】 3월 5일

이종찬(인장)

심언봉 귀하

* 환(圜) : 1952년~1962년에 사용한 화폐 단위임

대개 부정이나 횡령이 일어나는 것은 예산 항목을 돌려쓰다 막지 못하면서 파생(派生)되지 않는가? 절친한 친구에게서 경비 조달을 한 자체가 나는 우리들에게 거울이 된다고 본다. 빠듯하게 살림을 하는 서민들과 다를 바 없이 공금에 손을 대지 않고 개인 경비를 빌려 썼다는 것은 우리가 눈여겨보아야 되고 배워야 될 점이다. 주변머리 없기는 커녕 '참군인'이라는 감탄이 절로 나온다. 참모총장이 무슨 용도인지는 모르나 개인적으로 경비를 빌려야 했다는 것은 미담(美談) 중의 미담이라고 하겠다.

이어서 서한 중에 김종오 장군의 서한을 소개한다. 백선엽 장군에게 심언봉 장군과 김익렬 장군의 진급을 상신하는 내용이다.

단기 4285년이니 1952년 8월 31일자와 10월 19일 서한(書翰)인데, 부산 5.26 정치파동으로 인하여 논산 훈련소 부소장으로 좌천된 동료에게 위로로 그치지 않고 두 분의 장군을 추천하는 김종오 장군의 낡은 편지 봉투를 보면서 김종오 장군을 다시 한 번 찾아서 정리하였다.

생전에 장군의 제사 때면 늘 참례하셨다는 김종오 장군의 이야기를 들어왔지만, 이번 기회에 더 정확하게 알고자 부리나케 찾아 보았다.

김종오 장군은 6.25 전쟁 중 가장 치열한 격전이 일어났던 곳들 중의 하나인 백마고지 전투를 진두지휘하였다. 1952년 10월 철원 북방의 395고지(후에 백마고지로 명명됨)를 확보하고 있던 9사단은 중공군 3개 사단의 공격을 받고 12회에 걸친 뺏고 빼앗기는 처절한 사투를 벌여 10월 15일 최종적으로 중공군을 격퇴, 이 고지를 사수하였다.

해방 후 명장 4인에 들고, 백마고지를 목숨 걸고 사수한 김종오 장군. 그는 백마고지를 확보함으로써 전세를 바꾼 영웅인데 김종오 장군 또한 46세에 폐종양으로 별세하였다. 그는 임종하면서 "더 일할 나이에 조국통일도 못 해보고 눈을 감으니 한스럽고 죄송할 뿐이다. 모

름지기 평생의 소원인 통일 성업을 꼭 이루어 주기를 바란다"는 유언을 남겼다고 한다. 통일을 보지 못하고 눈감는 것을 애통해 하였다는 유언은 눈시울을 적시게 한다. 장수하여 대접을 받는 백선엽 장군은 천수의 복을 누렸다고 하겠다.

김종오 장군

불과 40대의 나이로 세상을 떠난 김종오 장군은 전공(戰功)에 비해 지나칠 정도로 후세의 기억에서 덜 조명을 받는 비운의 명장이라는 생각이 맴돈다. 1983년 국방부 선정 4대 영웅으로 이름을 올린 것은 그나마 다행이다. 특히 김종오 장군의 출생지가 청주군 부용면 외천리(現 청주시 서원구 남이면 부용외천리)인데, 한때 청주병원 대직을 하느라 그 동네 옆을 자주 지나다녔다. 도처(到處)에 선인들이 생사를 건 충정의 터전 위에 우리가 오늘 탁 트인 도로를 달리고 있는 것을!

제주 4.3 사건의 잊혀진 영웅 김익렬 장군의 사연도 언급하는 게 도리겠다. 곡절이야 어떻든 김익렬 장군이 제주 4.3 사건의 진상을 파악하고 양민보호를 우선순위에 두고 김달삼과 협상을 하여 자기 부인과 딸을 볼모로 잡히면서까지 서로 간에 무력충돌만큼은 피하기로 합의를 봤는데, 50명의 무장병력(경찰)이 오라리를 습격하여 남로당원과 양민을 학살한 사태가 벌어지자 미군정하에 주도된 회의에서 장군은 경찰을 처벌하고 평화적으로 해결하자고 호소했으나 당시 조병옥 경무국장은 김익렬 장군의 아버지가 공산당이고 김달삼과 동기생임을 들어 김익렬 장군을 모욕하자 분노한 김익렬 장군이 주먹다짐에 이르게 되고 그 결과 김익렬 장군은 9연대장에서 해임되고 여수의 14연대

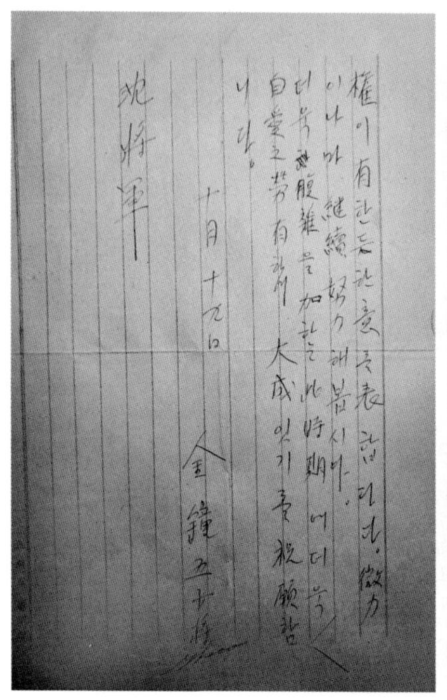

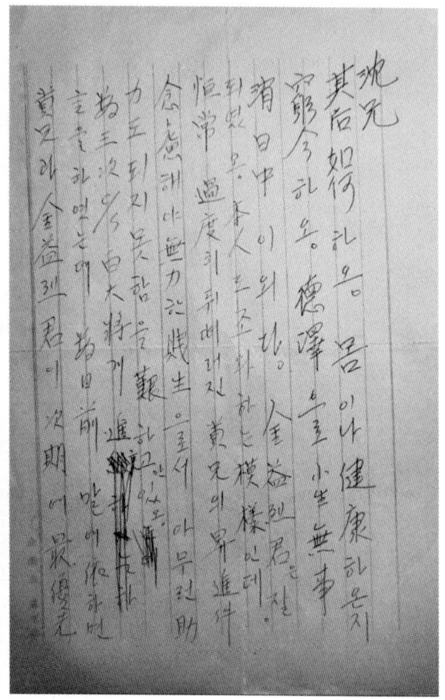

심형

그 후 어떠하시오. 몸이나 건강하온지 궁금하오. 덕택으로 소생은 무사 소일 중이외다. 김익렬 군은 잘 되었소. 본인도 좋아하는 모양인데 항상 과도히 뒤떨어진 귀(貴) 형의 승진 건은 염려해야 힘없는 천생[賤生, 자신의 겸칭-역주]으로서 아무런 힘도 되어주지 못함을 괴로워하고 있소.

여러 번 연합사령부 백 대장(白善燁, 1920~2020)께 진언(進言)하였는데, 며칠 전의 말에 의하면, 귀(貴) 형과 김익렬 군이 차기에 최우선권이 있는 듯한 뜻을 표합디다. 미력이나마 계속 노력해 봅시다.

더욱 복잡을 가하는 이때에 더욱 몸보신하여서, 대성하시기를 축원합니다.

- 10월 19일 김종오 소장

심장군

장으로 보직되었다.

김익렬 장군

김익렬 장군의 의도대로 초반에 분노한 민심을 달래고 서북청년단과 친일 경찰을 처벌했다면 제주 4.3 사건의 비극은 면했을 텐데, 뒤이어 들이닥친 조병옥 경무국장의 사살 개시로 사태가 지금까지도 교착상태에 빠져 국론을 어지럽히고 있다.

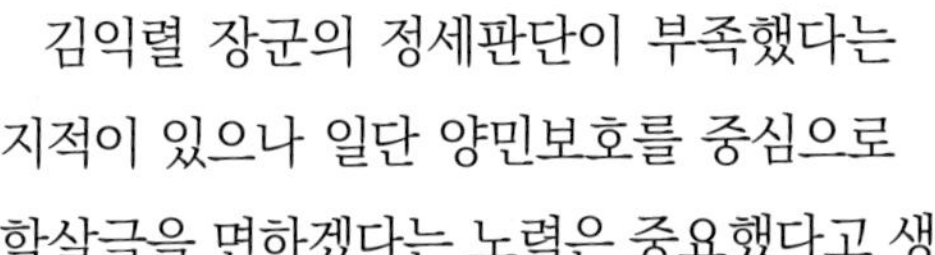

김익렬 장군의 정세판단이 부족했다는 지적이 있으나 일단 양민보호를 중심으로 학살극을 면하겠다는 노력은 중요했다고 생각한다.

김종오 장군이 한직을 전전하던 김익렬 장군과 진급이 뒤처지고 있던 심언봉 장군을 천거한 서찰은 장군의 인간적인 면모가 매우 돋보인다. 생사를 건 백마고지의 영웅의 의리는 유명을 달리한 심언봉 장군의 제사에 어김없이 참례한 사실이 웅변하고 있다. 한편으로 심언봉 장군의 인간관계가 진실하였음을 시사한다고 하겠다.

아울러 김종평 장군을 언급한다.

김종평 장군의 직책이 국방부 정보국장인지라 위계 질서를 지키지 않고 직접 이 대통령께 상신하여 업무처리를 하는 김창룡 특무대장과의 알력의 정도가 심하였을 것은 불을 보듯 뻔한 노릇이겠다. 그 결과 동해안 반란사건이라는 음모를 당하여 고초를 겪은 비화인데, 투옥되어 장군이 받은 잔인한 고문은 지면에 알리기가 저어된다.

김종평 장군은 장군의 차녀 진숙 동생 예식을 치루는 명동 YWCA에 하객으로 오셨다. 당시 셋째 숙부가 계셨으니 김종평 장군에 대한 대접의 소홀은 없었으려다. 셋째 숙부 손을 잡고 입장한 진숙 동생 결

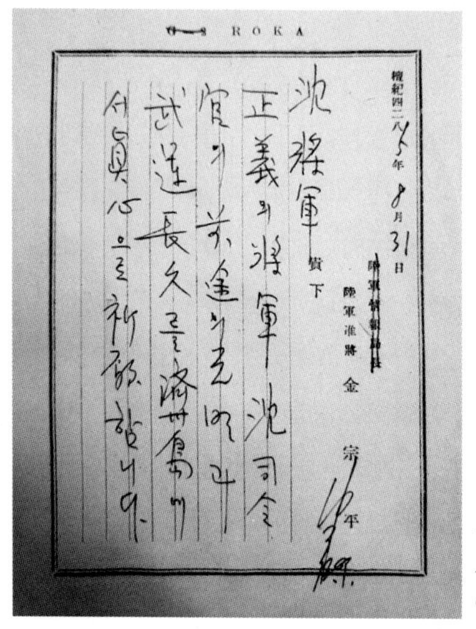

ROKA

檀紀四二八五年 8月 31日

沈將軍 貴下

正義의 將軍 沈司令官께 榮進의 光明과 武運長久를 濟世高에 誠心으로 祈願합니다.

陸軍准將 金宗平

1952년 8월 31일에 장군에게 보낸 김종평 장군의 서한. "정의의 장군 심 사령관"이라 칭하였다.

혼식 사진은 남아있지 않아 유감스럽다.

마지막으로 육군 특무대장 김창룡 장군 묘역을 잠시 언급한다. 김창룡 장군은 대전현충원에 들어오면서부터 시민단체의 이장(移葬)을 촉구하는 반대시위가 20년 넘게 지속되고 있다.

김창룡 장군 비망록 『숙명의 하이라루』에는 불행한 시대의 징표(徵表)가 책 전반에 흐른다. 카스트로가 "역사가 나를 사면(赦免)할 것이다"라고 절규했듯이, 기어이 현충원에 잠들어 있으니 그것도 심언봉 장군(장군1묘역 41호) 가까이 69호 묘지를 점하고 있으니 하느님은 때로 이렇게 짓궂은 분이신가 탄식이 터진다. 그러다가 한참후 어쩌면 천국에서는 지상에서의 악연을 풀고 더 깊은 우의를 다지라는 뜻인가 보다 묵상을 하며 연령(煙靈) 기도를 바친다.

장군의 공적비

1. 함열 공적비

장군의 공적비는 여러 곳에 있다. 그 가운데 한 곳인 함열 합문지후공 사당 앞에 세워진 공적비를 찾아간 이야기를 덧붙인다.

2년전 초동(初冬)에 큰오빠와 올케, 장손인 희매 부부와 원배네 4명 도합 9명 4대가 함열로 내려가 합문지후공 사당을 둘러보고 장군의 공적비를 찾아뵈었다. 종손인 우진과 우림을 앞세우고 다녀왔다. 내가 아버지를 따라 시제에 가서 제례 후 사과 배를 한아름 안고 즐거워했듯이 이 두 양반들도 훗날 내가 그랬듯이 뿌리를 찾고 그리워하게 되리라….

공적비 내용은 장군의 치적에 대한 감사로 일관하는데 공사다망(公私多忙)한 장군이 문중 일까지 적극 관여하셨다는데 또 한 번 놀랐다.

산소 지형을 둘러보니 과연 명당자리로 두 성씨끼리 치열한 송사(訟事)가 벌어진 것이 무리가 아니겠다. 잃었던 위토(位土)를 찾은 것은 익산 고을의 갸륵한 일가와 심언봉 장군의 지원에 힘입었음에랴?

날씨도 겨울날 같지 않게 청명하여 익산 보석 박물관까지 돌아보고 왔던 대가족 나들이었다.

2024년 10월 13일에 전북 익산시 함열읍 남당리 산 64-1 남당산 2세조 합문지후공(휘 淵) 묘소에서 추향제가 봉행되었다. 묘역 아래 위치한 묘소에는 초헌관 응식 안효공종회 부회장, 아헌관 기섭 별좌손공파 화성종회장, 종헌관 수영 임피종회 고문, 집사 창섭 원주·횡성종회 총무, 재성 청수회 익산위원장, 집례 홍섭 효창공종회 고문, 축관 상호 청주종회 회장 등이 봉직해 주셨다.

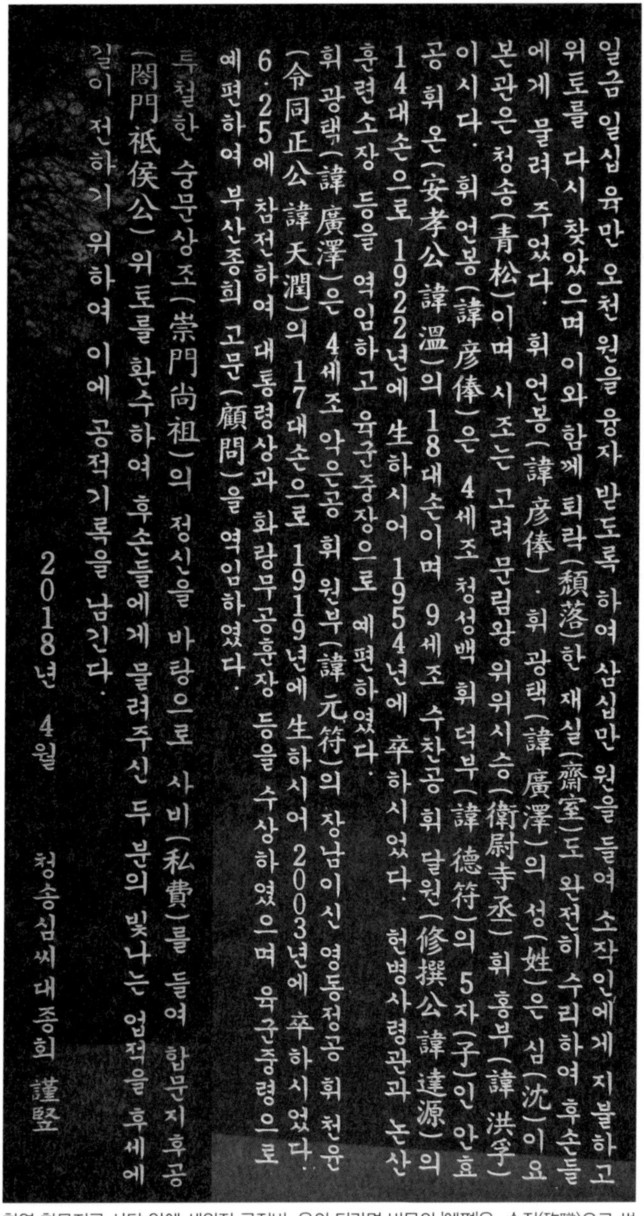

일금 일십 육만 오천 원을 융자 받도록 하여 삼십만 원을 들여 소작인에게 지불하고
위토를 다시 찾았으며 이와 함께 퇴락(頹落)한 재실(齋室)도 완전히 수리하여 후손들
에게 물려 주었다. 휘 언봉(諱彦俸)·휘 광택(諱廣澤)의 성(姓)은 심(沈)이요
본관은 청송(青松)이며 시조는 고려 문림왕 위위시승(衛尉寺丞) 휘 홍부(諱洪孚)
이시다. 휘 언봉(諱彦俸)은 4세조 청성백 휘 덕부(諱德符)의 5자(子)인 안효
공 휘 온(安孝公諱溫)의 18대손이며 9세조 수찬공 휘 달원(修撰公諱達源)의
14대손으로 1922년에 生하시어 1954년에 卒하시었다. 헌병사령관과 논산
훈련소장 등을 역임하고 육군중장으로 예편하였다.
휘 광택(諱廣澤)은 4세조 악은공 휘 원부(諱元符)의 장남이신 영동정공 휘 천윤
(令同正公諱天潤)의 17대손으로 1919년에 生하시어 2003년에 卒하시었다.
6·25에 참전하여 대통령상과 화랑무공훈장 등을 수상하였으며 육군중령으로
예편하여 부산종회 고문(顧問)을 역임하였다.
투철한 숭문상조(崇門尚祖)의 정신을 바탕으로 사비(私費)를 들여 합문지후공
(閤門祗侯公) 위토를 환수하여 후손들에게 물려주신 두 분의 빛나는 업적을 후세에
길이 전하기 위하여 이에 공적기록을 남긴다.

2018년 4월 청송심씨대종회 謹竪

함열 합문지공 사당 앞에 세워진 공적비. 옥의 티라면 비문의 '예편'은 순직(殉職)으로 썼어야 했는데 그 부분이 아쉽다.

2. 국군 제2연대 창설 공적비

나는 도룡동에 터를 잡고 산 지 25년이나 되었다.

장군이 학병에서 돌아와 이형근 대장과 육군 제2연대 창설에 동분서주하였다는 것은 알고 있었으나 심가의 산지기(?)를 자처하면서 현충원을 자주 찾아 들기는 하였지만, 오늘에서야 비로소 기념비를 둘러보았다. 나는 공군기지가 있던 탄방동 어디쯤 아닐까 상상했었는데 갈마공원 축구장 앞에 건립되어 있었다. 등잔 밑이 어둡다고나 할까?

갈마공원 입구에 평웅루(平雄樓) 누각이 언덕바지에서 내려다보고 제2육군연대 창설기념비는 축구장 앞에 있다. 토요일 오전이라 운동을 나온 노파(老婆) 빼고는 한적하다. 관리가 덜 되어 부조(浮彫)가 퇴색되어 글자를 알아보기 힘들다.

사진을 찍어야겠기에 가까이 들어가 찬찬히 들여다보니 건립 전우애 명단 옆 좌측의 창설 지휘관 명단에 심언봉 신상철 정진완 이형근이 적혀 있는데 심언봉에서 俸(봉) 자가 祿俸(녹봉)이 아닌 받들 奉(봉) 자로 새겨져 있다. 어딘가 허전하다 느꼈는데 人(인)변이 빠져 있었다. 서구청을 통해 사실을 알려야겠다.

한문이 표의문자로 어렵기는 어렵다만 그러나 그 어려움을 통해 우리의 사고력 또한 깊어진다고 하겠다.

토요일 아침에는 늦잠을 자는 사람이 일찍 서둘러 나와 돌아다니니 정신이 몽롱하다. 이렇게 가까이 기념비가 서 있었다니!

갈마공원은 마음먹고 산책을 하기에 딱 좋은 작은 공원이다. 적당히 산비탈이 있고 '파랑새아파트'가 눈앞에 있는 아늑한 공원이다. 도심

속에 이런 기념비를 세워 사적(史蹟)을 알리는 노력이 가상(嘉尙)하다. 나라를 구하고자 청년들이 속속 지원하였다니, 여기서 훈련을 했으렷다. 그래서 입구의 누각이 평웅루(平雄樓)였던 것이다.

장군이 군인으로서 출발을 한 이곳 대전에서 후손들이 자리를 잡고 각자의 분야에서 부지런히 종사(從事)했다. 길을 닦아 놓은 장군은 이렇게 기념비가 되어서 찾아온 후손의 어깨를 활짝 펴게 한다.

육군제2연대 창설지(陸軍제2聯隊 創設址)

육군 제2연대 창설지

육군제2연대 창설 공적비

여기는 祖國(조국)의 獨立(독립)을 수호하기 위하여 陸軍(육군)의 草創期(초창기)인 1946년 2월 28일 국방경비대 제2연대가 창설된 곳으로서 애국청년들이 계속 지원입대하여 연대를 창설하고 제반 어려움을 극복하며 실질적인 교육훈련으로 창군의 위업을 달성하여 자주국방태세를 확립하고 국군의 모체가 된 유서 깊은 사적지이다.

제2장

將軍의 逸話

雅山 심언만(沈彦晩)

- 장군의 일화
- 별들과 나

雅山 **심언만**

1919년 11월 8일 충남 아산 출생
인천상고
한성은행(조흥은행)
조흥은행 인사부장
2017년 7월 28일 LA에서 작고

雅山 沈彦晩

연도는 정확히 생각이 나지 않지만 5·16 전후의 일로 내가 종로 지점에 근무할 때였다.

"저, 심언봉 장군님의 형님이십니까? 저는 육군본부의 ○○○입니다. 논산 훈련소의 부탁으로 전화를 걸었습니다. 훈련소에서 신축할 회관의 이름을 짓기 위하여 참모회의를 열었는데, 역대 훈련소장 중에 가장 공로가 컸던 분의 호를 따기로 결정했습니다. 그 결과 심 장군님이 뽑히셨습니다. 심 장군님의 號(호)를 알고 싶습니다."
"감사합니다. 그러나 당장은 생각이 나지 않아요."
"그러면 한 시간 후에 다시 전화를 걸겠습니다. 그동안 준비해 주세요."

나는 수화기를 놓고 나서 어안이 벙벙하고 흥분을 억제할 수가 없었다. 이미 세상을 떠난 지 6~7년이 된 사람인데 논산 훈련소장을 거쳐 간 장군들이 현역으로 당당하게 요직을 차지하고 있건만, 얼마나 공

차녀 문숙의 약혼식 때

로가 컸기에 고인에게 이러한 영광을 안겨 주었을까. 그렇다면 무엇으로 업적을 평가하였을까. 물론 눈에 보이는 뚜렷한 실적이 입증하였을 것이다.

자, 그럼 호를 모르고 있으니 어떻게 하나? 상대가 군인인 만큼 시간을 정확히 지킬 것이고…. 광복 후 창군에 참여하여 청춘의 정열을 모두 군무에만 쏟았던 그가 어느 여가에 호 따위에 관심이 있었겠는가.

당시 소격동 집은 방 두 개에 열 명의 식구가 살고 있어 책상을 들여놓을 공간이 없었고, 때문에 형제간 서신과 보관을 요하는 서류 등은 은행 책상 서랍에 넣어 두었다. 혹시나 하고 책상 서랍에 간직하고 있는 그의 유물인 서신을 꺼내서 모조리 훑어보았지만, 의례 후미(後尾)에 이름 두 글자만 서명돼 있었다. 결국, 혼자 생각 끝에 龍俸(용봉)으로 작명키로 하였다. 龍(용)은 아버님의 함자이고 俸(봉)은 장군의 이름자이다. 그리고 龍穴里(용혈리), 龍臥山(용와산), 용구매, 용남샘 등 고향의 향수가 물씬 풍기는 유서(由緖) 깊은 글자이기도 하다.

그 후 훈련소에서 회관을 준공하고 사진을 보내왔다. 그런데 회관 건물의 정면에는, 한글로 〈용봉〉이라고 돼 있었다. 작명한 나의 의도와는 거리가 멀어 씁쓸하고 허전한 기분이 들었다. 하지만 당시 정부에서 한글 전용을 권장하고 있었으니, 도리가 없었을 것이다. 여하간에 우리 집안의 자랑스럽고 또 명예로운 기념관이 틀림없는 건물이었다.

나는 장군의 짧은 인생을 유족과 주변 사람에게 조금이나마 알려주는 것이 나의 도리이자 귀중한 선물이 되는 것이라 생각하며 이 글을 쓰게 되었다. 그러나 유감스럽게도 이 글은 만리타국에서 자료 없이 나의 기억에만 의존하고 있다.

2006년 10월

고향땅 용와산을 그리워하며

LA에서 雅山 沈彦晩(아산 심언만)

將軍의 逸話

그의 소년 시절

"그는 어려서부터 비범(非凡)하고 천성이 용감하였을 뿐 아니라, 과격한 점도 있어 무인(武人)으로서의 기상(氣像)을 지니고 있었다. 한편으로는 성격이 자상하고 인정이 풍부한 위인이기도 했다.

동네 아이들과 냇가로 놀러갈 때, 그는 앞장서 가고 그 뒤를 또래들이 줄지어 따라가곤 하였다. 논밭 길을 건너 천안 학교(천안 제일초등학교)를 다닐 때에도, 가장 앞서 가기를 원했으므로 항상 그에게 양보하고 다녔던 기억이 있다.

일본과 합병하기 전, 즉 구한말 시대에 전남 곡성과 경북 고령 군수를 지내신 일가 어른이 그를 탐내어 양자로 달라고까지 하셨다는데 이 역시 그의 출중한 점을 발견하셨기 때문이었다.

집에서 잿말로 넘어가는 나직한 언덕에는 아카시아 나무 한 그루가 서 있었다. 나무의 그늘은 여름철의 더위를 어느 정도 피해주곤 하였다. 할아버님께서는 여름 동안의 많은 시간을 그 곳에서 보내셨다. 동네에 비슷한 연배에 계신 어른들도 몇 분 계셨지만, 할아버님과 대화의 수준이 맞지 않는데다가 대부분 농사일에 바쁘셨다. 때문에 그분들은 가끔 지나는 길에 들르는 일이 있어도 돗자리에는 오르지 않고,

그 옆에 잠시 쭈그리고 앉았다가 금세 일어나 가셨다. 나에게 가장 가까운 재종형님 언규 씨와 삼종형님 언성 씨, 그리고 삼종질 되는 완식 씨와 정식 씨도 종종 이곳에 들렀다. 이들은 인근 동네 술집과 노름판을 휩쓸고 다니며 악명을 떨치고 있었다.

당시 그들은 이십대 중반이었고, 장군은 열 살 미만의 어린 소년이었다. 때로 할아버님께서 안 계시면 그들은 장군을 놀리곤 했다. 아마 그들 눈에도, 어린 아이지만 어딘가 남다른 데가 있어 보였던 모양이다. 장군은 그들이 지근지근 건드리면 욕을 퍼붓고 그래도 분이 가시지 않으면 덤벼들어 물어뜯기도 하였다."

보통학교 시절

우리가 어렸을 때는 아이들을 학교에 보내는 집이 몇 없었다. 아이들은 대부분 이십 리 정도의 길을 걸어서 통학했다. 하지만 선친께서는 우리의 고생을 덜어주기 위하여 학교 바로 밑에 방을 얻어 주셨다. 우리는 청우(晴雨)에도 불구하고 토요일이면, 손자들을 애지중지 사랑하시는 할머님께로 일사천리(一瀉千里)로 달려갔다.

어느 일요일 오후, 천안으로 집을 나서는데 장군이 아랫집 고모님댁에서 울며불며 소란을 피웠다. 그는 비가 내리고 있는 마당에 모자를 내던지고 학교에 가지 않겠다며 고래고래 소리 질렀다. 나는 마당에 내려가 모자를 주어다 주었지만 그는 받자마자 다시 내던졌다.

고모님께서는 한동안 천안에 오셔서 외아드님과 우리를 위해 수고해주셨다. 고모님께서는 아드님을 매우 아끼셔서 그가 장가가는 날 아침에도 밥을 떠먹이셨다고 할 정도였다. 그런데, 장군은 잠을 잘 때 고모님이 아드님께로 등을 돌리고 눕거나, 아침에 눈을 뜰 때 부엌에 나가 계시면 왜 자신과 함께 자지 않느냐고 울며불며 법석을 피웠다.

경기 중고등학교 시절

당시에는 학비를 면제해 주는 사범학교가 가장 높은 경쟁률을 보였고, 경성 제일고등과 그 아래의 제이 고등도 역시 입학하기 매우 힘든 곳이었다. 하지만 장군은 뛰어난 실력으로, 제일고보(장군이 3학년 때 경기로 이름이 변경되었음)에 유유히 합격하였다. 이는 천안과 같은 시골학교로서는 영예스러운 경사라고 했다.

방학이 되면 우리는 고향에 내려가곤 했다. 방학이 끝나 서울로 상경할 때면, 고향 집에서는 이것저것 짐을 싸서 주었다. 하지만 가지고 가는 짐 꾸러미가 조금이라도 보기 싫게 포장되어 있으면, 장군은 절대로 들지 않았다. 때로는 채소를 푸대에 싸서 새끼줄로 묶어 주었는데 이를 드는 것은 물론 나의 몫이었다. 장군은 성적이 우수하여 경성제국대학 예과(당시 학제가 예과 2년, 본과 3년)와 2차로 경성고등상업을 응시하였다. 하지만 두 곳 모두 학과에만 합격하고, 신체검사와 면접에서 탈락하였다. 당시 보성전문과 연희전문에 후기로 들어갈 수 있었지만, 장군은 자존심이 강하여 가지 않고 일 년간 재수를 하였다. 그러나 다음 해에도 같은 결과가 나오고 말았다. 고등학교 시절 교내 정구선수로 활동한 사람이 신체검사에서 이상이 있을 리 없고, 또 후일 나라의 명장(名將)으로 이름을 날린 사람이 면접에서 탈락하다니 믿어지지 않는 처사였다. 아마도 학교에서 저명인사의 자제들과 농촌 출신의 학생을 차별하였을 것이다.

본인은 일본유학을 희망하였지만, 뜻을 이루지 못하고 보성전문으로 가게 되었다. 그는 매우 자존심이 상해서 학교를 다니는 내내 모자를 쓰지 않고 다녔다.

결혼

1943년 1월, 결혼식장은 서울 명륜동에 있는 강학원이었다.

보성전문(현 고려대) 상과 2학년생으로 다음해 정월 학도병으로 강제징용 당할 운명을 앞둔 신랑감에게 결혼을 진행하신 보령의 어른들께서는 참으로 많은 고민을 하셨을 것이다. 보령에는 우리 집안의 일가 되시는 복진 씨께서 웅천우체국을 관리하고 계셨고, 장군의 장인께서는 웅천면장으로 계셔서 두 어른의 친분으로 성혼이 된 것으로 알고 있다. 복진 씨의 부친께서는 충남 청양군의 원님 벼슬을 하셨고, 복진 씨의 형님인 택진 씨께서는 전남 곡성과 경북 고령의 두 고을에서

장군의 결혼식 기념사진이다.
앞줄 갓 결혼한 장군 부부를 가운데 두고 양옆으로 왼쪽에 할아버지 오른쪽에 큰할머니 작은 할머니가 앉아 계신다. 남녀의 구분이 확실하다. 할아버지 바로 옆에 장남 언소, 비스듬히 뒷줄에 장손 세근, 할아버지와 큰형님 사이로 셋째 형 언만 그 옆에 막냇동생 언국 셋째 줄 맨 왼쪽에 둘째형 언준이 눈에 띄며 키가 크다. 뒤로 일가 친척분들인데 아름아름하다 왼쪽 큰 할머니 이야기를 하지 않을 수 없다. 초상화에서 본 할머니는 옛날 어른이신데 얼굴형이 갸름한 21세기 용모이다. 성격도 조용하시고 사람 많이 모이는 잔칫집에도 나가시지 않으셨는데 다른 사람이 먹었던 숟갈로 밥 먹는 게 싫어서였다고 하니 얼마나 깔끔한 분인지 짐작이 간다. 이분의 청교도적 완벽주의 성격이 아드님들에게 알게 모르게 이어져 아드님들이 청렴(淸廉)을 좌우명으로 삼았다. 당진 최 참봉댁 만석꾼의 맏따님이 용혈리로 출가하여 5남 1녀를 두었으나 일찍 작고하시는 바람에 넷째 아들이 별을 다는 것은 보지 못하셨다.

원님을 지내셨으니, 우리들은 이 어른을 고령 아저씨라고 불렀으며, 이 어른들의 고향이 우리들의 용혈리이었다.

아버님께서는 1910년 한일 병합 무렵(당시 18세) 그 어른들이 누리시는 부와 귀, 그리고 세도를 목격하시면서 소년시절을 보내셨다. 그로부터 40여 년이 흐른 뒤 아들이 장군이 되어 효도를 받으셨다.

학도병(學徒兵)으로

일본은 태평양 전쟁이 불리해지자, 병력 보충을 위해 전문대 학생들에게까지 동원령을 내려 전쟁터로 끌어갔다. 민족사상에 눈뜬 조선 학생들이 순종하지 않자, 그들은 청년들로부터 존경받고 있는 인사들을 내세워 강연회를 개최하는 등 갖가지 방법으로 설득시켰다. 대표적 인사로는 윤치호(尹致昊), 최남선(崔南善, 1890~1957), 이광수(李光洙), 최린(崔麟, 1878~1958) 등이 있었다.

1944년 1월 20일, 장군도 학도병으로 끌려가게 되었다. 장군이 가기 전, 대전에서 그를 보기로 되어 있어, 나는 지점장에게 사정을 이야기하고 다녀오겠다고 하였다. 하지만 지점장은 일언지하에 "노!" 하며, 앞으로 이런 일이 종종 있을 터인데 그때마다 직원들이 결근하면 은행일은 누가 하느냐며 딱 잘라 말하였다. 하지만 앞으로 어떠한 운명이 전개될지 모르는 판국에 형제간의 이별을 수수방관할 수는 없었다. 나는 지점장실을 나와 K대리에게 "지점장은 허락을 안 하시지만 그래도 다녀오겠습니다." 하고 인사를 한 후 대전으로 내려갔다. 당시 대전에는 친척이나 친지 등이 없었기 때문에, 3년 전 용산 지점에서 모셨던 지점장(일본인)이 계신 곳으로 갔다. 그분은 반갑게 맞아 주면서 사택으로 데리고 가 잠을 재워주었다. 다음날 아침에는 지점장의 부인이 주먹밥 두 덩어리를 만들어 주며 아우님께 드리라면서 무운장수를 빌겠다며 극진한 친절을 베풀었다. 그들의 친절은 눈물겹고 고마운 것이었다. 또한 소사 지점장과는 사뭇 대조되는 모습이었다.

대전에서 장군의 전송을 마치고 돌아와 지점장에게 인사를 하였다. 하지만 그는 나의 인사를 외면하였다. 그 후로 나는 지점장의 적지 않은 미움을 참아가면서 지내야 했다. 나의 은행 생활 중 상사로부터 미

이 사진을 볼 때마다 식민지 청년들의 억압된 울분(鬱憤)과 비탄(悲嘆)이 얼마나 컸을까를 가늠해 본다. 군복 디자인부터가 사람을 왜소(矮小)해 보이게 한다. 저런 유니폼을 입으면 잘생겼다는 에르네스토 체 게바라(Ernesto Che Guevara 1928.6.14.-1967.10.9.)도 만화의 주인공처럼 코믹해 보이겠다. 어울리지 않는 옷을 입고 내선일체를 위해 말똥을 치우느라 손등이 텄다고 하는데 고향집을 그리며 눈물을 닦았으리라. 옆의 동료가 웃통을 벗고 있고 장군은 정복을 입은 채로 지휘관 자세를 취하며 카메라를 바라보고 있다. 와카야마현의 식민지 청년들의 사진인데 비장(悲壯)하면서 동시에 어딘가 유머러스하기도 하다. 어떤 고난도 굴하지 않고 타개(打開)하여 승리의 함성을 지를 준비를 하는 저 분기탱천(憤氣撑天)한 청춘들이었기에.

움을 받은 것은 이때 한 번뿐이었다.

출정 후 얼마 안 돼서 엽서가 날아 왔다, 그는 일본 본토인 오사카에서 동쪽으로 와카야마현[和歌山縣] 화천시(和泉市)라는 곳으로 배치되었다고 했다. 그 곳은 전쟁터가 아니라 일단 안심이 되었다.

소사지점의 터줏대감 격인 거래처 R군이 상용으로 오사카에 간다기에 혹 시간이 있거든 면회 가달라고 부탁하였다. 그는 고맙게도 부대를 찾아가 여러 시간 기다렸다 만나고 와서 너무도 고마웠다. 오사카에서 기차로 두어 시간이 걸렸을 테고 또 부대에서 기다리느라 길었을 텐데, 하루 종일 수고하고 돌아온 그의 우정을 잊을 수가 없다.

그 후 장군이 엽서를 보내왔다,

그가 '면회 올 사람이 없는데 누구일까?' 하며 나가보는 순간 외사촌(성일)이 온 줄로 착각했다고 하였다. 하기는 R군과 외사촌의 외모가 약간 비슷하긴 했다. 나는 R군에게 그를 만나게 되면 용돈 이십 원을 주고 오라 하였다. 그 전에는 면회의 확실성이 없었기 때문에 R군에게 미리 돈을 주지는 않았지만, 그가 면회를 하고 한국에 돌아왔을 때 그 돈을 청산하였다.

당시 일본을 왕래하는 사람이 나의 주변에는 희소하였기 때문에, R군의 수고로 안부를 주고받은 일은 매우 고마웠다. 그는 장군이 요직으로 옮겨 다닐 때마다 종종 찾아오곤 했다. 하지만 그는 청탁 같은 것은 하지 않고, 단지 장군과의 친분을 과시(誇示)하는 것만으로 자족(自足)했다. 수년 전 그가 LA에 여행을 와 전화를 걸어왔기에 반갑게 만나 점심을 먹으며 옛이야기를 나누는 시간을 가졌다.

광복

8.15 해방이 되자, 천안역 광장은 징병과 징용으로 끌려간 자식을 기다리는 부모들로 크게 혼잡을 이루고 있었다. 어느 날 어느 시간에 돌아온다는 연락도 또 반드시 살아온다는 보장도 없는 막연한 기다림이었다. 모두가 불안하고 초조한 가운데, 우리 장군의 부모님도 역 앞에서 서성거리고 계셨다. 나는 당시 근무하던 은행이 바로 역전에 있었기 때문에 열차의 기적소리만으로도 남행열차와 북행열차를 구분할 수가 있었다. 남에서 오는 열차의 기적이 들려오면 나는 뛰어나가

군중 속에 계신 부모님을 찾아 모시고 함께 기다렸다.

이와 같은 막연한 기다림을 이십여 일이나 계속하던 어느 날 (9월 5, 6일경) 드디어 장군은 일본군 육군 소위 정장을 한 씩씩한 모습으로 나타나 부모님의 품에 안겼다. 귀국이 늦어진 이유인즉 부산을 왕래하는 선편을 주선하여 귀국하는 장정들의 편의를 돕느라고 동분서주하였다는 것이다. 선박회사에 종사하는 자들도 민간인이 아닌 일본군 장교의 명령에는 순종하였다고 한다.

동민들은 열렬한 환영으로 개선장군을 맞이하였다. 동네에는 흥겨운 농악소리와 잔치가 벌어졌다, 눈물겹고 고마운 일이었다. 그는 이러한 주민들의 환영 속에 한동안 고향에서 머물렀다. 그곳에서 그는 종종 천안 나들이를 하곤 했다. 당시는 일본군이 아직 철수하지 않고 있어 시내에 나가면 어렵지 않게 그들을 볼 수 있었다.

어느 무더운 날 나는 그와 함께 시내에 나갔다. 늦더위가 심한지라 그는 상의(군복)는 입지 않고 하의 군복만을 입고 있었다. 그럼에도 마주치는 일본 군인들은 그가 장교임을 알고 깍듯이 경례를 하였다. 그 덕분에 나란히 걸어가고 있는 나의 가슴도 펴지고 어깨도 으쓱하였다. '더러운 조센징… 무식한 조선인'으로 멸시와 천대를 받아온 우리가 그들로부터 경례를 받고 있으니 통쾌할 수밖에.

당시 변두리에 있는 우시장에서는 군용 말을 처분하고 있었다. 장군은 그것들 중에서 한 마리를 사기로 했다. 일본으로 끌려간 직후 나에게 보내온 엽서에 "말을 쓸고 닦아주고 똥을 치우느라 손등이 터지고 있다." 하던 것이 생각났다. 그때 말을 관리해 보았으니 말의 좋고 그른 것을 식별할 수 있겠지 생각했다. 그는 준수해 보이는 말을 골라 값을 치렀다. 그 후로 당분간은 승마로 천안을 왕래했다.

국방경비대

그는 수차례 서울을 왕래하면서 국방경비대 창설에 참여하였고, 육군 소위에 임관되어 대전으로 내려가 제2연대를 창설하였다. 연대장은 일본 육사 출신의 이형근 대위로 여기서부터 두 사람의 돈독(敦篤)한 우정이 시작되었다. 우리는 그 당시 대전에 아무 연고가 없었지만 어머님께서는 대전 나들이를 하셨다. 아마도 그가 군부대 생활을 보여드리기 위하여 모셔간 것 같다. 어머니는 아들의 안내로 지프차를 타고 가며 사병들의 훈련도 보시고 유성온천도 하셨다. 이는 당시 한국 어머니로서는 극히 드문 여행이었다. 그때의 나들이가 그가 보여드린 마지막 효도라고 누가 꿈에나 알았을까?

제7연대장

임관 후, 불과 2년 만에 소령으로 진급하고 청주에서 제7연대를 신설, 연대장에 임명되었다. 당시는 과도기였기 때문에 승진이 빠르기도

대구 헌병사령부에서 미8군사령관 밴플리트장군과 함께 사열받는 모습

했지만 그의 유능함이 더 큰 원인이었다.

청주 관사에서의 〈창과 방패〉에 얽힌 이야기이다.

연대장은 불같은 성격을 지니고 있는 한편 인정에는 약한 점이 있었다. 일찍이 춘원 이광수는 "꽃이 아무리 아름답고 곱다고 하지만 따뜻한 인정만은 못하다"고 하였다.

사연인즉, 외사촌 성일 군이 연대장 관사의 식객으로 숙식을 하고 있었다. 그는 낮에는 외출을 삼가고 있다가 밤이 되면 좌익 지하 운동원들과 만나곤 했다. 관사의 주인은 대한민국 육군 연대장인데, 국시인 멸공통일에 충성을 다하는 그가 대한민국 전복(顚覆)을 위하여 활동하고 있는 외사촌을 데리고 있으니 이와 같은 모순이 있을 수 있단 말인가. 아무리 혈연이 중요하다 해도 만일 이 사실이 발각된다면 연대장의 사상이 좌익으로 몰려도 변명의 여지가 없었을 것이다. 또한 실제로 당시 내부에는 상당수의 공산분자가 침투하고 있어 숙청당하고 있었다.

필경 연대장도 이 때문에 많은 고민을 하였을 것이다. 그후 대전 중부님이 오셨다가 이 사실을 보시고 본인을 설득하여, 내보내셨다고 들었다.

어느 날 연대 창설 기념 시가행진이 있었다. 시가행진은 당시 서민들에게는 큰 볼거리였다. 때문에 온 거리는 인산인해를 이루었다. 연대장은 맨 앞 지프차에 올라 앉아 있었다. 그의 위엄 있고 당당한 모습에 넋을 잃은 어느 여인이 독백하기를 "참 잘도 생겼다. 누가 저런 잘난 아들을 두었는지 그 어머니는 얼마나 좋고 기쁠까?"라며 몹시 부러워하였다고. 당시 관사에 상주하고 계시던 이모님이 관중 속에 계시다 들으셨다고 한다. 그러나 이 무렵 어머님은 이러한 장한 아들의 모습을 보지 못하시고 누워 계시다가 결국 승천하셨다.

국민방위군 사건의 재판장

6.25 사변으로 조직되었던 국민방위군이라는 후방부대가 1.4 후퇴로 남하하고 있었다. 엄동설한의 날씨에 행군 도중 무수한 아사(餓死)와 동사(凍死)자가 속출하여 사회 여론이 들끓고 있었다. 급식과 피복의 막대한 예산을 간부들이 횡령하였기 때문에 사병들은 헐벗고 굶주려서 많은 젊은이들이 희생되었다.

이 문제가 국회에서 거론되자 궁지에 몰린 국방부는 진상을 조사하기에 이르렀고 이 독직(瀆職) 사건의 재판장에 장군이 임명되었다. 아마도 재판장을 임명하는데 당사자들은 신중을 기하였을 것이다. 무엇보다 청렴결백(淸廉潔白)하고 공정무사(公定無私)한 인격자를 골라야 했기 때문이다.

그 무렵 그는 부산에서 병기행정본부장의 자리에 있었는데, 재판이

이응준 중장이 미군 장성과 악수를 하고 있는 가운데 왼쪽 두 번째 강영훈 장군이 카메라를 응시하고 있다.

육군본부가 있는 대구에서 열리게 되자 그곳의 참모총장(이종찬 장군) 관사에서 체류하게 되었다.

훗날 그는 당시를 회고하며 “재판이 시작되자 권력층으로부터 협박과 압력이 심하였지만, 한편으로는 일반 시민들의 격려의 편지가 쇄도(殺到)하여 매우 고무적(鼓舞的)이고 보람이 있어, 긍지를 갖고 임무를 수행하였다”고 했다.

피고인들의 진술에 의하여 정일권 장군이 상당한 금품을 수뢰(受賂)하고 있다는 사실이 밝혀졌다. 이를 확인하기 위하여 그를 소환(召還)하였는데, 당시 그는 별 하나인 재판장보다 별을 둘이나 더 달고 있었기 때문인지 바로 응하지 않았다고 한다. 아마도 권력에 아부하는 재판장이었다면 일신의 출세를 위하여 어물어물 넘겼을 터인데 정의감에 불타는 그는 끝끝내 그를 법정에 출두시켰다고 한다.

방청석은 연일 입추(立錐)의 여지 없이 초만원을 이루었고, 강직하기로 명성이 높은 김석원 장군도 매일 나타나 방청석에 자리 잡고 있었다고 한다.

그 때 당시 정 장군이 굴욕적인 신문(訊問)을 받고 퇴정(退廷)하는데, 김석원 장군이 달려들어 멱살을 잡고 "이놈아! 네가 그러고도 대한민국의 장군이냐?"고 호된 망신을 주었다고 한다. 일본군 육군 대좌를 지낸 노장이 볼 때 인간적으로 멸시하고 증오(憎惡)할 만한 일이었기 때문이다. 재판 결과는 사령관 김윤근 준장 외 4명의 관련자가 사형선고를 받음으로써 들끓던 여론을 가라앉힐 수가 있었다.

제3군단장 참모장

1.4후퇴로 온 가족이 경상남도 수영 비행장 근처의 마을에 자리를 잡고 피난생활을 할 때였다. 장군은 제3군단 참모장의 자리에서 전투지휘를 하고 있었다.

그러던 어느 날 가족의 안부가 궁금하였던 장군은, 부산으로 출장 나온 장교를 수영으로 들르게 했다. 나는 물실호기(勿失好機)라고 판단하고 봉화로 돌아가는 장교의 지프차에 편승하여 장군에게 가 피난을 하였다. 하지만 비록 후방일지라도 군단 사령부에서 작전의 중책에 골몰하고 있는 장군에게 적지 않게 눈엣가시 같은 존재이었던 것 같아 후회되었다. 장군은 기왕 왔으니 경리부에 가서 수판도 놓고 기타 일을 도와주라고 하였다. 그 때 나는 군복까지 입고 일을 했으니, 임시

좌로부터 심언봉 장군 이종찬 참모총장 미군장성

로 문관생활을 한 셈이다. 밤에는 우리 형제가 나란히 잠자리에 누웠다. 자기 전에 그날 있었던 일을 이야기 해주곤 했다.

어느 날은 전선을 시찰하고 돌아오는데 고갯길에서 미군 차량이 언덕 아래로 떨어져 있어 사병들이 끌어 올리는 작업을 하느라 길을 막고 있더란다. 한참을 기다려도 미군들이 차길을 비켜주지 않자, 장군이 화가 치밀어 차에서 내려 "야! 이 별판이 안 보이느냐?" 하며 소리를 지르고, 들고 있던 말채로 후려갈기며 "너희 상관한테도 이렇게 하겠느냐?" 호통을 치자 비로소 부랴부랴 길을 비키더라고….

또 어느 날인가는 이런 이야기도 들려주었다. 오늘 50에 가까운 중령 한 사람이 신고차 자신의 방에 들어오더니 다짜고짜 손을 내밀며

이종찬 총장과 함께 연병장에서의 거수경례

악수를 청하더라나. 그래서 내민 손을 탁 치고 어디서 무례하게 하급자가 악수를 청하느냐 소리를 지르고는 그래도 나이대접으로 앉으라고 권했다 한다. 그가 앉자, 장군은 "내가 귀관의 악수를 받고 지나쳤으면 귀관은 다음 군단장에 가서도 같은 무례를 저지를 거야." 하고 타일렀다고 한다.

헌병사령관

장군이 병기행정본부장에서 헌병사령관으로 임명되자, 당시 온양온천에서 사업을 하고 있었고 후일 장면 정권에서 국회의원을 지낸 성기

선 군이 "계씨도 이번에 돈을 벌지 못하면 다시는 그런 기회를 갖기 어려울 것입니다"고 했다 한다. 당시 일선에서는 전쟁을 하고 있었지만 후방은 군규가 문란하여, 초소에 근무하는 경찰과 헌병들이 통행차량 검문 시 돈을 뜯는 일이 공공연히 자행되고 있었다. 그렇게 뜯은 돈이 몇 단계를 거쳐 상부에까지 상납되고 있었다.

당시 부산에 있는 조병창에서 화재가 발생하여 막대한 피해를 입은 큰 사고가 있었다. 그래서 국회에서는 "조병창 화재의 도의적 책임이 있는 병기행정본부장을 어째서 헌병 사령관으로 영전시켰느냐"고 따졌다. 하지만 답변에 나선 이기붕 국방장관이 "군의 직제로 보면 헌병 사령관보다 병기행정본부장이 위에 있다. 한국과 같이 권력을 좋아하는 후진국에서나 헌병사령관을 요직으로 여긴다."고 하니 잠잠해졌다고 한다.

1952년 1월 나는 13년 만에 지점장 대리로 승격하여 대천지점으로 발령 받았다.

3월초 대천지점장이 사령부에 혹시 예금 재원이 있을지 모르니 계씨를 만날 겸 대구에 갔다 오는 것이 어떠냐고 하여 내려갔었다. 장군은 마침 사령관 책임 하에 관리하고 있는 정보비가 있다고 하며 일억 환이라는 거액을 주었다. 당시 대천은 정부가 부산에 있고 아직도 전쟁 중에 있어 해수욕장 경기도 없고 쓸쓸하기 한없는 시골 소읍에 불과하였다. 그러므로 1억이라는 액수는 대천지점으로서는 천문학적 숫자였다. 이로 인해 지점의 성적 순위가 껑충 뛰어, 천안 예산뿐 아니라 군산지점까지도 따라붙은 정도가 되었다. 여하 간에 나는 이 일로 직원들에게 크게 생색을 낼 수가 있었다.

그리고 이번 출장길에서 나는 장군의 정의감에 경악(驚愕)하였다.

나는 관사에서 기관지 사정보(司正報)를 읽고 크게 놀랐다. 기관지에는 권두사(卷頭辭)로 사령관의 훈시가 실렸는데, 첫줄에 "헌병 제군은 본관의 명령 없이는 정치에 관여하거나 정치의 도구가 되어서는 안 된다."고 쓴 것이다. 자유당 정권하에서 부산정치파동을 함께 겪고 있는 고위 장성으로서 어떻게 그와 같은 훈시를 할 수가 있는가? 너무도 대담한 글을 읽고 나는 아연(啞然)하여 후일 아무런 일이 없을까 두려움을 금할 수가 없었다. 이 훈시는 부산에서 과오를 저지르는 계엄사령관 원용덕의 정치 개입에 정면으로 도전한 것이다. 계엄 하에서는 참모총장도 계엄사령관 휘하(麾下)에 들어 있다는데 하물며 헌병사령관이야…. 비록 군은 정치에 엄정 중립하여야 하는 명분은 내세웠지만, 서슬이 시퍼렇던 그 시국에 그러한 명령을 내린다는 것은 아무나 할 수 있는 일은 아니었다.

헌병사령관 시절 군인들에게 지시를 내리는 장군의 표정이 순박하다.

온유하고 편안한 태도로 9사단장과 악수하고 있다.

여기에 너희들을 위하여 부산정치파동에 관해 간단히 설명하면, 당시 헌법은 대통령을 간선제(間選制)로 즉 국회의원들이 선출(選出)토

장면은 훈시를 하는 것 같은데 허세를 부린다거나 과시를 하는 느낌이 없고 제스처도 없이 조용하게 타이르는 순간으로 포착(捕捉)된다. 헌병대원들이 일렬로 열중쉬어를 한 채 집중하고 있고 장군은 편안하게 치하(致賀)를 하고 있다. 악을 쓰거나 심기(心氣)가 불편한 인상이 아니다.

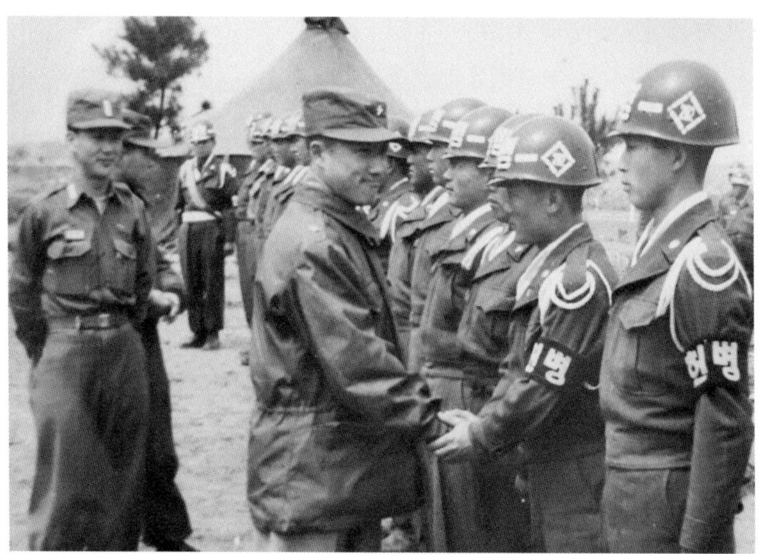

대원 한 사람 한 사람 악수하며 입술은 굳게 다물었으나 얼굴은 웃음을 짓고 있고 뒤의 부관도 조용하게 미소 짓고 있다. 군대 하면 살벌하고 피 튀기는 듯 험악한 선입견이 있는데, 장군이 가는 곳은 왜 이리 화평한가? 전쟁이 아직 끝나지 않은 후방이긴 하지만.

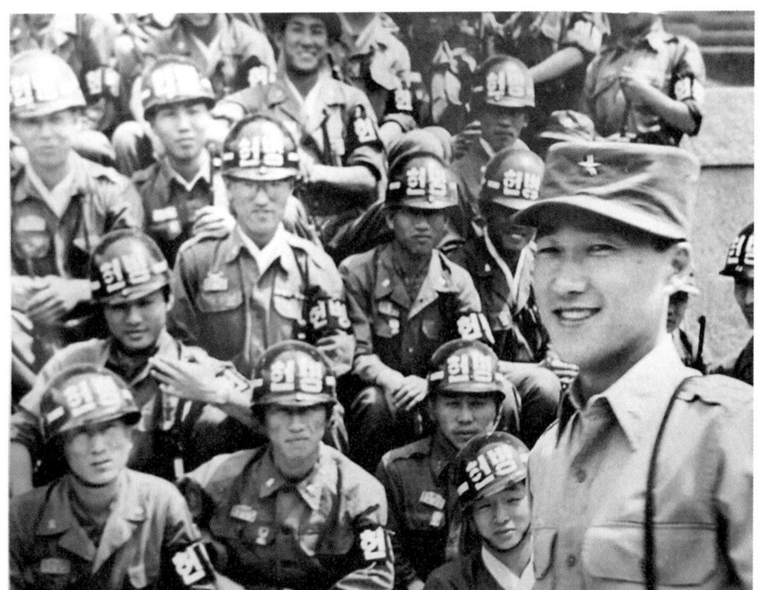

무엇이 그리 즐거운지 장군은 물론 헌병대원 모두가 환하게 웃고 있다. 그 신산(辛酸)한 시절이었음에도 밝은 웃음을 짓고 있는 장정들이 21세기 작금 불만과 불평이 머리 꼭대기까지 찬 우리가 볼 때 이 장정들은 참을성 많고 나 하나가 죽더라도 나라를 살리겠다는 충정이 하늘을 찌를 듯하다. 어렵고 힘든 시기이건만 이를 물고 극기(克己)하며 웃음을 잃지 않는 초인적인 분위기를 자아낸다. 욕심 많고 게으르고 허영심 많은 우리들에 비하면 이 분들의 저 고난을 초극하는 의지와 충정은 하늘을 찌를 듯하지 않은가?

록 되어 있었다. 그러나 이승만 대통령은 야당이 우세한 국회에서는 자신의 재선 가망성이 없자, 헌법을 직선제(直選制)로 개정코자 하였던 것이다. 그래서 치안상 아무 불안이 없던 부산지구에 계엄령을 선포하고, 헌병이 출동하여 개헌을 반대하는 야당 의원들을 끌어내 버스에 싣고 납치(拉致)한 것이다. 이는 헌정 사상 일찍이 볼 수 없었던 일이었다.

이에 관하여 계엄사령관 원용덕 장군이 대통령에게 보고하길 "헌병사령관 심언봉이 헌병들에게 명령을 내려 부산지구 헌병대장이 계엄사의 지시를 듣지 않는다." 하자 대통령 왈 "그 놈 포살(捕殺)할 놈"이라고 크게 노하였다고 한다.

우리 사회의 풍자적(諷刺的) 유행어로 "빽"이란 말이 있다. 일선에서 전사하는 병사들이 숨을 거두면서 부르짖는 마지막 말이 "빽"이라고. 즉 배경이 있으면 입대에서 제대까지 후방에서 편하게 복무하지만 반면 뒤에서 봐주는 사람이 없으면 내내 일선으로 돌다가 전사까지 한다는 것이다. 이런 부조리를 역대 사령관들이 시정코자 노력하였지만 권력기관의 압력으로, 또는 청탁으로 실천하지 못한 것을 우리 장군은 과감하게 단행하였다. 국회의원을 위시하여 기관원 그리고 신문 기자들이 연일 찾아와 아우성치는 바람에 곤욕(困辱)을 치렀지만, 그는 흔들리지 않고 신조를 지켰다고 한다.

논산 훈련소장

정치 파동이 끝난 뒤 엄정 중립을 지켜온 육군본부의 수뇌부에는 인사 한파가 휘몰아쳤다.

참모총장(이종찬)은 미국 참모대학으로, 그리고 우리 장군은 논산 제2훈련소 부소장으로, 그리고 정보국장 김종평 장군(후일 김종면으로 개명)은 제주도 제1훈련소 부소장으로 각각 좌천되었다. 훗날 나에게 들려준 이야기에 의하면, 김종면 장군과 편지로 주고받기를 "나는 제1훈련소 부소장이니 자네보다 격이 위"라고 하였단다. 이에 장군이 화답하기를 "나는 금의환향은 아니지만, 내 고향으로 왔으니까 섬으로 유배된 자네에 비하면 영전이다."라며 서로 자위 자조하였다고.

장군이 논산으로 부임하고 얼마 후 국회의장(신익희)이 훈련소를 시찰차 방문하였다. 이때 의장을 맞기 위해 연회를 열었는데 그 자리에는 도지사를 위시하여 지방 각계 인사도 초청되었다. 연회가 진행되고 있는 자리에서 신 의장이 곁에 앉아 있는 장군을 가리키며 "나는 이 자리에서 심 장군을 보니 이 충무공이 연상된다. 강직(剛直)한 군인정신으로 불의와 타협하지 않아 정치적으로 불우한 환경에 처해 있으니 그 옛날 충무공의 처지와 비슷하기 때문이다. 또 심 장군의 고향이 충무공 산소와 현충사가 있는 아산이지 않은가"라고 하였다 한다.

장군은 신 의장이 자신의 현재 상황을 소상히 알고 있는 데다가 고향까지 기억해주어 적지 않은 위로와 격려가 되었다고 했다.

해공 신익희 씨는 당시 야당 당수로서 국회의장을 맡았고 대통령 선거에도 출마하여 절대적인 지지를 받고 있었다. 하지만 유세차 호남지방으로 내려가는 열차 안에서 갑자기 발병하여 투표일을 눈앞에 두고 서거하였다. 이 일은 국민들에게 크나큰 실망을 안겨 주었으며 국가의 민주주의 발전에 있어서도 큰 손실을 초래하였다. 그의 한강 백사장에서의 사자후는 30만 인파가 몰려 미증유의 성황을 이루었다. 그가 타계한 이후 아직까지도 그만한 인물을 갖지 못하고 있는 우리나라의 국운이 서글플 뿐이다.

어느 날 장군을 만난 자리에서 내가 "국방장관(신태영)과는 가까운 사이가 아닌가 이번 기회에 한 번 찾아가 보면 어때?" 하고 권하였다. 그러자 그는 "썩어 빠진 세상에 누구를 찾아 가겠느냐?"고 답하였다. 실은 보직 없이 동래 온천에서 피난 생활을 하고 있을 때 장군(병기행정본부장으로 부산 시절)이 식량과 땔감을 보내 드리고 있었다는 이야기를 들은 바가 있기에 내가 그와 같은 말을 하였던 것이었다.

그토록 논산 밖으로는 한 발도 나가지 않던 그가, 어느 날 육군 본

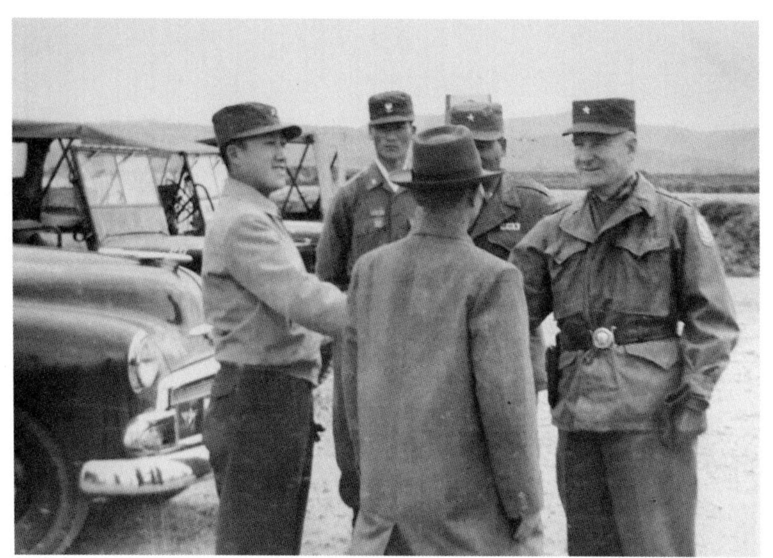
미군장성을 영접하며 환영의 악수를 나누며 만면에 미소를 짓고 있다.

부 작전국장으로 함께 정치파동을 겪은 이용문 장군이 비행기 사고로 순직하자 그의 장례식에 다녀왔다고 했다. 출세하기 위해서는 한 발짝 꼼짝도 하지 않던 그가 전우의 마지막 길을 애도(哀悼)하기 위해 대구까지 다녀온 것이다. 나는 이처럼 그의 의로웠던 인간성을 높이 평가하고 싶다.

1952년 부산정치파동 때 육군 참모총장 이종찬과 함께 군의 중립을 내세워 국방장관 신태영의 병력 차출 명령을 거부하기도 했다. 당시 이종찬 참모총장은 국회의원 통근차가 헌병대로 끌려간 5월 26일 대구 육본에서 열린 참모회의를 통해 군이 정치에 이용되어서는 안 된다는 내용의 육본 훈령 217호 〈육군장병에게 고함〉(p.188 참조)을 발표했다. 이로 인해 육군 참모총장 이종찬은 해임되었으며, 이용문은

뜻밖의 인물의 콧수염은 신태영 국방장관의 순시로 보인다. 군복이 아닌 코트 차림에 중절모가 당시 신사들의 외출복 패션으로 보인다. 장군은 바른손 장갑을 벗어 왼손에 장갑을 들고 있다. 원용덕 준장이 미소 짓고 있으나 장군은 외면하는 것처럼 보인다.

육군본부에서 밀려나 7월 11일에 수도사단장으로 전보되었다.

또 하나의 일화가 있다. 당시 육군 특무대는 현재의 보안사령부 일을 하고 있었는데, 이는 육군본부 정보국 직속기관이었다. 그곳의 특무대장 김창룡 대령은 이승만 대통령의 수양아들이라는 소문이 날 정도로 이 박사의 총애를 받고 있었다. 때문에 그는 안하무인 오만불손으로 중요 사항을 직속상관인 정보국장은 물론 참모총장도 거치지 않고 직접 대통령에게 보고하고 있었다. 그러나 정보국장 김종평 장군도 만만치 않아 군의 기강을 바로 잡고 권한을 행사하려 했으므로, 둘은 극심한 마찰을 빚고 있었다. 여기에 김창룡이 모종의 사건을 조작하여 김 장군을 개입시키고, 무고한 죄를 씌워 김 장군에게 영어(囹圄)의 신

돼지우리를 돌아보며 매우 친근한 미소를 짓고 있다. 보통 코를 막으며 얼굴을 돌릴 지경일 텐데 지휘봉을 아래로 향하며 자적(自適)한 순간이 포착되었다. 부식 마련에 골몰하던 당시 처지가 뒤로 보이는 막사에서 물씬 풍긴다. 이 사진은 게바라(Guevara)가 사탕수수 농장에 가서 가족과 함께 사탕수수를 베는 장면과 오버랩 된다. 산업부장관실에 앉아있기보다 사탕수수밭에 가서 일하는 시간을 더 좋아했다는 풍운아(風雲兒) 체 게바라(Che Guevara)와 일맥상통(一脈相通)하는 면이 있다.

세를 지도록 한 것이다.

이러한 살벌한 판국에 동료 장군들도 김창룡이 두려워 아무도 면회가는 사람이 없었다고 한다. 그러나 우리 장군은 당당하게 찾아가 형무소장실에서 면회를 하였다. 이때 사복 차림을 한 사람이 오락가락하고 있자 특무대원임을 짐작하고 "나 심언봉 장군이라고 너의 상사에게 보고하거라. 그리고 당장 나가!" 하니까 장군의 명령을 어길 수 없어 나갔다고 한다.

탈곡기로 벼를 훑는 장면을 골똘히 바라보고 있다. 장군은 분명 고향의 아버지를 비롯한 일가들을 떠올리며 추수하는 병사들을 격려하였을 것이다. 자급자족으로 군사들 식량을 보급하고자 전력투구를 한 증거라고 하겠다. 병사들 굶기지 않으려고 백방으로 노력하는 장면이다. 탈곡기가 윙윙 돌아가고 볍씨가 탁탁 훑어져 나오며 멍석에 쌓이면 고무래로 알곡을 모으고 갈퀴로 볏짚을 걷어 쌓아두는 과정이 훤히 보인다.

이와 같은 일은 용기가 있고 신념과 의리에 투철해야 할 수 있는 것이다.

어쨌든 이 사건은 김창룡의 사주(使嗾)를 받고 김종평 장군에게 불리한 증언을 하고 있던 모 씨가 양심의 가책을 받고 법정에서 허위증언이었다고 고백함으로써 끝이 났다. 이때 방청석에 앉아 있던 김창룡은 미친듯이 증인석으로 뛰어가 그의 등을 물어뜯었다고 한다. 김창룡은 후일 자업자득으로 부하였던 허태영 대령의 저격을 받고 생을 마감

중공군 포로의 팔뚝에 문신한 것을 보여주고 있다. 중공군포로 문신글자는 防空抗爭(방공항쟁)

했다. 허 대령은 훈련소 특무대에서 우리 장군의 아래에 있던 사람으로 장군의 인격을 존경하고 모셨으리라고 추측한다.

이 박사는 백범 김구 선생이 흉한에 의해 서거하셨을 때, 온 국민이 거국적으로 애도하였음에도 단 한 번 빈소를 찾지 않았으면서도 김창룡의 빈소에는 두 번이나 찾아가 화제가 되었다. 백범과는 조국 광복을 위하여 일한 평생 동지였건만 그렇게 비정할 수는 없지.

굴욕을 극복하다

논산 훈련소의 부소장 자리를 참고 견뎌야 했으니, 그의 불같은 성격에 얼마나 힘들었을까는 짐작하고도 남을 만하다. 훈련소장 이성가 장군이 온양읍 근교에 제13연대를 창설하고 연대장으로 있을 때 우리 장군은 8사단 참모장이었으니 서열상으로는 장군이 훨씬 선임이었다.

그러나 출세가도를 잘 달린 그는, 우리 장군보다 별을 하나 더 달고 있었다. 어째서 좌천의 굴욕을 받고 있는지에 대해 잘 알고 있는 그는 우리 장군을 맞이하면서 극진히 위로하길 "부대에 나오지 말고 근처의 저수지에서 낚시나 하고 유성 온천에 가서 휴양이나 하라"고 우정 어리게 권하였다고 한다.

그러나 그렇다고 장군이 그렇게 무책임하고 불성실한 처신을 할 사람은 아니었다. 이러한 성실한 태도를 지켰던 장군은 얼마 후 그를 아끼는 인사들의 진언에 의해 훈려소장 자리에 올라앉게 되었다.

책임감이 강하고 의욕적이었던 그는 5만 신병을 막강한 군대로 만들기 위하여 최대의 정열을 쏟았다. 그는 군인들에게 밥을 먹이기 위하여 밥그릇의 표준을 사진 찍어 식당에 붙여 놓고는 이것보다 적을 때는 신고하라고까지 했다.

이 무렵, 논산읍과 강경읍의 훈련소 쌀은 불법으로 시장에 쏟아져 나오고 있었다. 이를 방지하기 위해 수시로 정문을 나가는 차량을 단속하였더니 심지어 휘발유통에 넣고 나가는 경우까지 있었다. 그리고 소고기를 먹일 때에는 한 번에 2백 마리의 소를 잡았는데, 병사들의 식탁에 오르기도 전에 밖으로 흘러나가고 있어 이것도 단속하였더니 정육만 한 트럭이 넘었다고 한다.

훈련병 5만에 장교가 약 9백 명의 큰 병력이라 비행(非行)과 사고가 비단 쌀과 소고기에만 그치지 않았다. 이러한 상황에서 장군은 아래로부터 상납이나 챙기고 위에다 진상을 하면서 일신의 영달(榮達)에만 급급해하는 무리와는 달리 매우 성실하고 정직한 태도로 직무에 임하

함께 시찰을 하는 것을 보니 요인의 방문으로 보인다. 요인은 맨 가장자리에서 옆에서 찍는 카메라를 바라보느라 우편을 향하고 있는데 그 옆의 장군은 담배를 물고 정면을 바라보고 있다. 가운데 여군도 끼어 있듯 앉아있고 황량한 야전부대훈련을 참관하는 사진인가?

였다.

그는 군의 대소사를 일일이 챙기는 한편, 부정을 저지르는 자들을 엄격히 처벌하며 군의 기강을 잡는데 심혈을 기울였다. 하지만 이와 같이 무리하게 일한 탓에 과로와 소화불량이 심해져 건강이 많이 상하였고 식사를 할 수 없는 지경에까지 이르게 되었다. 그럼에도 그는 링거를 맞아 가며 계속해서 집무하였다.

어느 날 내가 관사에 들렀다가 너무도 수척(瘦瘠)한 그의 모습에 놀라 부디 휴식을 취해라. 갑사, 마곡사 등 공기 좋고 조용한 곳에 가서 정양하자며 간곡(懇曲)히 권하였지만 그는 나의 말을 일축(一蹴)하였

실제로 훈련받는 현장으로 안내하여 브리핑을 하는 자세이다. 겨울이라 누비 군복을 입고 옆으로 누워 발포 자세를 취하고 있다. 첨단의 장비위에서 위압적인 자세로 시가행진을 하는 군대가 되기까지 잔설 희끗희끗한 맨땅에서 뒹굴며 훈련하는 청년들의 심상에 조국의 산하는 얼마나 애잔하였을까!

다. 처음에는 소화불량의 원인이 위하수라고 하였는데 얼마 지나서 위문협착증이라고 수술을 해야 한다는 통보가 왔다. 결국 대전 63육군병원에 입원하여 군의관 김성진(후일 공화당 의장) 박사의 집도로 수술하게 되었다.

수술 후 경과가 썩 좋아 2주일 만에 퇴원, 군용기로 논산으로 돌아와 다음 날부터 출근하여 주위를 놀라게 하였다. 건강한 모습을 보여준 아우가 너무도 반갑고 고마워 어느 날 사택으로 초대하였다. 그리고 지점장과 직원들도 자리를 함께 하였는데 여기에는 나의 잘난 동생을 보여주고 싶다는 마음이 한몫하였다. 아마도 나는 그의 빛나는 별을 보여주고 싶었을 것이다. 식사가 끝날 때쯤 나는 노래를 잘하는 여행원 위 양에게 노래를 청하였다.

"아! 목동들의 피리소리는 산골짜기 마다 울려 나오고 여름은 가고 꽃은 떨어지니 나도 가고 너도 가야지, 저 목장에는 여름철이 가고 산골짝마다 눈이 덮여도 나 항상 오래 여기 살리라. 아! 목동 아 아 목동아 내 사랑아"

조용히 끝까지 듣고 있던 장군이 박수를 치며 재창을 청하였다. 노래를 부르던 아가씨는 장군의 칭찬에 매우 영광스러워 하였고, 이에 좌석은 한층 흥겨워 졌다. 나는 그가 떠난 뒤에도 종종 다방에서 이 노래가 흘러나오면 그 날의 자리가 회상되어 그에 대한 추모(追慕)의 정에 잠기곤 했다.

청렴결백

장군은 54년 5월에 장성들의 연수코스인 미국 참모대학에 가기 위해 훈련소를 뜨게 되었다.

나는 아우가 없는 강경지방에 남아 살기가 싫어 서울로 갔으면 하는 희망을 갖게 되었다. 때마침 본점의 전무이사가 이곳 훈련소에 경의를 표하기 위해 내려온 날이었다. 나는 좋은 기회라고 생각하고 나의 희망을 말씀드렸다. 그러자 얼마 후 인사부장이 행원을 출장 보내어 나에게 꼭 서울로 희망하느냐? 대전은 어떤가? 하고 나의 의사를 물었다. 일개 지점장 대리를 위해 일부러 행원을 보내 의사를 묻는다는 것은 나의 인사부장 재임 경험으로서는 있을 수 없는 노릇이었다. 이것은 물론 장군에 대한 예우였다.

당시 우리 은행은 나의 아우로부터 적지 않은 덕을 보았었다. 당시 은행에서 지점 또는 출장소를 개설하려면 은행 감독원과 재무부의 승인이 필요하였고, 이런저런 트집에 상당한 시일과 섭외가 필요하였다. 그러나 우리는 훈련소장이 국방부로 요청하고 국방부에서 재무부로 요청하여 손쉽게 개설할 수 있었다.

음력 2월 13일이 양력으로 3월 17일이었다. 나는 할머님 제사에 참석하였다가 다음날 상경하여 부임할 예정이었다. 이를 아우에게 이야기하자, 그는 자신도 가겠다며 관사로 오라고 하였다. 나는 별판을 붙인 지프차를 타고 간다는 것이 영광스럽기도 하고 자랑스러웠다. 관사에서 출발하려는 차에, 관사 근무병이 "휼병부 박 소령이 왔다"며 보고를 해왔다. 나도 은행 거래로 잘 알기에 나가자, 박 소령은 각하에게 전해 드리라며 돈뭉치로 보이는 것을 내밀었다. 내가 그것을 받아 들고 들어가면 그가 필경 화를 낼 것이 분명하기에, 계수씨를 나가 보시라 여쭈었다. 하지만 계수씨 역시 사양하고 직접 가보라 하셨다.

그가 안방으로 들어가 장군께 경례하였다.

"무어냐?"

"네, 부소장께서 각하 고향에 가시는데 여비를 드리라고 하셨습니다."

"그래? 실은 오늘이 조모님 제사인데 소대상이 아니라 별로 돈이 필요 없다. 그리고 지난번 후생비로 고기, 과일 등 준비하였으니 돈이 필요 없다. 가지고 가!"

"넷!"

그 날 안방에는 두 내외분과 나뿐이었다. 혹 외인(外人)이 한 자리에 있었다면 그에게 보이기 위해 청렴결백(淸廉潔白)을 '가장'할 수도 있

헌병사령관실에서 이응준 장군과 좌측에 이형근 소장이 두 손을 모으고 서있고 장군은 반 부동자세이다.

지. 그런 쇼를 할 사람도 아니지만.

내가 입을 열었다.

"뭐 그렇게까지 해, 받아 두지 않고.."

"아니야, 내가 저 돈을 받으면 당장 내일부터 저들이 저지르는 부정을 큰소리 칠 수가 없어."

과연 그렇다. 내가 깨끗해야지, 내가 솔선수범(率先垂範)해야지. 나는 그날의 그 자리가 잊혀지지 않았고, 그 후 나의 처세에도 많은 교훈이 되었다.

헌병사령부 위병소 앞에서 이응준 장군의 대화에 이형근 소장과 함께 경청하는 모습이다.

아버님의 거실에서

장군은 청주와 논산에서 근무할 때는 조부모님과 어머님 제삿날에는 특별한 일이 없는 한 제사에 참석하였다. 당시는 도로 포장이 안 되어 운전수의 고생이 심하였고, 특히 용혈리까지는 들어갈 수 없어 차를 공수골에 세워놓고 걸어서 왕래하였다.

7연대장 시절로 기억한다. 자정이 다되어서 도착하였는데 미군 고문단과 파티가 있어서 늦었다고 한다. 조상에 대한 효심이 없는 사람이라면 그러한 불편을 겪으면서까지 제사에 참석하겠는가. 장군이 고향에 돌아오는 날은 온동네가 떠들썩했는데 어른들은 장군에게 경의를 표하고자, 또 어린이들은 자동차가 신기해 구경거리로 모여 들었다.

어느 날이었던가, 출세한 아들이 자랑스러워 드시는 약주 맛이 더 좋으셨을 것이다. 그럼에도 장군을 앞에 앉혀 놓고 "어째서 애비가 부탁하는 것을 하나도 들어주지 않느냐? 자식 또는 손자를 입대시켜 놓고 노심초사하는 늙은이들이 40리 50리 멀리서 찾아와 부탁하는 것인데 들어 주어야 할 것 아니냐?" 하였다.

즉 훈련이 끝난 후 일선에 안 가도록 또는 일선에서 후방으로 전출되도록 부탁한 것이다.

그들은 장군의 아버님께 청하였으니까 잘 되리라 믿고 기다리다가 아무 소식이 없으면 다시 와서 뵙고 또는 빈손으로 찾아 뵐 수 없어 고기 또는 술병을 들고 걸어와 아버님께 부담(負擔)을 안겨 드리고 있었다. 약주의 힘을 빌려 무리한 논법을 되풀이하고 계셨던 어른과 끝까지 묵묵히 듣고 있는 효자 장군.

50여 성상(星霜)의 세월이 흐른 오늘에도 그날의 일이 역력히 떠오른다. 되풀이 하시는 것을 묵묵히 듣고 있던 그가 적당히 일어서 나와 담배를 꺼내 물고는, "나는 대통령 앞에서도 할 말을 다하는데 아버지 앞에서는……." 하며 웃음을 띠고 있었다. 얼마나 효도의 극치인가. 그리고 링거를 맞으면서까지 책임을 수행하는 나라에 대한 충성, 효와 충성을 겸전(兼全)한 자랑스럽고 위대한 장군이었다고 떳떳이 말할 수 있다.

약관 삼십에 그와 같은 의연한 모습은 무엇을 뜻하는가. 한마디로 아부를 모르고 소신껏 당당히 처신을 하고 있음을 보여주고 있다. 그와 같은 원숙한 인격을 어느 세월에 쌓았는지 아부(阿附)와 아첨(阿諂)을 일삼는 소인배(小人輩)에게는 천금을 준다 해도 흉내조차 낼 수 없는 자랑스런 모습이었다.

논산에서 형제가

논산과 강경은 10킬로 거리이다. 형제가 이렇게 가까이 살기는 그리 쉬운 일은 아니다. 나는 52년 정월에는 온양에서 대천으로, 다음해 3월에는 강경으로 그리고 54년 봄에는 서울로 3년을 연이어 옮겨 다니고 있었다.

강경으로 부임하니까 장군의 제 일성(一聲)이, "모략과 중상이 심한 세상이니까 형은 훈련소 출입을 하지 말라."고 하였다. 설령 형이 은행 업무로 출입해도 제3자들은 이권청탁으로 모략할 수 있다고 하며 금족령을 내렸다. 나는 장군의 뜻을 받아 출입하는 은행 고객은 물론 특히 훈련소 장병들에게까지 각별히 조심하며 친절을 베풀어 장군의 명예와 위신에 누(累)를 끼치지 않도록 처신하였다.

훈련소 창설 기념일이 5월 3일로 기억한다. 매년 대통령이 참석하고 있었다. 장군이 소장으로 취임한 후 처음 맞이하는 이 날 행사에 참석한 대통령은 시종 만면에 희색(喜色)을 띄었다. 행사가 끝난 후 대통령께서 은진 미륵에 가보자고 하여 장군이 짚차로 운전하여 모셨다. 도중 차안에서 뒷좌석에 앉아있는 프란체스카 여사를 돌아보며 "아이 엠 해피"를 되풀이 하면서 "이런 훌륭한 장군이 있어서"라 하셨다 한다.

장군이 취임한 후의 업적을 브리핑 받고 괄목(刮目)의 발전을 보신 소감이라고 추측한다.

모략이 따로 없다

지휘관 회의가 있어 대구 육군 본부에 다녀왔는데 참모총장을 만났더니 심 장군 친척이 조흥은행에 있느냐고 물어 "친척이 아니고 나의

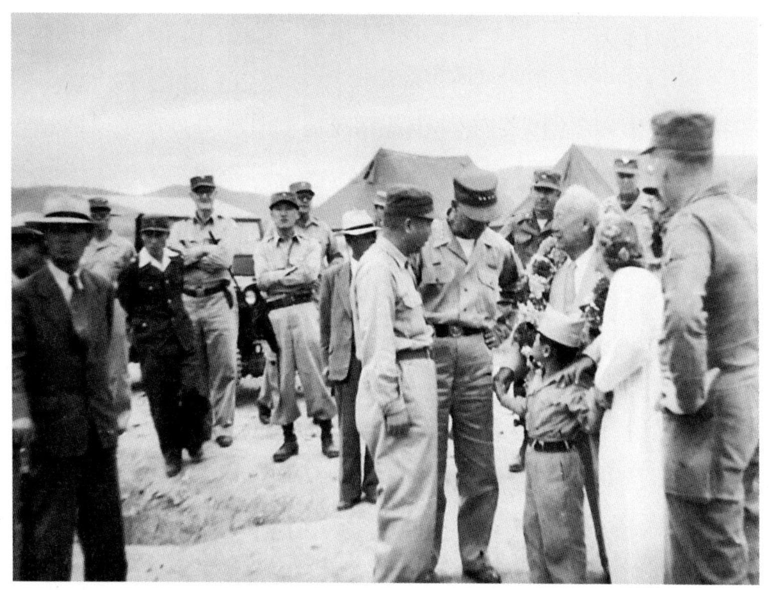

그 유명한 이 대통령의 논산 훈련소 시찰 기념사진
이 대통령이 아이 어깨에 한 손을 얹고 미8군사령관 밴플리트 장군과 환담을 나누는 장면 같은데, 프란체스카 여사가 아이 왼손을 잡고 있다. 안내를 하는 밴플리트 장군은 고개를 숙여 아이에게 무엇인가 묻고 있고 대통령이 답변을 하는듯한 양상이다. 한 보 떨어져 장군은 두 손으로 팔짱을 끼고 장총과 워커 차림으로 부동자세로 서있다. 여차하면 전투에 임할 그런 자세로 보인다. 군인의 임무를 한시도 잊지 않는다는 내면의 절규가 절로 느껴진다. 보통은 대통령 가까이 가서 눈도장을 찍으려 안간힘을 쓰는 게 상식 아닌가? 몇 보 떨어져 대통령 경호에 전력을 하는 그런 장면으로 보인다.

친형이다. 은행 거래는 내가 부임하기 전부터 조흥은행과 하고 있었고 은행에서 거래를 확보하기 위해 나의 형을 배치한 것이다." 사실대로 밝혔다고 한다.

훈련소는 처음부터 지리적으로 가장 근거리에 있는 논산의 제일은행과 거래를 하고 있었다. 그런데 사변 중에 지점 건물이 폭격으로 파괴되어 지점장 사택을 임시 영업소로 사용하고 있었다. 그곳은 건물이 일본식 구조로 다다미로 깔고 있어 출입하는 고객들이 신발을 벗고 들어가는 불편을 겪어야 했을 뿐만 아니라 군인들까지도 군화를 벗고 드나들었다.

그렇다면 찾아오는 경리부 장병들에게 점심도 대접하고 때로는 술자리를 만들고 초대하여 인간적으로 친밀하게 지냈어야 하는데, 지점장의 판단으로 유일한 동업자인 조흥은행은 논산에서도 10km를 더 가야 하므로 거래를 옮길 수는 없다고 일방적으로 판단하고 소홀히 대한 것이다. 그러는 동안 무슨 사연이 있었는지는 모르겠으나 훈련소 경리부장이 상부의 결재를 받고 조흥은행으로 구좌를 옮긴 것이다. 호사다마 즉 좋은 일에 흔히 방해되는 일이 생긴다는 뜻이다. 이런 횡재를 한 조흥은행에서는 지점장을 위시하여 전 직원이 훈련소 장병들에게 칙사(勅使) 대접을 하고 있었는데 특히 지점장은 다방 또는 식당에서 군인들만 대접하고 있었다.

좁은 바닥이라 소문이 퍼졌는데 경찰 간부들이 볼 때 지점장이 경찰을 너무 무시하는 것 같아 감정이 썩 좋지 않았다. 그래서 그들은 지점장의 비리를 잡으려고 명절 때 지점장 사택으로 형사를 잠복시키고 선물 받는 것을 체크하였는데 마침 쌀가마 들어가는 것을 포착(捕捉)하고 지점장을 유치장으로 감금시켰다.

이러한 불상사를 당한 은행에서는 지점장과 대리 2명을 교체하였는데 나도 포함된 것이다. 즉 일석이조(一石二鳥)로 훈련소 거래 확보와 지방경찰의 횡포에 대비한 셈이다. 이 무렵 제일은행에서는 지점장을 교체하고 신임 지점장에게 만사를 제치고 훈련소 거래를 복구시키라는 특명을 내렸다는 소문이 있었다. 인맥을 찾는 과정에서 참모총장까지 갔는지 아니면 우리 장군을 모략하는 자가 있었는지 아무튼 조심스럽고 무서운 세상이었다.

고별 순방

54년도 5월 하순, 영원한 작별인사 차 상경인가 갑자기 내가 근무하는 본점을 방문하였다. 소장으로 진급한 후 처음 보는 별 둘의 계급장과 지프차의 유난히 빛나는 별판이 나를 감격시켜 뜨거운 눈물이 벅차올랐다.

소장으로 진급한 후 나에게 보낸 편지에서 “42개월 만의 승진인데 동료들에 비하면 늦은 편이지만 미국군보다는 빠른 편이라고” 자위(自慰)하고 있었다.

그는 내가 임시로 거주하고 있는 가회동 집에도 들려 수숙(嫂叔)간 특별히 다정했던 길근모(吉根母)를 만나 보기도 하고 다음날은 나의 은행에 들러 은행장과 임원들을 만나기도 하였다. 그리고 무교동에 있는 일식집 이학으로 초대받아 방일영 사장을 찾아가고, 이기붕 국회의장, 이형근 대장을 찾아다니는 등 평소에 볼 수 없던 행각(行脚)이었다. 훗날 돌이켜보면 은행 임원에게는 나를 위한 은근한 시위이기도 하였고, 평소 친하게 지낸 사람들과 마지막 고별인사를 한 셈인데 어떠한 영적 계시가 아니었던가 싶다.

마지막 생일날

그의 생일을 함께 보내고자 대전에 내려갔더니 계수씨께서 전주 야소병원에 입원하고 있다 하여 그 길로 밤차를 타고 내려갔다. 당번병 두 명이 간병하며 병상에 누워 있는 장군, 용감하고 당당하고 그리도 불같은 성격인 장군이 어쩌다가 병마 앞에 굴하고 누워 있단 말이냐. 가끔 통증이 오면 일어나 앉아 아픔을 참느라고 괴로워하는 모습은

이종찬 장군 박마리아 여사 이기붕 국방장관 심언봉 장군

이 사진은 많은 생각을 떠오르게 한다. 구도부터 인물까지 잘 나온 사진이나 이 사진의 등장인물들의 말로가 어떻게 전개될지 아무도 몰랐던 오월 눈부신 날 공관에서 찍은 사진으로 보인다.

2008.11.29. 충남의대 강원 동문회를 방문하고 화진포의 이기붕 별장을 돌아볼 때 이 사진이 불쑥 떠올랐다. 1954년 5월 장군이 돌연 상경하여 당시 국방장관 내외분과 이종찬 참모총장과 찍은 기념사진이다. 온유해 보이는 국방장관의 앞날에 그런 횡액(橫厄)이 닥치리라고 누가 알았을 것인가? 5.26. 부산 정치파동부터 가정이지만 이종찬 심언봉 이 두 장군들이 항명이란 고육지책을 각오하면서까지 군은 정치개입을 하지 않겠노라 엄정중립을 선언했을 때 그 때 한 발 물러났더라면 대통령도 망명지 하와이에서 쓸쓸한 죽음을 맞지 않았을 터이고 이 가족도 몰살이라는 비극 그것도 아들의 손에 죽는 참극을 겪지 않았으련만. 마상의 권력은 앞머리를 잡고 질주만 할 줄 아는 (KAIROS) 얼굴 같은 것인지! 양 골짜기에 남과 북의 괴수(魁帥) 이승만 김일성 별장을 두고 경합을 벌이는 중간지점 평지에 이기붕 가족의 별장이 퇴락(頹落)한 채로 남아 있다. 승승장구하던 날 소동파 시를 마음에 담고 탐심(貪心)을 제어(制御)했더라면 적당한 선에서 물러났더라면 하는 부질없는 생각이 일어났다. 유형(流刑)의 고초(苦楚)도 겪고 크게 뜻을 펼치지 못하면서도 유유(悠悠)하게 생의 기쁨을 노래하고자 애를 쓴 소식(蘇軾)의 정신을 따랐더라면, "클레오파트라의 코가 조금 낮았더라면" 하는 문구처럼 허무한 노릇이지만 애처로운 마음이 가시지 않는다. 소동파(1037.1.8.-1101.8.24.) 시 "淸夜無塵(청야무진) 月色如銀(월색여은)" 다음은 떠오르지 않는데 금강산콘도 숙소로 돌아오는 발걸음이 무겁기만 하구나.

코트를 입고 마스크를 쓴 것이 겨울이 다가온다는 것을 느끼게 한다. 병색이 완연한데 코트도 헐렁해 보이는 것이 체중이 급격히 줄었다는 것을 암시한다. 장군은 이 무렵 넷째 숙모에게 "앞으로 아이들 넷 하고 어떻게 살아가겠냐?"고 걱정했다는 전언을 듣는 후손들은 여전히 참았던 슬픔이 다시 터진다.

참으로 안타까웠다.

저녁에 병원장이 생일을 축하하는 카드와 조그마한 케이크를 보내왔다. 환자 기록카드에는 음력으로 기록되었을 텐데 아마 근무병이 간호원에게 알려준 것 같았다. 장군은 일어나 고맙다는 인사를 영문으로 해서 당번을 시켜 전하였다.

나는 기왕 내려갔으니까 아우와 함께 하룻밤을 지내려고 하는데 그가 "형은 잠자리가 불편하니까 형의 친구 류씨한테 가서 자라"고 한다. 그때 그의 권고를 어기지 못한 것을 후회 또 후회하고 있다.

당시 우리는 암이란 병명을 별로 들은 바 없어서 그다지 걱정을 안

영결식장에서 강영훈 장군이 애도사를 읽고 있다. 강 장군이 애도사를 읽다가 눈물을 닦느라 몇 번을 멈추었다는 이야기가 전해진다. 뒤의 교실 창문을 보아 선화초등학교에서 치른 영결식장으로 보인다. 당시 사이렌을 불었다는 전언은 고성의 올리베타노 수도원 김좌동 신부님으로부터 들었다. 나로서는 처음 듣는 이야기였다.

하였고, 더구나 육군소장이라는 고위 장성이므로 최상급의 환경에서 건강을 회복하는 것은 시간문제라고 낙관하였다.

동창인 류씨(당시 한국은행 전주지점 차장이었고 후에 경기은행 장 역임) 댁에서 하룻밤을 보내고 다음날 병원에 가서 기차시간까지 앉아 있었다.

"국내에 없는 약이라고 병원장이 처방한 것이니 합동 참모본부로 이형근 대장을 찾아가 부탁하라" 마지막이 된 심부름. 나는 상경 즉시

용혈리 주막거리 산소에서 치러지는 봉분제로 보인다. 넷째 숙모가 앞에 앉아 있고 옆에 장남 정근 오빠가 상복을 입고 앉아 있는 뒤로 형제분들이 침통하게 봉분제를 바라보고 있다. 군악대의 호른이 보이고 의장대들 뒤로 멀리 딴내벌 벌판과 산이 보인다. 그림자들이 길게 보이는데 오후 시간이 지나고 있음을 짐작하게 한다.

이 대장을 방문하여 틀림없이 전달하였지만 미처 그 약이 오기도 전에…. 만세력(萬歲曆)을 찾아보니까 그 해 10월 24일은 양력으로 11월 19일이었다. 한 달 후의 일도 알지 못하고 전주 야소병원에서 영원한 작별을 하였다.

아버님의 咏詩(영시)

自寧越將校來訪　詳問消息 並傳酒草 故 喜而吟之耳

영월에서 장교가 찾아와 상세한 소식을 전해 듣고

또 아울러 술과 담배도 전해주어 기쁘고 또 기뻐 詩를 읊어본다.

雁來書致意初寬　酒草並傳亦盡歎

기러기 날아오는 편에 편지를 전해와 궁금하던 차 마음이 놓이고

아울러 술과 담배를 받고 보니 기쁨이 한층 더하도다.

只待將軍平國日　出迎老夫整衣冠

오직 기다리는 것은 장군이 개선하고 돌아오는 날인데

그날 이 늙은 애비는 의관을 갖추고 맞이할 것이다.

花雨千山無好日　東風二月每多寒

꽃을 시샘하는 봄비가 내리고 있다. 피난생활에 즐거울 리 없는

2월 불어오는 동풍은 더욱 차기만 하다.

全家抛棄來何地　夢裡鄕園夜夜看

생전 근검절약 마련해 놓은 재산 다 버리고 어느 땅에 와 있느냐

밤마다 밤마다 꿈속에서 찾아보고 있구나

별들과 나

李亨根(이형근) 대장

육군의 군번 1번으로도 유명한 분이고 심 장군과는 가장 인연이 깊었던 분이다.

국방 경비대가 발족(發足)하면서 그는 대위로, 심 장군은 소위로 임관하여 대전에서 함께 제2연대를 창설하였고 그 후 그가 제8군단장(강릉)일 때 참모장으로, 또 제3군단장일 때도 참모장으로 고락을 함께한 절친한 관계이었다.

영국 대사를 끝내고 한가롭게 은거(隱居)하고 있을 때 갈비를 한 짝 준비해 가지고 자택을 방문하였다. 매우 반갑게 맞이하며 2층에 있는 아들을 불러 인사시키고 여러 권의 사진첩을 꺼내다가 "여기도 심 장군 또 여기도 심 장군" 하며 친절히 대해 주었다. 박 대통령이 골프채를 보내왔다고 자랑도 곁들이기도 하고….

그분의 초취(初娶) 부인은 그의 일본육사 대선배인 이응준 장군(일본군 대좌)의 따님이었는데 사별하였고, 재취(再娶) 부인과의 결혼식

이형근 대장 결혼식 사진
신랑 들러리로 장군이 서있고 신부 측 들러리가 보인다. 신부가 수줍어 고개를 들지 못한 채 사진이 찍혔다. 이종찬 참모총장과 밴플리트 장군이 장년의 위용을 자아낸다.

에서 주례는 이승만 대통령이, 들러리는 심 장군이 서기도 하였다.

이응준 장군이 미국 시찰 여행할 때 심 장군이 모시고 다닌 인연(因緣)도 있다.

姜英勳(강영훈) 중장

심 장군의 영결식에서 우인대표(友人代表)로 나와 조사를 읽을 때 흐느끼고 또 흐느끼는 모습이 참다운 우정에서 울어나오는 것 같아 매우 감명 깊고 인상적이었다. 훗날 장례식 참석에 대한 인사를 하기 위하여 충정로의 자택을 방문한 일이 있었고 그 후 그가 친상(親喪)을

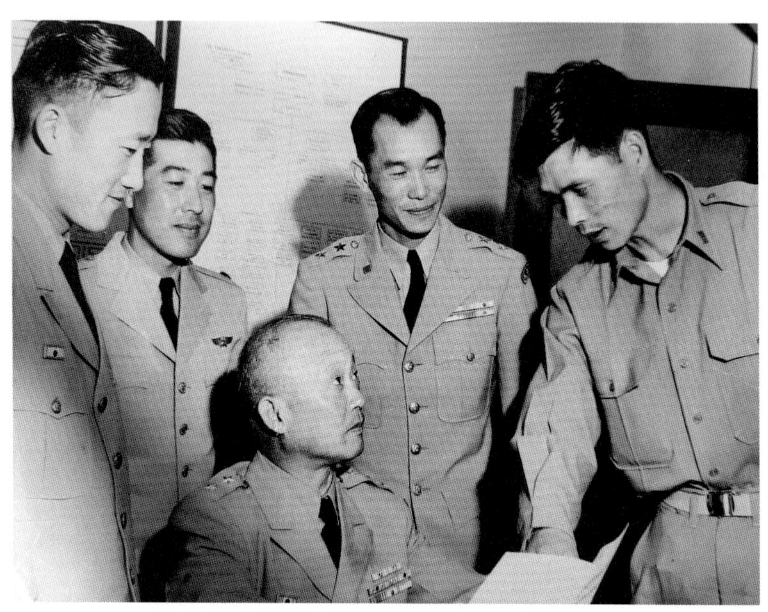

훗날 재상이 된 강영훈 장군이 중앙에 서있고 장군은 좌측에 서서 측면이 보이는데 브리핑을 듣는 장군이나 브리핑을 하는 젊은 군인의 표정이 다들 의외로 온화하다.

당하였을 때 조문을 가기도 하였다.

삼성장군(三星將軍)의 정장에 검은 완장을 두르고 조객을 맞이하는 엄숙한 분위기가 매우 경건해 보였다. 그가 국무총리 재임 중에는 대전국립묘지에 들러 심 장군 묘소를 참배하고 무려 반시간이나 자리를 뜨지 못했다고 한다. 지난날을 회상하니 감개무량하여 발길이 떨어지지 않고 허무와 무상에 잠겨 재상(宰相)의 몸이란 것을 잠시나마 잊었던 것 같다.

박현식 중장

논산 훈련소에서 심 장군의 각별한 신임과 총애를 받고 800여 장교 중에서 중령의 계급으로 인사참모의 요직에 발탁되어 소 내에서 두각을 나타내고 있었다. 또 심 장군이 훈련소를 떠나면서 박현식 장군을 이형근 대장(합참본부장)에게 추천하여 합동참모본부로 보내 그의 출세를 위해 앞길을 터주기도 하였다.

그는 훗날 나를 만나면 저는 심 장군의 감화를 받아 이렇게 잘 지내고 있다고(청빈을 뜻함) 회고하기도 하였고, 또 육군대학에서 교장으로 있으면서 학생(장교)을 훈시할 때는 심장군의 일화를 인용하며 우리의 국군에 이런 훌륭한 장군이 계셨다고 소개하곤 하였다.

내가 보문동 예금 취급소를 신설하고 있을 때의 일이다.

어느 날 본부에서 군(軍)의 요직에 있는 사람과 친분이 있는 직원이 있으면 보고하라는 시달이 있었다. 나는 제6사단장으로 있는 박 장군을 무심코 보고를 하였더니 담당 적금과장이 사단 장병들의 적금을 유치할 수 없냐고 부탁하였다. 공과 사를 엄격히 가리는 박장군의 성격을 잘 알고 있는 나로서는 현리(강원도)에서 예금 거래해 달라고 하는 그런 무리한 부탁을 도저히 할 수 없다고 거부하였다.

그러나 그 후에도 적금과장은 책임상 점포를 독려해야 하므로 나에게 성가실 정도로 부탁을 했다. 내가 너무 무관심하게 버틸 수가 없어 나의 책임이나 면하고자 일단 박 장군을 방문하기로 하였다. 출발하면서 케이크나 사가지고 갈까 하다 사단장 관사에 그런 거야 흔하겠지…, 또 그가 혁명 후 서울시 교육감으로 있을 때 어느 친구가 자택을 방문하면서 케이크를 들고 갔는데 친구 사이인데도 고사(固辭)하였다는 일화가 생각나서 빈손으로 방문하였다. 마침 회의 중이라 잠시 기다리고 있으니까 나와서 반갑게 맞이하였다. 참으로 기분이 흐뭇했다.

"제 관사에 가서 점심식사하시고 쉬고 계시면 서둘러 일을 마치고 퇴근하겠다"고 하며 부관을 시켜 안내해 주었다. 관사에서 그 부관이 점심으로 무엇을 드시겠느냐고 묻기에 아무거나 좋다고 하니까 "라면은 어떠시냐" 하였다. 나는 사단장 관사이니까 적어도 '비프 스텍'이라도 있을 줄 알았는데 실망이 아니고 관연 박 장군이구나 하고 감탄을 금할 수 없었다. 나는 그 당시 라면을 먹을 기회가 없었는데 처음으로 맛있게 먹어 보았다.

박 장군이 퇴근을 하고 돌아와 너무 오래 기다리게 해서 미안하다고 하며 점심은 잘 드셨냐고 하기에 라면을 참으로 맛있게 먹었다고 하였다. 따라온 장교를 소개하는데 참모장과 관리참모이었다. 나중에 알고 보니 박 장군은 내가 그냥 놀러온 것이 아니라고 판단하고 그들에게 나를 소개하기 위하여 동석시킨 것이었다. 그리고 불고기와 함께 저녁을 먹으며 즐겁게 저녁식사를 하였다.

그리고 박 장군이 찾아온 용건을 묻기에 사실을 털어 놓았다. 나는 박 장군을 아끼는 사람이고 또 박 장군의 성격을 잘 알고 있으므로 결코 부담주지 않겠다고 하였고, 다만 본부에서 하도 조르기에 또 업무에 너무 무성의한 것으로 오해할 것 같아 일단 형식적으로 방문하였으니 조금도 개의치 말라고 누누이 강조하고 돌아왔다.

나는 이 문제가 박 장군의 성격상 도저히 불가능한 일이며 또 내 자신이 부탁하러 간 것이 아니고 본부에 대한 보고의 방편으로 다녀온 것이라 전혀 기대를 하지 않고 지냈다. 그런데 어느 날 갑자기 소령 한 사람이 사병과 함께 커다란 보따리를 들고 찾아왔다. 현리(縣里)의 농협과 거래하던 것을 해약하고 나에게 찾아온 것이다. 박 장군으로서는 파격적인 처사이었다.

나는 고마움보다 나로 인하여 그의 처지를 괴롭힌데 대해 미안한 마음을 금할 수 없었다. 덕택으로 소규모의 점포에서 괄목할 만한 업적을 올리고 있었고, 한편 수천 좌의 장병들 적금을 처리하는데 행원 셋이서 여러 날 당직실에서 특근을 하였다.

申尙徹(신상철) 장군

이 사람은 심 장군과 경기고 동창이고 더불어 육군의 경기 삼총사로 불리고 있었다. 그는 관운이 좋아 박정권 하에서 체신부장관을 지내고 있었다. 내가 남대문지점에 부임해 보니까 체신부 예금(5천만 원)을 전임자가 유치해 놓은 것이 있었다. 예금이 만기일이 다가오기에 나는 하루 전날 장관 자택을 방문하였다.

출근시간 전에 갔더니 부인이 나와 응접실로 안내해주고 얼마 후 장관께서 바쁘다고 만나주지 않았다. 비록 미미한 나의 존재이지만 옛 친구의 형이 아닌가. 1-2분은 고사하고 잠간 서서라도 한두 마디 인사는 있어야 할 게 아닌가. 지점으로 돌아가는 차 중에서 착잡한 심사를 진정시켜야 했고 또 차장들이 성과를 묻는데 대답이 궁하여 면목이 없었다. 예금은 기일 내에 깨끗이 빠져나갔고 나는 적금은 단념하면서도 굴욕을 받은 처사는 잊을 수가 없었다.

그 후 얼마가 지났던가. 어느 날 체신청에서 빠져 나갔던 예금이 되돌아왔다. 일단 부하들에게 체면은 섰지만 그렇다고 고맙다는 인사를 안 할 수도 없어서 장관실로 찾아갔다. 이번에는 만나 주기는 하였지만 친구의 형으로 대하기보다는 시중에 흔해 빠진 은행원으로 대하고 있는 느낌이 들어 곧 자리를 떴다.

李相國(이상국) 장군

이 분은 5.16 혁명 당시 서울 근처의 사단장으로 있었는데 그날 밤 부대 동원을 막다가 반혁명으로 몰려 형무소까지 갔었고, 그 후 풀려나서 박 대통령의 배려로 신설되는 태능컨트리클럽의(육해공군 장병을 위한 골프장) 전무이사로 있었다.

하루는 문화재 관리국에 있던 서 대령이 찾아와 직장을 태능컨트리클럽으로 옮겼다고 하며 앞으로 회원 가입금 등을 나하고 거래하겠다고 호의를 베풀어 주어 대단히 고마웠다. 그리고 바람도 쏘일 겸 함께 구경삼아 나가자고 하기에 따라 나섰다. 이날 이상국 장군과 김성환 대령을 처음 인사하였고 식당에서 점심식사를 한 뒤 서 대령이 나를 연습장으로 끌고 갔다.

"여보! 내가 앞으로 골프 칠 사람도 아닌데 연습은 무슨 연습이란 말이요?" 하고, 그가 내놓은 골프 장갑과 골프화를 사양하였다. 그렇지만 한사코 권하는 바람에 시키는 대로 하였고 어느새 프로까지 불러다 놓고 나를 가르쳤다. 그 당시 골프는 특수층에서나 즐기는 스포츠이었고 우리 서민들과는 거리가 멀었다. 그는 주위의 모든 청탁을 뿌리치고 우리하고만 전속 거래를 해주었다. 참으로 고마운 분들이었다. 그들은 심 장군과는 소속을 함께 한 일도 없었는데 나에게 그와 같은 혜택을 베풀어 주었다.

만약에 심 장군이 부정부패하였고 세평(世評)이 불량한 장군이었다면 그들은 나를 그렇게 고맙게 상대하지 않았을 것이다. 별을 두 개나 달고 사단장을 지낸 그가 나 같은 사람을 형님이라고 부르며 대해 주었으니 이 모두가 심 장군을 존경하였기 때문이었다. 얼마 후 이 장군은 박 대통령의 특별 배려로 경부고속도로 추풍령 휴게소 운영권을 맡아 돈방석에 올라앉게 되었다.

그의 후임으로 총무를 보고 있던 김성환 씨가 승진해서 나를 계속해서 밀어주고 있었다. 이분은 현재 이곳 L.A로 이민 와서 소규모의 마켓을 운영하며 여생의 공백을 메우고 있다. 나는 이곳 생활에서 사람 만나는 것을 가급적 피하고 있으나 이 분만은 지난날의 신세를 잊을 수 없어 가끔 가족 동반으로 식사를 나누고 있다.

또 서 대령은 내가 강경시절 알게 됐는데 제2훈련소에서 창설한 제28사단의 재정부장으로 있으면서 은행거래를 하는 동안 가까이 지냈고 그 후에도 계속 우정을 유지해온 터이다.

그 후 모 장군이 구로공단 이사장으로 있으면서 서 대령을 이사로 임명하여 일하고 있는 것까지는 알고 있었는데 그 후로는 소식을 모르고 있다. 다시 만나보고 싶은 몇 안 되는 친구 중의 한 사람이다.

제3장

S 장군의 죽음

이기동(李基東)

- S 장군의 죽음_ 이기동
- 이기동 교수의 글을 읽고_ 심정임

이기동 교수

43년 서울 출생
경기고등학교 졸업 (57회)
서울대학교 문리대 사학과 졸업
경북대학교 사학과 부교수
동국대학교 사학과 교수
국사편찬위원회 위원
동국대학교 사학과 석좌교수
第17대 한국학중앙연구원 원장
동국대학교 사학과 명예교수
대한민국 학술원 회원

S 將軍(장군)의 죽음

이기동(李基東)

국민방위군(國民防衛軍) 사건의 주범(主犯)들에게 사형(死刑)을 선고(宣告)하고 5.26 부산정치파동(釜山政治波動) 때는 헌병사령관(憲兵司令官)을 지낸 심언봉(沈彦俸) 장군의 발자취를 따라 추적(追跡)해 본 자유당(自由黨) 정권 때의 군부내막(軍部內幕

1954년 5월 3일의 일이었다. 논산에 있는 육군 제2훈련소에서는 이른 새벽부터 훈련병들이 바쁘게 움직이고 있었다. 이날은 훈련소의 창설 2주년을 맞는 날이었다.

기념식은 아침 9시부터 시작될 예정이었다. 그리고 훈련소의 지휘부에서 작성한 시간계획에 의하면 7시부터 그 마지막 예행연습을 시작하기로 되어 있었다.

훈련소의 각 교육연대는 이날 새벽 5시에 일제히 일조점호(日朝點呼)를 마쳤다. 뒤이어 각 중대별로 훈련병들은 막사 안팎을 청소하였고 세면을 마친 다음 아침식사를 했다. 메뉴는 소위 특식이었다.

오랜만에 맛본 쌀밥과 쇠고기 국에 흡족해진 훈련병들은 각자 관물대(官物臺) 앞에서 정성을 들여 관물 정돈을 했다. 그리고는 기념식장에서 휴대할 장비를 꾸렸다. 그들은 완전군장을 했다.

아침 6시 정각부터 중대장 책임 하에 각 중대별로 군장검사가 실시되었다. 다시 대대장의 검열이 있었고 연대 연병장에서는 연대장과 예하 참모들의 검사를 받았다. 이러는 동안 한 시간이 흘러갔다.

7시가 가까워 오자 각 연대의 훈련병들은 종합연대장에 집결하기 시작했다. 종합연병장의 사열대 위에는 흰 광목 포장이 쳐 있었고 육군제2훈련소 창립 2주년 기념식이라는 플래카드가 너풀거리고 있었다.

전 훈련병이 입장을 마치자 곧 부대정렬로 들어갔다. 이윽고 정렬이 끝나자 오늘의 기념식 사회자인 훈련소의 인사참모의 “부대 차렷!” 하는 구령이 떨어졌다. 동시에 인사참모는 마이크를 통해 지금부터 군장 검사와 기념식 예행연습을 실시한다고 선언했다.

그러자 지금까지 사열대 위에서 서성거리고 있던 사오명의 지휘부 고급장교들은 훈련소 부소장 김도영(金道榮) 대령의 뒤를 따라 사열대 왼쪽에 대기하고 있던 사열용 지프차에 올라탔고 나머지 장교들은 다음 차에 합승(合乘)했다.

두 대의 지프차는 부대의 최 좌측(最左側) 전방 5m 되는 지점까지 미끄러져 간 다음 방향을 정반대로 돌려 사열대 쪽을 향해 천천히 부대의 선두 앞을 통과하기 시작했다. 부대 간의 간격, 부대의 열을 관망하던 김 대령의 눈에 우연히 가까이 서 있는 한 훈련병의 모습이 들어왔다. 그 훈련병은 배낭의 무게 때문에 뒤로 기울어지려는 상체(上體)를 애써 바로잡으려고 이를 악물고 있었다. 그 병사를 쳐다보다가 김 대령은 문득 며칠 전 훈련소장이 통음(痛飮)할 때의 괴로워하던 모습이 떠올랐다. 훈련소장은 요즈음 매일같이 독한 양주와 싸우고 있었다.

김 대령은 그 나름대로 그리고 자신도 부소장이라는 직책을 초월해 그를 이해하고 싶었다. 아니 그의 처지를 진심으로 동정하고 있었다.

김 대령을 태운 사열 지프차는 어느 사이에 부대의 선두를 지나 구십도 각도로 꺾어진 후 부대의 측면을 지나고 있었다. 그는 부대의 오(伍)와 병사들의 배낭 착용 상태를 살펴보았다. 그것은 대체로 만족할 만한 것이었다.

부대를 한 바퀴 돌고 난 후 김 대령은 예하참모와 각 연대장을 소집했다. 그는 그들에게 몇 가지 주의사항을 시달하고 나서 각 연대별로 미비한 점을 최종적으로 고칠 것을 지시했다. 그것이 끝나자 식순에 따라 제일차 예행연습에 들어갔다.

벌써 시계는 8시를 가리키고 있었다. 김 대령은 일요일인 어제 저녁 훈련소장이 예행연습을 참관하겠다고 한 말을 갑자기 상기했다. 그는 전속부관에게 숙소에 가서 소장을 모셔오도록 지시했다.

전속부관이 차를 타고 위병소를 통과하여 백 미터 가량 달렸을 때 반대쪽에서부터 달려오는 세단차가 보였다. 세단의 밤바 옆에는 흰 별이 두 개 그려져 있는 직사각형의 적색판이 보였다. 훈련소장 심언봉 소장의 전용차였다.

전속 부관은 운전병에게 천천히 몰 것을 지시하면서 훈련소장의 세단이 가까이 오기를 기다렸다. 이윽고 소장차가 오륙 미터 전방에 다다르자 부관은 정차를 명령하고 차에서 뛰어 내렸다. 달려오던 세단도 동시에 멎었다. 부관은 차중의 심 소장에게 달려가 거수경례를 하면서 간단히 업무보고를 했다.

"각하, 예행연습이 진행 중입니다"

"부소장은 나와 있는가?"

"예, 계십니다."

"이 차에 타게."

전속부관을 동반한 심 소장의 차는 곧 위병소를 지나 종합연병장 옆으로 돌면서 지휘소로 향했다. 전속부관은 그가 사열대쪽으로 직행

하지 않아 마음이 놓이지 않았다. 시계는 이미 8시 20 분을 가리키고 있었다.

지휘소의 건물 앞에서 하차한 심 소장은 묵묵히 소장실로 향했다. 전속부관이 사열대로 돌아가겠다고 말하자 그는 간단히 고개를 끄덕였다.

심 소장은 집무실의 한가운데에 놓인 책상 앞에서 서랍을 열었다. 거기에는 오늘 기념식사를 위해 자신이 쓴 원고가 들어있었다. 한 손에 원고용지를 쥔 채 그는 의자에 앉아 원고를 읽어 내려갔다.

비록 짧은 군대생활이었으나 그는 소장(少將)이 되기까지 여러 직책을 맡았었고 또 그간 기념식사를 한 것도 상당한 회수에 달했다. 그러나 자신이 연설문을 직접 쓴 것은 이번이 처음이었다. 어쩌면 군인생활의 마지막 연설이 될지도 모른다고 생각되었기 때문에 그는 자신이 직접 썼던 것이다. 원고를 두 번 읽고 난 그는 자리에서 일어섰다. 그리고 천천히 밖으로 나와 세워둔 세단에 올라타고 사열대 쪽으로 달렸다.

예행연습은 이미 끝나 "받들어 총"과 "우로 봐" 연습이 진행 중이었다. 심 소장이 사열대 위로 올라가 자리에 앉자 이 연습도 중단되었다. 김 대령이 그에게 다가와 모든 준비가 완료되었음을 보고했다.

"수고했소, 김 대령."

"네, 총참모장 각하께서 도착하실 시간인데 아직 연락이 없습니다."

"아마, 오지 않을 거요."

김 대령은 심 소장의 얼굴을 쳐다보았다.

이제 갓 삼십을 좀 넘은 미남형의 그의 얼굴은 초췌(憔悴)해 보였고 눈에는 창백한 빛이 감돌고 있었다.

"그 대신 차장(次長) 각하께서 오시지 않을까요?"

"차장은 도미 유학중이 아니요?"

"아, 그렇군요. 그러면 행정참모부장 각하나 기획참모부장 각하가 오시지 않겠습니까?"

"그분들은 바빠요. 혹시 작전교육국장이 올지 모르지만 예정대로 九(아홉)시 정각부터 식을 진행하도록 합시다."

기념식은 인사참모가 부대연혁(部隊沿革)을 보고하는 것으로 시작되었다. 본래 제2훈련소는 국방본부 일반명령(陸육) 제1백 60호에 의해 1951년 교육총감부 직할의 논산의 구자곡면(九子谷面)에 창설되었다. 당시 제주도 모슬포에는 육군본부 직할의 훈련소가 또 하나 있었다. 그러나 그 이듬해 2월 논산 훈련소는 육군본부 직할로 예속이 변경되어 육군본부는 제주도 훈련소를 제1훈련소로, 논산 훈련소를 제2훈련소로 각각 명명(命名)하였다. 그리고 이해 5월 4일 논산에서 그 개소식(開所式)을 거행하였다.

인사참모의 부대연혁에 대한 보고가 끝나 훈련소장의 기념식사 차례가 되자 심 소장은 준비해온 연설원고를 천천히 읽어 내려갔다.

"…… 지난 2년 동안 본 훈련소가 국군의 발전에 기여한 공적은 실로 컸었습니다. 처음 일 년 동안 본 훈련소는 불비(不備)한 시설과 적은 기간요원임에도 불구하고 많은 병사들을 교육훈련하는 데 최선을 다했습니다. 지난해 6월 본 훈련소를 맡게 된 본인은 대규모 시설 설치와 현대적 정병육성(精兵育成)을 목표로 그 임무달성에 노력해 왔습니다. 7월의 휴전 성립 이래 우리의 이 노력은 많은 성과를 거두었습니다."

지난 1년 동안 심 소장은 훈련소에 각종 위생시설과 급수장(給水場)을 설치하였고 두 개의 교육연대와 교육감사(教育監査)를 창설하였다.

이 사진은 참으로 기념비적 사진이다. 군대에서 총칼을 들고 싸우는 전법(戰法)을 가르치기 이전에 문맹퇴치를 먼저 실시한 장군의 남다른 예지(叡智)가 돋보인다. 구호도 간결하나 설득력 최고다. 한글학교의 구호 "한글은 우리의 것 너도나도 배우자" 군대에서 한글을 깨우치게 해 평생 문맹의 질곡(桎梏)에서 해방시켜 준 장군은 누구보다도 휴머니스트라고 하겠다. 싸우는 것 가르치는 훈련소에서 한글을 가르치다니, 장군의 거시적(巨視的) 조망(眺望)이 돋보인다.

그리고 특히 그는 문맹퇴치(文盲退治)를 정병육성(精兵育成)의 필수적 요건(要件)으로 생각하고 과감하게 그 실천에 나섰다.

"금년 1월 본 훈련소는 한글학교를 창설하여 지금까지 2천 7백여 명의 문맹자를 취학(就學)시켰습니다. 앞으로 우리글을 알지 못하는 사람은 본 훈련소의 교육과정을 마칠 수 없게 될 것입니다."

심 소장은 아울러 공민학교를 설립하여 무학자(無學者)를 일소(一消)시킬 계획도 말하였다. 채 십분도 걸리지 않은 짧은 기념식사였으나 그의 이마에는 땀방울이 맺혔다.

기념식은 여러 종류의 표창장을 수여하는 대목에서 시간을 끌었다. 그러나 그것도 10시까지는 끝이 났다. 심 소장은 김 대령을 불러 오후에 열릴 각 연대대항 체육대회에 자기 대신 임석(臨席)할 것을 지시하고 저녁의 기념회식에는 자신도 참석하겠다고 말했다.

"오후에는 비가 그칠 것 같소. 예정대로 체육대회를 거행하도록 하시오. 그리고 저녁 7시 대전의 H각(閣)에서 봅시다. 나는 시골에 좀 다녀오겠소."

2

심 소장을 태운 세단은 곧 연무대를 출발하여 대전으로 향하는 길을 달렸다. 가끔 현수막과 벽보가 눈에 띄었다. 제3대 국회의원 선거가 20일로 다가왔던 것이다. 훈련소에서는 얼마 전 훈련병의 부재자 투표를 끝마쳤었다.

차는 한 시간쯤 후에 대전 시내에 도착했다. 아직 점심을 하기에는 이른 시각이었다. 심 소장은 운전병에게 천안 쪽으로 계속 달릴 것을 지시했다.

차가 천안에 도착했을 때는 한 시를 좀 지나 있었다. 그는 온양 읍내에서 간단히 요기를 하기로 마음먹고 그대로 달렸다. 천안에서부터는 낯익은 길이었다.

아산군 음봉면에서 출생한 그는 중학교를 서울서 다닌 관계로 매년 방학 때면 기차 편으로 고향에 돌아오고는 했었다. 그는 간혹 성환역에서 내려 귀향하기도 했으나 주로 천안을 지나 온양역에서 내렸다. 해방 후에는 군무(軍務)에 쫓겨 귀향한 일이 드물었으나 그래도 이 길은 여러 가지 옛일을 생각나게 했다.

1936년 그가 경성제일고등학교(京城第一高等學校)에 입학하여 그해 여름방학에 귀향했을 때 동네 사람들은 그의 앞날을 축복해 주었다. 그러나 5년 후 그가 경성제대(京城帝大) 예과 시험에 실패하여 몰래 고향에 돌아왔을 때는 동네 사람들의 빈정거림도 받았다. 굴욕을 느끼면서 그는 일 년 동안 고향에서 시험공부를 했다. 그러나 이듬해 예과 시험에 또다시 실패하자 그는 보성전문학교에 들어갔다. 그때의 아픈 심정은 십여 년이 지난 지금에도 사라지지 않고 그를 괴롭혔다.

온양읍의 중심가에서 그는 간단히 식사를 했다. 그리고는 아산군 염치면으로 차를 몰았다. 그곳 백암(白嵓)에는 이충무공의 영정(影幀)이 봉안되어 있었다.

심 소장은 자신이 소학교 삼학년이었던 1932년 여름 현충사가 중건되던 당시를 회상하였다. 전 국민의 열성적인 호응을 얻어 충무공의 영정이 봉안되던 날 염치면 일대가 온통 백의 인파(白衣人波)로 뒤덮였던 광경을 그는 잊을 수 없었다.

그는 당시의 사정을 잘 기억하고 있었다. 충무공의 묘소가 마침 그의 고향인 산동리 바로 옆마을인 삼거리(三巨里)에 있었던 관계로 그는 어려서부터 충무공에 대한 이야기를 많이 들었다. 그러던 중 충무공의 묘소 위토가 후손의 관리 부족으로 경매에 붙여지게 되었다는 소문이 퍼졌다. 그때는 아직 이런 일에 분개할 정도로 철이 든 때는 아니었으나 다행히 이 사실은 신문에 보도되었다. 이 때문에 충무공에 대한 국민의 추모의 염(念)이 새로워졌고 경매를 막기 위한 성금이 각지에서 답지하였다. 그때 그의 학급에서도 몇 원을 거두어 낸 일이 있었다. 당시 이충무공유적보존회(李忠武公遺蹟保存會)에서는 빚을 갚고 남은 돈으로 현충사를 중건하였던 것이다.

현충사로 통하는 곡교(曲橋, 굽은 다리) 위를 달리면서 심 소장은 다시 생각에 잠겼다.

한국동란이 일어난 후 얼마 지나지 않아 그가 장군(將軍)이 되었을 때 고향 사람들은 그를 즐겨 충무공과 결부시켜 이야기했었다. 특히 삼년 전인 1951년 여름, 그가 중앙고등군법회의(中央高等軍法會議) 재판장으로서 국민방위군(國民防衛軍) 사건의 관계자들에게 사형 언도(死刑言渡)를 내렸을 때 고향 사람들은 그가 충무공의 지기(志氣)를 닮았노라고 예찬했었다. 그때는 확실히 일생의 절정기였다.

그러나 지금 심 소장은 그 일로 고통을 당하고 있었다. 국민방위군의 수뇌부는 그에 의해 처형되었으나 당시의 간부들은 대부분 살아남아서 자유당의 공천을 받아 정계에 데뷔할 차비를 갖추고 있었기 때문이다.

지난 2월 이들의 공천 문제로 정계에서 물의가 일기도 했다. 그러나 결국 대다수의 방위군 고급 장교 출신자들은 공천을 확보하였다. 이들이 심 소장에게 어떤 적대감을 나타내고 있던 것은 아니었으나 어떻든 방위군 수뇌부의 만행(蠻行)을 속속들이 알고 있는 그에게 이들의 대두는 격한 반발심을 불러 일으켰다.

1951년 6월 하순 그가 국방부 병기행정본부장(兵器行政本部長)에 취임할 때 그는 이미 이 사건의 재판장으로 내정되어 있었다. 당시 헌병사령부에서는 이 사건에 대한 조사를 일단락 지어 곧 재판에 회부할 준비를 갖추고 있었던 것이다.

재판은 그해 7월 초순 대구에서 시작되어 2주일 만에 끝났다. 심 소장은 방위군 사령관과 부사령관에게 사형을 언도했다. 그동안 그는 하루에도 몇 통씩 협박장을 받았다. 해방 후 대동청년단(大同青年團)과 대한청년당(大韓青年團)을 조직하여 청년운동을 해온 피고들이었던 만큼 그들을 숭배하는 철부지 광신자들이 많았다.

한 달 후 피고들의 사형이 집행된 뒤에도 그에게는 협박장이 계속 날아 들어왔다. 그 가운데는 오백만 청년 단원의 명예를 걸고 기어이 복수하고야 말겠다는 무서운 내용도 있었다. 조직생활 속에서 지도자 숭배를 몸에 익혀온 청년들이 무슨 망동(妄動)을 저지를지 예측할 수 없었었다. 심 소장은 그 다음해 1월 헌병사령관(憲兵司令官)으로 전임될 때까지 6개월 간을 테러의 공포 속에서 지냈다.

오후 세시가 가까워 그는 현충사 입구에 도착하였다. 차가 갑자기 멈추는 바람에 그는 삼 년 전의 악몽에서 깨어날 수 있었다. 그는 차에서 내려 천천히 경내를 향해 걸음을 옮겼다. 그곳은 너무나 평화스러웠다. 얼씬거리는 사람 하나 찾아 볼 수 없었다. 관리인조차 없는 듯 경내에는 잡초가 마음대로 자라고 있었다.

사당 앞에 이르러 심 소장은 숙종대왕(肅宗大王)의 현충사 사액제문(賜額祭文)을 바라보았다.

殺身殉節 古有此言(살신순절 고유차언)
身亡國活 始見斯言(신망국활 시견사언)

이십여 년 전 소학교 학생시절에 그는 선생의 손에 끌려 이곳에 소풍 온 일이 몇 번 있었다. 어느 때인가 한국인 선생 한 분이 충무공의 빛나는 업적을 이야기해 주고는 결론으로 이 제문(祭文)을 다음과 같이 설명했었다.

"살신순절(殺身殉節)이란 말은 예로부터 있지만은, 몸은 죽고 나라는 살았다, 말을 바꾸어 몸을 죽여 나라를 살렸다는 것은 공(公, 충무공)에게서 처음 보았다는 뜻이다."

그때는 불과 십여 세의 소년이어서 그는 살신순절(殺身殉節)이니 신망국활(身亡國活)이니 하는 말의 뜻을 제대로 음미할 수도 없었다. 다만 이 글을 읽을 때의 선생의 빛나던 눈빛만이 기억에 남았을 뿐이었다.

심 소장은 다시금 이 제문을 쳐다보았다. 그리고는 생각에 잠겼다.

"내 한 몸을 죽여 절조를 지킨다

- 내 한 몸을 죽여 나라를 살린다
- 내 한 몸만 버리면 절조를 지킬 수 있을까?
- 나도 내 한 몸을 죽여서 나라를 살릴 수 있을까?
- 나 하나를 희생해서 군(軍)을 살릴 수 있을까?"

심 소장은 문득 저녁 약속이 생각났다. 그는 손목시계를 들여다보았다. 세시 반이었다. 일곱시까지 대전에 도착하려면 서둘러 출발해야 할 시간이었다. 그는 경내를 빠져나와 대기하고 있던 차에 올라타고 온 길을 뒤돌아 대전으로 향했다.

3

요정 H각은 심 소장이 훈련소장에 취임한 이래 훈련소 간부들의 연회장으로 자주 이용해 왔다. 요정의 지배인이 마침 그가 대전에서 제2연대를 창설할 때 알게 된 음식점 주인이라는 인연 때문이었다.

그것은 벌써 8년 전의 일이었다. 1946년 1월 22일 그는 군사영어학교(軍事英語學校)를 졸업하고 육군소위로 임관되었다. 군번은 22번. 당시 미군정의 군사국에서는 각 도(道)에 1개 연대를 창설하려는 계획을 추진시키고 있었다. 그는 제2연대 창설 임무를 책임 맡은 이형근

(李亨根) 대위를 따라 미군인 중위 1명과 하사관 1명을 데리고 대전에 내려왔었다.

한동안 그는 이 대위와 함께 연대본부를 물색하기 위해 대전 시내를 답사하였다. 마침 일제말기에 학생들의 소위 근로동원에 의해 만들어진 대전 비행장의 일본군 막사가 발견되었다. 그들은 2월말 이곳을 연대본부로 정하고 대원의 모병(募兵)을 시작했다.

얼마 후 그의 중학교 동기생인 정진완(鄭震脘)과 일 년 후배인 신상철(申尙澈) 장군이 향토경비대의 창설업무를 돕기 위해 대전에 왔다. 이리하여 대전연대는 순전히 충청도 사람의 손에 의해서 만들어졌고 그 간부회의는 일종의 중학동창회를 방불케 하였다. 당시 그들은 H각 지배인이 경영하던 음식점을 단골로 이용했었다.

그해 5월 초대 대대장이던 이형근(李亨根) 소령이 경비사관학교(警備士官學校)의 초대 교장으로 영전되어 가자 심 소장은 중위로서 그 대리발령을 받았다. 나이는 불과 이십대 중반이었으나 그는 대전지구 육군사령관으로서 H각 지배인의 귀한 손님이 되었다. 다만 그 기간은 짧았다. 그도 그해 7월 대전을 떠났기 때문이다. 군사영어학교 출신자에게 실시한 제1차 위관급보수(尉官級補修) 교육에 피교육자로 차출되었던 것이다. 그 후 그는 대구, 청주, 원주, 춘천, 강릉 등지의 부대를 따라 전전하였으나 대전에서 근무할 기회는 주어지지 않았다.

그가 논산 훈련소장이 되어 대전에 가끔 나타나게 되자 H각 지배인은 옛 인연 때문인지 그를 반갑게 대해주었고 오래전의 일을 들추어내기도 하였다. 그러는 동안 두 사람은 매우 가까워졌다.

심 소장이 현충사에서 H각에 도착한 것은 일곱 시에서 조금 지난 시각이었다. 그가 문을 열고 들어서자 지배인과 함께 이야기하고 있던 전속 부관이 달려왔다. 지배인도 웃으면서 그에게 다가왔다.

“각하, 간부들이 부근 다방에서 기다리고 계십니다. 제가 가서 모셔 오겠습니다.”

“서두를 것 없어, 부관, 어두워지려면 한참 있어야 해.”

그러나 전속 부관은 밖으로 나갔다. 지배인은 그를 방으로 안내하면서 저녁신문에 난 연합참모본부(聯合參謀本部) 총장(總長) 발령기사를 그에게 알려주었다.

”이형근 대장이 연참총장이 되셨군요. 두 분은 예전부터 무척 친한 사이이니 반갑겠습니다.“

“지난 2월 그 분이 진급되면서 합동참모회의 의장이 되었지요.”

“8년 전 두 분이 여기서 군대를 창설할 때 고생 많이 하셨지요. 그때 같이 고생하셨던 정진완 소장은 참 안되었습니다. 아직 복역 중인가요?”

“머지않아 풀려 나오겠지요.”

“이 대장이 영전하셨으니 누구보다도 정 소장을 구해주지 않을까요?”

정 소장은 육군본부 군수국장과 국방부 제5국장을 차례로 역임한 군수업무의 베테랑이었다. 그러나 그는 지난해 가을 세칭 마루깡(丸金 환금) 장유(醬油) 사건에 연좌되어 국방부 제3국장 김정호(金正皓) 준장과 함께 국방부 고등군법회의에서 파면을 언도받았다. 이 사건에는 장유회사 C사장을 비롯하여 심모 씨 등 사업가들이 관련되어 있어서 피고들이 관할 이관 신청을 제기하는 바람에 오랜 시일을 끌었고 그만큼 매스컴의 관심을 모았다. 마침내 11월 하순의 언도공판에서 민간인들은 모두 무죄가 되었으나 정 소장은 파면과 동시에 전 급료 몰수, 징역 1년이라는 가혹한 벌을 받았다.

정 소장의 실각(失脚)은 그의 중학 동기요, 더욱이 제2연대 창설 동지인 심 소장에게 충격적인 일이었다. 당시 군부의 한쪽에서는 이 사건이 소위 대전군벌을 와해시키기 위한 육군특무부대의 모략이라고도 했다. 정 소장은 이형근 중장, 심 소장과 함께 소위 대전군벌의 삼총사 가운데 한 사람으로 지목되고 있었다.

'자넨 간장을 너무 퍼먹다가 모가지가 달아났어. 그런데 난 술을 마시다가 죽는 거야!'

갑자기 요정 안이 군홧발 내딛는 소리로 떠들썩해졌다. 그리고 곧 이어 훈련소 간부들이 김도영 대령의 뒤를 따라 심 소장이 있는 방으로 들어왔다. 각 교육연대장과 훈련소 참모들이 빠짐없이 몰려든 것이었다. 육군특무부대에서 훈련소로 파견한 특무대장도 일행에 끼어 있었다.

주안상이 들어와 기념 회식이 시작되자 분위기는 부드러워졌다, 심 소장은 부하들이 내미는 술잔을 계속 비웠다. 한동안 말없이 술만 들이키던 그는 좌중을 둘러보며 입을 열었다.

"오늘 운동시합은 어느 연대에서 우승했소?"

"저희 연대입니다."라고 말한 것은 제27교육연대장이었다.

"왕성한 공격정신으로 매진했을 뿐입니다"

"축하하오. 프랑스 군대가 마땅히 본받아야할 것인데……."

훈련소 교육 참모가 심 소장의 말을 부연했다.

"호지명군(胡志明軍)의 디엔비엔푸 요새 공격이 최고조에 달한 것 같습니다. 호군(胡軍)은 신예 부대를 증강하고 있고 프랑스군은 절망적인 모양입니다."

인사참모는 교육 참모의 의견에 반대인 듯 오늘 신문에 보도된 유엔군 총사령관 헐 대장(大將)의 "디엔비엔푸 사태는 곤란하나 중대시(重大視)하지는 않는다"는 말을 인용했다.

심 소장은 민사부장(民事部長)을 향해 제네바회담의 귀추에 대해 물었다.

"각하! 오늘 신문에 보도된 것을 보셨습니까?"

"아니, 아직 보지 못했소."

"오늘 제6일 회담은 영국 외상의 사회로 열렸습니다. 우리 대표는 괴뢰 대표 남일(南日)이가 제안한 전선위원회(全鮮委員會) 설치를 반대했고 공산국가의 간섭을 배격한다고 했습니다."

"민사부장이 보기에 회담의 전망이 어때요?"

"북괴는 그들의 주장인 남북한 정부와 의회의 대표로서 구성되는 전선위원회 주관에 의한 전국 총선거를 고집할 듯합니다."

"유엔 감시 하에 북한에만 자유선거를 실시하자는 우리의 주장도 후퇴할 수 없는 것 아니오?"

"그렇습니다. 미국과 타일랜드 대표는 우리 측 안을 절대 지지하고 있습니다. 그런데 영국과 프랑스, 오스트레일리아가 미국의 태도를 견제하는 방향에서 토의를 이끌고 있습니다."

"프랑스는 이 기회에 인도차이나 문제를 해결하려는 것이 주된 목적이 아니겠소?"

"그러나 미국은 프랑스에 대해 불명예스러운 휴전협정을 체결하지 못하도록 쐐기를 박고 있습니다."

"도대체 그러한 미국이 왜 작년 한국에서는 굴욕적인 휴전협정을 체결했느냐 말이오!"

한 시간이 지나서 방안의 분위기가 갑자기 술렁거렸다. 부소장 김 대령이 특무대장과 언쟁을 벌였기 때문이다. 김 대령은 특무대장이 내민 술잔을 손아귀에 넣고 힘을 주어 깨트렸다.

일순간 찢어진 그의 손바닥에서 피가 흘러내렸다. 피는 엎질러진 술에 섞여 상의를 엷게 물들였다. 그러나 특무대장은 조금도 당황하는 빛이 보이지 않았다. 오히려 그는 비웃는 듯한 표정으로 김 대령을 힐끗 쳐다보고 나서 좌중을 둘러보며 어색한 웃음을 던졌다.

그러자 김 대령이 그를 노려보며 소리 질렀다.

"야, 임마, 너는 훈련소의 참모냐, 아니면 감시자냐! CIC의 업무 한계를 똑바로 인식하란 말야!"

"부소장님이야말로 인식부족입니다. CIC는 부대의 방첩업무와 범죄수사를 전담하는 것 아닙니까? 군사기밀이 새어 전담하는 것 아닙니까? 군사기밀이 새어 나가는 것을 사전에 막아야지요."

"그럼 장교들의 정치적 발언도 군사기밀에 저촉된다는 말야?"

"때로는 그럴 수도 있습니다."

"뭐, 너희 부대장이 그렇게 지시했다는 말이야?"

"부대장 각하에 대한 모욕을 삼가 주십시오."

"그놈은 네로야!"

특무대장은 자리를 박차고 나갔다. 화기애애하던 분위기가 갑자기 침통해졌다. 각 연대장과 참모들이 심 소장과 김 대령 쪽을 힐끗 쳐다보고는 굳게 입을 다물었다. 심 소장은 벽 천정을 쳐다보면서 조용히 말했다.

"부소장! 일이 난처하게 되었소. CIC에서는 그렇지 않아도 나와 부소장을 그리 좋게 생각하지 않는단 말이요"

"잘 알고 있습니다. 각하를 이곳에 추방하고 또 진급을 방해하고 있는 것도 그놈들이 아닙니까?"

"내가 부소장의 심정을 모르는 바 아니요. 그러나 특무대장이 가만히 있을 것 같지 않소."

심 소장은 부소장 김 대령을 생각했다. 그는 당시의 일반적인 고급

장교들에 비해 오랜 군대경력을 가진 고참이었다. 초창기의 지원병(志願兵) 출신으로 그는 1939년 12월 대구에 있던 일본군 제80연대에 입대했다. 그리고 그는 태평양전쟁이 일어나기 직전 도요하시[豊橋] 예비사관학교를 졸업하였으며, 전쟁이 막바지에 이르렀을 때 만기로 소집해제되었다.

해방 후 육사를 제1기생으로 졸업한 그는 제12연대 부연대장으로 재직 중 한국전쟁을 만났다. 그리고 전쟁초기 그는 연대장이 되어 제20연대와 제5연대를 각각 지휘하였다. 그는 한때 군단(軍團) 작전참모까지 영전되기도 했다. 그러나 1951년 4월 초 거제도 포로경비 연대장으로 전직(轉職)된 것이 그의 군대생활을 망쳐놓았다. 휴전을 전후하여 동기생들은 하나둘 장군이 되었으나 그는 만년 대령일 뿐이었다.

심 소장은 육군특무대부대장 김창룡(金昌龍) 준장을 생각했다. 김 준장도 지원병 출신이었다. 1940년 1월 일본군에 입대한 그는 남경(南京), 무창(武昌), 한구(漢口) 등지에서 포로수용소 감시원을 지냈다. 그러다가 그는 다음해 관동군(關東軍) 헌병대에 입대하여 소만국경지대인 하이랄, 만주리(滿洲里)의 특무기관에 배속되었다.

해방 당시까지 특무기관에서 근무한 그는 확실히 방첩과 첩보수집 분야에서는 산지식을 갖고 있는 사람이었다. 그는 해방 후 육사를 제3기생으로 졸업하고 1948년 가을 제1연대 정보주임(대위)으로 있을 때 숙군파동(肅軍波動)을 일으킨 장본인이었다. 그때 그의 손에 의해 군부대의 남로당 프락치들은 일망타진되었다.

한국동란이 터졌을 때 그는 소령으로 육군본부 정보국 제3과장이었다. 그해 9월 인천상륙작전이 개시되자 그는 괴뢰군 도망병과 지하공작대 그리고 공산당원을 포섭하기 위해 경인(京仁)지구에 CIC를 설치

했다.

다음해 1.4후퇴로 정부가 부산으로 내려오자 그는 부산방첩대장, 혹은 군검경합동(軍檢警合同)수사본부장으로 민완(敏腕)을 떨쳤다. 마침내 육군특무부대가 만들어지자 그는 대령으로 그 부대장이 되었다. 그리고 지난해에는 마침내 장군이 되었다.

심 소장은 지난 4월 초 육군본부 총참모장실에서 만난 그를 생각하였다. 억센 함경도 사투리로 차근차근히 이야기하는 그의 표정에서는 적어도 음험하다는 인상은 풍기지 않았다. 그러나 철석(鐵石)같이 단단해 보이는 그의 강장(强壯)한 몸집과 죽음을 두려워하지 않는 듯한 그의 자신만만한 태도는 확실히 상대방을 떨게 하는 힘이 있었다. 나이도 아직 젊었다. 심 소장보다 두세 살 정도 위였다.

그때 두 사람이 총참모장실에 왔던 것은 육군부대 및 개인에 대한 국회의 감사장을 받기 위해서였다. 제2훈련소는 특무부대와 함께 우수부대로 선정되어 국방분과 위원장 임흥순(任興淳) 의원으로부터 감사장을 받았다. 김 준장은 공병감 엄홍섭(嚴鴻燮) 준장, 병참감 이후락(李厚洛) 준장, 정보국장 대리 김재현(金在鉉) 대령과 함께 개인표창까지 받았다. 시상식이 끝나 참석자들이 흩어지기 전에 김 준장은 심 소장에게 조용히 다가와 건강을 물었다.

"요즈음 과음(過飮)을 하신다는 소문인데, 건강을 해치지는 않겠죠?"

김 중장으로서는 상당히 예절을 차린 인사였으나 심 소장은 그때 가슴이 뜨끔 하는 것을 느꼈다. 그의 첩보수집 기술에 새삼 감탄해서는 아니었다. 고급장교의 약점을 들추어내어 함부로 협박하는 그의 횡폭한 습성이 생각났기 때문이었다.

심 소장은 김 준장이 사단장 문용빈(文容彬) 준장이 벌목을 많이 하여 후생사업을 하였다는 이유로 그를 구속하려고 했던 것을 알고 있었다. 심 소장은 김 준장이 국방부 제1국장 최경록(崔慶祿) 의원 사건을 기피했다는 이유로 그를 민주국민당(民主國民黨) 비밀당원으로 모함하여 진급을 방해하여 왔던 것을 알고 있었다.

심 소장은 김 준장이 육본 법무감(法務監) 양정수(楊正秀) 준장이 합동수사본부의 법적 모순성을 지적했다고 해서 악감정을 품고 그를 민주국민당원이라고 모함하여 진급을 방해하고 좌천시킨 것을 알고 있었다.

심 소장은 김 준장이 사단장 임선하(林善河) 소장이 사단장 회의석상에서 CIC를 헌병과 같이 사단에 배속케 하여야 한다고 주장했다고 해서 악감정을 품고 그를 면직케 할뿐만 아니라 엉뚱한 사건에 연좌시켜 혹독하게 고문한 사실을 알고 있었다.

심 소장은 김 준장이 과거 육본 정보국장 이한림(李翰林) 소장으로부터 업무관계로 기합받은 것을 복수하기 위해 이 소장이 가톨릭 신자라는 것을 들어 장면(張勉) 박사 계통의 인물이라고 선전하여 좌천케 한 것을 알고 있었다.

심 소장은 김 준장이 최덕신(崔德新) 소장의 부친이 한독당(韓獨黨)의 거두 최동오(崔東旿)라는 것을 이유로 남북협상파(南北協商派)의 위험한 인물이라고 비난한 것을 알고 있었다.

심 소장은 김 준장이 육본 민사부장(民事部長) 김근배(金根培) 준장이 차량등록에 부정(不正)을 저지르고 포도주 군납에 부정이 있다고 모함하여 구속하려 했던 것을 알고 있었다.

심 소장은 그러한 김 준장과 오래전부터 냉전(冷戰)을 벌이고 있는 사이였다. 심 소장이 병기행정본부장 시절 발생한 부산 조병청(造兵廳) 화재사건이 그 실마리였다. 그러나 심 소장이 그를 경계하기 시작한 것은 그보다 이전인 1948년 가을의 숙군파동 때부터였다.

4

1948년 6월 18일 제주도 모슬포에 위술(衛戌)하고 있던 제11연대장 박진경(朴珍景) 중령이 연대 내의 좌익장교에 의해 피살되었다. 곧이어 9월 하순 여수 주둔 제14연대장 오동기(吳東起) 소령의 소위 인민해방군(人民解放軍) 사건이 적발되었다. 오 소령은 총사령부에 소환되었다.

10월 19일 제14연대의 김지회(金智會), 홍순석(洪淳錫) 두 중위가 중심이 되어 여수에서 반란을 일으켰다. 마산 주둔 제15연대가 그 진압명령을 받고 출동하였다. 그러나 연대장 최남근(崔楠根) 중령은 반란군을 구례 방면에서 포착하였으나 김지회 중위에게 농락되어 주력(主力)을 지리산으로 도피하도록 포위망을 열어주어 토벌에 막대한 희생을 강요하였다.

사태가 이에 이르자 육군본부 정보국 제3과장 김안일(金安一) 대위와 군기(軍紀)사령부(헌병사령부의 전신) 조사과장 김득용(金得龍) 대위가 주동이 되어 군부 내의 좌익계 장교들을 내사, 구속하기 시작했다. 소위 숙군공작(肅軍工作)이 시작된 것이다.

당시 김창룡 준장은 대위로서 숙군본부장이 되어 숙군공작에 민완(敏腕)을 휘둘렀다. 과거 관동군 CIC에서의 생생한 경험이 그를 전문가로 만들었는지도 모른다. 물고기는 마침내 물을 만난 셈이었다.

그는 사관후보생 때부터 자신이 조사한 군부 내 좌익장교의 계보(系譜)를 밝혀냈다. 이에 따라 제4여단장 대리 김종석(金種碩) 중령, 제15연대장 최남근 중령, 그리고 전 육사생도대장 오일균(吳一均) 소령이 남로당의 군총책(軍總責)이라는 것이 들어났다. 김 중령과 최 중령은 남로당의 김삼용(金三龍)과 직접 접촉하면서 지방 조직과 그 확장, 훈련부문을 맡았던 것이고 오 소령은 좌익 침투부문을 맡았다.

숙군이 진행되던 동안 심 소장은 중령으로 청주 주둔 제7연대장이었다. 당시 제7연대는 제8, 제10연대와 함께 제4여단의 예하 연대였다. 따라서 그는 김종석 중령의 직속 부하였다. 또한 최남근 중령도 지난 6월 제15연대를 창설하기 위해 마산에 갈 때까지 원주 주둔 제8연대장으로 심 소장과 같은 여단에 속해 있는 동료 연대장이었다. 더욱이 숙군 당시 오일균 소령은 심 소장 아래서 부연대장으로 재직하였다. 심 소장은 이처럼 숙군 대상의 트리오와 묘하게 연관되어 있었다.

숙군공작이 한창 진행될 때 심 소장은 숙군본부에 불려갔다. 자신의 공작이 크게 히트를 쳐서 양(揚)해진 김창룡 대위는 그에게 김종석, 최남근과의 관계를 추궁했다.

"김종석은 심 중령의 중학 선배지요?"

"그렇습니다."

"심 중령은 김종석의 후임으로 대구연대장에 취임한 일이 있지요?"

"그때는 중대편성이었습니다"

"심 중령의 후임으로 김종석이 대전연대장에 취임한 일이 있지요?"

"그와 인수인계를 한 것은 아닙니다."

"심 중령은 청주에서 김종석과 같이 지냈소?"

"두 달 가량입니다. 나의 상관으로 모셨습니다."

"그때 김종석이 사상문제에 대해 이야기한 것은 없소?"

"나는 그를 중학 선배로서 존경했을 뿐입니다. 사상관계는 잘 모릅니다."

"그럴 리가 있겠소? 김종석은 남로당의 군사책임자란 말이요. 그가 심 중령을 동지로서 포섭하지 않을 이유라도 있다는 말이요?"

"그는 어떤 이유에서인지 몰라도 나에게 업무상의 이야기나 사상관계는 별로 이야기하지 않았습니다."

"그럼 무슨 이야기를 했다는 것이오?"

"그는 술을 마시면서 군가 부르는 것을 좋아했습니다. 〈다찌바나[橋] 中佐(중좌)〉라는 노래를 자주 불렀습니다."

"그 군가의 내용은?"

"그의 해설에 따르면 러일전쟁 때 요양회전(遼陽會戰)에서 전사한 대대장에 대한 추모의 노래요."

"심 중령은 최남근과 함께 대구연대에서 근무한 일이 있지요?"

"중대장 대 선임장교였습니다."

"그때 최남근이 수상하다고 느끼지 않았소?"

"별로 그와 접촉이 없었습니다."

"최남근과 같은 여단의 연대장을 하지 않았소?"

"일 년 반 정도입니다. 그는 원주에 있었고 나는 줄곧 청주에 있었습니다."

"직접 관련이 없었다는 말이요?"

"그렇습니다."

심문을 받으면서 그는 김종석을 생각했다. 김은 그의 중학교 선배였다. 심 소장은 중학생 때부터 그를 잘 알고 있었다. 그의 애칭 스톤헤드는 하급생들에게도 널리 알려졌던 것이며 그는 극히 명석한 머리의 소유자였다. 심 소장은 중학생 때 학교 교지에 실린 그의 '애마진군가(愛馬進軍歌)'라는 글을 읽고 감명을 받은 일이 있었다. 동급생들이 고작해야 '근로보국대의 하루'니 '국어[日本語]와 황국신민(皇國臣民)'이니 '국어 상용(常用)을 논(論)한다'는 등의 글을 발표할 때 김종석은 당시 일본 군부가 현상 공모한 애마진군가(愛馬進軍歌)를 제재(題材)로 가사를 썼던 것이다.

나라를 떠난 지 몇 달이뇨
같이 죽기로 한 이 말[馬]과
쳐부셔 나아간 산하(山河)
잡았던 말고삐에 피가 흐르네

5학년 때 김종석은 일본 육군예과사관학교 입학시험에 합격하여 1939년 12월 제56기생으로서 쇼부다이[相武台, 상무대]에 입교했다. 그의 동기생 가운데 이형근(李亨根), 최창식(崔昌植)이 있었다. 여기서 1년 4개월을 보낸 후 그는 1941년 3월부터 5개월간 대촌(隊付) 생활을 했다. 다시 육사에 진학한 그는 1942년 12월 동교를 졸업하고 소위로 2차대전에 출전했다.

일제의 패망으로 전쟁이 끝났을 때 그는 20대 중반의 젊은 대위였다. 복원되어 귀국한 그는 1946년 3월 하순 군사영어학교를 졸업하고 대위로 임관되었다. 군번은 70번. 그의 육사 후배 오일균도 같은 날 임관되었다.

김종석은 임관과 동시에 대구에서 창설중인 제6연대의 중대장이 되었다. 당시 제6연대는 중대편성을 겨우 끝마쳤었다. 여기서 그는 최남근 중위와 알게 되었다. 최남근은 간도성(間島省) 화룡현(和龍縣)에서 빈민의 아들로 태어났다. 그곳에서 중학교를 마친 그는 만주국 군사학교에 입교했다. 그리고 졸업 후에는 간도특설부대(特設部隊)에 소속되어 소위 불온분자(不穩分子)의 토벌에 종사했다. 그러나 그는 이때부터 이 일에 회의를 느끼기 시작했다.

해방 직후 북한에서 정치보위부에 의해 체포된 그는 사상전환을 서약함으로써 석방될 수 있었다. 그는 장차 세워질 남한의 군부에 침투할 것을 지령(指令)받고 월남했다. 그는 백선엽(白善燁), 김백일(金白一) 등 간도시절의 동료들과 함께 군사영어학교를 졸업하고 중위로 임관되었다. 군번은 53번.

최남근은 임관과 동시에 대구 제6연대 중대장에 보직되었다. 그러나 4월초 김종석 대위가 중대장으로 부임해 오자 그는 중대 선임장교로 격하(格下)되고 말았다. 불쾌한 인사조치였으나 그는 곧 김종석을 존경하게 되어 두 사람의 관계는 원만했다. 이때부터 두 사람 사이는 가까워졌다.

심 소장은 이해 9월 김종석의 후임 중대장으로 대구에 왔다. 그러나 1944년 학병으로 출전하여 일 년 남짓한 군대 경험이 있을 뿐인 심 소장에게는 중대 선임장교인 최남근을 제박(制駁)할 수 있는 관록도 역량도 모자랐다. 계급도 같은 중위였다.

하층계급 출신으로 강인한 성격이었던 최남근은 충청도 양반 출신인 심 소장과 호흡이 맞지 않았다. 그는 중대에 출근도 하지 않은 채 두문불출하면서 중대 내에 하사관 교육대의 창설을 구실로 좌익세포 확장에 열중했다.

심 소장은 소대장 장도영(張都暎), 이상철(李相喆) 소위와 함께 중대를 대규모로 확장시키는 데 힘을 쏟았다. 그러나 부임한 지 50일이 못되어 그는 지휘권을 최남근에게 넘겨주고 청주 주둔 제7연대 부연대장으로 전임되었다. 최남근과의 관계는 이처럼 불쾌한 것이었다.

1947년 10월 하순 심 소장은 제7연대 연대장으로 승진하였다. 얼마 후 최남근도 제8연대장이 되어 춘천에 왔다. 이해 12월 3개연대로 1개 여단을 편성하게 되자 제7연대와 제8연대는 함께 제1여단에 예속하게 되었다. 이 때문에 심 소장은 가끔 여단 예하 연대장 회의석상에서 최남근과 마주치게 되었다.

1948년 5월 제4여단이 편성되자 두 연대는 함께 제1여단으로부터 제4여단으로 예속이 변경되었다. 심 소장은 충주의 여단사령부로 여단장 채병덕(蔡秉德) 대령에게 신고하러 갔을 때 역시 신고하러 온 최남근과 부딪친 일이 있었다. 그러나 최남근은 곧 제15연대를 창설하기 위해 마산으로 떠났다.

8월 초 이번에는 김종석이 제4여단 참모총장으로 부임해왔다. 그는 여단장 채 대령의 특별요청으로 제5여단 참모장에 취임한 지 두 달이 못되어 전입된 것이었다.

대구연대를 떠난 후 제4여단에 올 때까지 김종석의 앞길은 순탄하지 않았다. 그는 대구에서 서울로 올라와 총사령부 작전교육처장이 되고 한때는 인사처장과 육사교장 임시대리 등을 겸직하기도 했으나 1947년 2월 제2연대장이 되어 대전에 내려갔다. 그러나 그는 재직 중 총사령부 감찰장교 오동기 대위와 함께 2천만 원에 달하는 경리 사고를 저질러 파면되었다.

이 경리 사고는 남로당 공작금을 염출하려다가 발생되었던 것이었다. 그는 해방 후 유행한 공산서적을 탐독한 데다가 대구연대 시절 최남근의 영향도 받아 공산주의사상을 신봉하게 되었다. 그는 비밀리에 김삼룡(金三龍)과 접선하였다.

그러나 김종석은 자기를 아껴주는 육사 선배 채병덕 대령의 주선으로 복직되어 1948년 6월에는 신설 제5여단의 초대 참모장이 되었다가 채 대령이 지휘하는 제4여단에 오게 된 것이었다.

김종석이 부임해 온 직후 여단장 채 대령은 국방부 초대 참모총장으로 영전되어 서울로 올라갔다. 이와 동시에 김종석이 여단장 대리발령을 받았다.

이해 9월 중순 충주에 있던 여단 사령부가 청주로 이동해왔다. 이때부터 심 소장은 청주시내에서 직속상관이며 동시에 중학 일 년 선배인 김종석과 자주 어울렸다.

그러나 김종석이란 사람은 홀로 있는 것을 좋아하는 고독한 성품의 소유자였다. 그리고 그는 군부에 대한 끊임없는 불평가였다. 심 소장은 김종석이 자신의 우수성을 너무 믿는다고 생각했다.

김종석은 청주에 있는 동안 중학 후배인 심 소장보다도 육사 후배인 오일균 소령과 잘 어울렸다. 후일의 숙군본부 발표로 미루어 보면 두 사람은 이때부터 비밀리에 공산당 군사교본을 집필했던 것 같고 공산당이 남한에서 일제히 봉기할 경우 남한정부를 전복시키기 위한 남한 일대의 작전 계획지도도 이때 구상한 것으로 짐작된다.

5

심 소장은1949년 6월 제8사단이 강릉에서 창설되자 대령으로 승진하여 사단 참모장이 되었다. 사단장은 대전연대 시절의 콤비였던 이형근(李亨根) 준장이었다.

당시 제8사단은 태백산지구에서 꿈틀거리는 공비토벌작전을 전개했다. 심 소장은 분망한 날을 보내다가 이듬해 2월 육군병기학교 교장이 되어 서울에 올라왔다. 그의 경력에 비추어 본다면 좌천이었다. 그리고 6월 10일의 유명한 대 이동시에는 중학 2년 후배인 김형일(金炯一) 대령의 뒤를 이어 병기감(兵器監)에 취임했다.

그로부터 15일 후 한국전쟁이 터졌다. 그는 육군본부를 따라 수원으로 대전으로 대구로 이동했다. 그는 한때 병기와 탄약의 신속한 보급을 위해서 병기단(兵器團)을 만들어 지휘하기도 했다. 그러나 그의 역할이란 결국 일선 부대를 위한 뒤치다꺼리에 불과했다.

그러는 가운데 그의 군인생활에 일대 전기를 마련해준 사건이 일어났다. 소위 국민방위군(國民防衛軍)사건이 그것이었다. 이 사건은 1.4 후퇴라는 절망적인 시기에 방위군 수뇌부가 제2국민병의 후송비(後送費)와 급식비를 유용함으로써 다수의 국민병을 얼어 죽거나 혹은 굶어 죽게 한 커다란 의혹사건이었다.

당시 국회에서 반정부적 의원들이 이 사건을 물고 늘어졌다. 그러나 국방장관이나 군부의 수뇌부는 이 사건을 덮어 버리는데 열중했다. 국민의 여론은 악화되었다. 1951년 5월 9일 부통령 이시영(李始榮)이 사임서를 국회에 제출하자 세론은 최고조에 달했다.

대통령은 국방장관에 이기붕(李起鵬)을 임명하여 사태를 수습하려고 했다. 이 장관은 6월 육군본부 총참모장 정일권(鄭一權) 중장을 해임하고 그 후임에 국방부 병기행정본부장으로 육군종합학교 교장을 겸하고 있던 이종찬(李種贊) 소장을 기용하였다. 그리고 이 소장의 후임에 심 소장이 발탁되었다. 병기감을 역임한 그로서는 당연하다고 할 수 있는 자리였으나 어떻든 커다란 영전이었다.

당시 병기행정본부장이란 자리는 총참모장으로 통하는 자리처럼 보였다. 초대 총참모장이었던 채병덕 소장은 소위 남북교역(南北交易)사건으로 군을 떠났다가 초기 병기행정본부장으로 현역에 복귀하였다. 그리고 한국전쟁 발발 직전에 그는 이 자리에서 총참모장에 재임되었다. 그가 떠난 후 이종찬 대령이 잠시 이 자리에 취임했고 한동안 차장이던 김창규(金昌圭) 대령이 다시 대리로 있다가 지난해 11월 이종찬 준장이 정식으로 취임했던 것이다.

심 소장은 병기행정본부장으로 취임하자마자 총참모장으로부터 국민방위군사건 담당 고등군법회의 재판장으로 지명되었다. 그리고 그를 보좌할 심판관으로는 신임 작전교육국장 이용문(李龍文) 준장, 군수국장 김형일(金炯一) 준장, 감찰감 안춘생(安春生) 준장이 임명되었다. 군사재판에서는 심판관이 피고와 동계급 이상이어야 한다는 규정이 있기 때문에 적어도 피고인 김윤근(金潤根) 준장과 같은 계급인 준장 이상의 장성이 아니면 심판관이 될 수 없었던 것이다.

재판이 시작되기 전 총참모장 이 소장은 심 소장과 심판관을 모아 놓고 신신당부했다.

"여러분들은 강직하고 신망이 두텁기에 안심은 됩니다만 재판이 끝날 때까지는 일체 술을 들지 마시오. 그리고 합숙토록 하시오."

재판은 7월 5일 대구의 전 방위군사령부에서 시작되었다. 헌병사령부 제2처에서 조사한 방대한 기록을 검토한 검찰관 김태청(金泰淸) 중령은 18일의 결심공판에서 사령관 김 준장, 부사령관 윤익헌(尹益憲) 대령, 그리고 재무실장, 보급과장 등에 대해 사형을 구형했다. 재판이 진행되는 동안 심 소장은 소신대로 판결을 내리라는 격려의 편지와 함께 관대한 처벌을 기대한다는 협박조의 편지를 하루에도 수십 통씩 받았다. 법정의 분위기도 좋지 않았다. 변호인 가운데는 심판관들도 방위군 간부들과 마찬가지로 중범자(重犯者)라고 비방하는가하면 전시특명검찰관(戰時特命檢閱官) 김석원(金錫源) 준장은 전 육군총참모장 정 중장에 대해 인책을 주장하기도 했다.

카이젤 수염의 노(老)장군은 언제나 방청석에 나와서 재판의 진행을 지켜보았다. 그는 몇 명의 육본 근무 장성들이 방위군 사령부로부터 금으로 만든 인식표(認識票: 성명. 군번. 혈액형. 입대연도 등을 새긴 타원형의 얇은 쇠붙이로 군인들이 군번줄에 매어서 목에 걸게 되어 있음.)를 받았다는 사실을 알고 있었다. 이것을 불쾌하게 생각하고 있던 김 장군은 증인으로 출두한 정 중장이 증언을 마치고 법정을 나서자마자 곧 그를 뒤따라 나와서 정 중장에게 이 사건에 대한 도의적 책임을 느끼고 군복을 벗으라고 핍박했던 것이다. 2년 전 제1사단장으로서 소위 남북교역 사건을 물고 늘어져 당시의 총참모장 채병덕 장군의 군복을 벗긴 일이 있는 김 장군이었던 만큼 문제는 간단히 끝날 것 같지 않았다. 그러나 김 장군의 친구인 이응준(李應俊) 장군이 그를 만류하여 사태는 간신히 수습되었다.

심 소장은 19일의 언도공판에서 검찰관의 구형대로 사령관, 부사령관 그리고 보급과장에게 사형을 선고했다. 이미 그 전날 심판관들과 함께 확정한 형이었다. 사형수들에게는 8월 중순 마침내 형이 집행되었지만 이 때문에 심 소장은 갑자기 유명한 군인이 되었다.

그러나 몇 달 후 예측하지 못한 사태가 발생했다. 이해 11월 30일 부산 서면에 있는 제1조병창에서 원인 모를 화재가 일어난 것이다. 부산 조병창은 당시 병기행정본부가 관할하던 두 개의 조병창 가운데 하나였으나 실제로는 당시 국군의 탄약과 화약 생산의 대부분을 담당하고 있었다. 화재사건은 이날 새벽 3시반경 조병창 및 부근 민간가옥 다수가 연소된 치명적인 손실을 가져왔다.

심 소장은 대구에서 곧 현장에 달려갔다. 조병창은 완전 잿더미로 변해 있었다. 그는 너무나 엄청난 재난에 기가 막혀 버렸다. 보병이 가장 필요로 하는 수류탄(手榴彈) 생산이 절망상태에 빠졌고 또한 그가 시작에 성공한 대한식(大韓式) 소총의 생산도 포기하지 않으면 안 되었다.

이러한 절망적인 상태에서 화재 원인에 대한 조사가 진행되었다. 당시 합동수사본부장은 김창룡 대령이었다. 김 대령은 조사를 끝낸 후 이 화재사건을 실화가 아닌 공산 간첩의 방화로 단정했다. 그는 잿더미 속에서 발견한 한 되짜리의 유리병 한 개와 솜을 그 증거물로 제시하였다.

"사건은 걸인(乞人)을 가장한 공비의 소행임이 틀림없다."

"심 소장에게 불리했던 것은 이 화재사건이 방화(放火)가 아니라는 주장을 내세울 만한 반증도 할 수 없었다는 사실이다. 심 소장은 이 방화사건에 대해 책임을 지지 않으면 안 되었다. 그는 이듬해 1월 하순 병기행정본부장 자리를 강영훈(姜英勳) 준장에게 인계하고 헌병사령관으로 전보되었다. 동시에 전임 헌병사령관 최경록(崔慶祿) 준장은 국방부 제1국장으로 전출되었다.

후일 김창룡 장군을 살해한 허태영(許泰榮) 대령은 이 조병창 방화사건이야말로 김 장군이 대통령에게 신임을 받기 위해 조작해 낸 사건이었다고 폭로하였다. 허 대령은 1956년 대구형무소에 재감 중 쓴 수기(手記)에서 이 사건에 대해 다음과 같이 증언하고 있다.

"김 장군은 방화라는 아무런 증거가 없음에도 불구하고 功(공)을 세우기 위하여 지방민은 한 명을 매수하여 대남간첩으로 가장시켰으며 그 지방민은 현재 仁川(인천) CIC文官(문관)으로 채용되어 있고 다방을 경영하고 있다."

아울러 허 대령은 이 조병창사건은 소위 관(棺) 사건, 주택 강탈 사건, 조방쟁취(朝紡爭取) 사건 등 일련의 사건과 마찬가지로 김 장군이 합동수사본부장 재직 시 허위로 날조한 사건이었다고 폭로하고 있다.

6

헌병 사령관이란 포스트는 여러 종류의 군대 직책 가운데서도 정치

바람을 타기 쉬운 자리였다. 군이 정치에 간여하게 되는 경우 그 손발의 역할을 하는 것이 헌병이기 때문이다. 따라서 헌병사령관직은 어느 정도 위험을 각오해야 하는 자리이기도 했다. 특히 1952년의 헌병사령관 심 소장에게는 그러했다.

그의 취임 직전부터 정계에 무서운 회오리바람이 불고 있었다. 바로 보병창 화재사건이 발생하던 그날 정부가 공고한 헌법 개정의 제의가 몰고 온 회오리바람이었다. 정부가 제출한 개헌안의 주요 골자는 대통령 간선제(間選制)를 직선제로 고치자는 것이었다. 대통령을 국회에서 선출하게 되어 있었던 당시의 헌법으로서는 야당 세력이 우세한 국회에서 이 대통령이 선출될 가망이 없었다.

그러나 이 개헌안은 1952년 1월 18일 국회의 표결 결과 可(가) 19표, 否(부) 1백43표, 기권 1표로 부결되고 말았다. 개헌안이 부결되자 정부는 친여적인 정당, 사회단체를 조종하여 개헌부결반대(改憲案否決反對) 민중대회를 개최하는 한편 개헌을 반대한 '반민의(反民意)' 국회의원 소환운동을 전개하였다.

정계가 이처럼 어수선해지자 심 소장은 3월 10일 대구의 사령부에서 이례적으로 전국헌병대장회의를 열었다. 그는 회의석상에서 당시 문제가 된 민간인의 군복 불법 착용을 철저히 단속할 것을 지시하는 한편 소란한 정국을 틈탄 군인의 정치 개입을 엄중히 단속해야 할 것이라고 주의시켰다.

그 후 정계는 점점 시끄러워졌다. 민주국민당을 중심으로 한 야당 세력이 내각책임제 개헌안을 들고 나왔기 때문이다. 그러는 가운데 4월 하순 이 개헌안의 강력한 추진자인 국회의원 서민호(徐珉濠)가 현역 대위를 사살한 사건이 발생하자 국회와 정부 간의 갈등은 일촉즉발의 위기에까지 이르렀다.

처음 서 의원 사건은 검찰에서 다루었으나 국회의원들이 그의 석방을 결의하게 되자 그의 신병은 CIC로 인도되었고, 다시 마산 헌병대로 옮겨졌다. 심 소장은 서 의원의 헌병대 구류를 달갑게 생각하지 않았다. 그러나 이 조치를 반대할 수 없었다.

서 의원의 공판이 진행되는 가운데 5월 하순이 되자 '반민의(反民意)' 국회의원 타도를 부르짖는 관제시위가 일어나기 시작했다. 데모 군중들은 국회의원들의 소환을 요구하면서 마침내 국회의사당을 포위하기에 이르렀다. 또 다른 데모 군중들은 대통령 임시 관저로 몰려가 소위 청원서를 전달하기도 했다. 이들을 해산시키기 위해 경찰과 미군이 출동했다. 그러나 헌병은 나서지 않았다. 심 소장은 총참모장이 군의 정치개입을 극력 반대하고 있는 것을 잘 알고 있었다.

대구의 육본에 있던 총참모장 이종찬(李鍾贊) 중장은 대통령으로부터 1개 사단을 전선에서 빼내어 부산에 파병할 것을 명령받았다. 계엄 선포를 위한 사전공작이었다.

이 중장은 절친한 친구인 작전교육국장 이용문(李龍文) 준장과 함께 이 문제를 토의했다. 이 준장은 과거 일본군의 예를 들어 군의 정치개입은 불행한 결과를 가져온다고 역설했다. 김종평 준장도 이 견해를 지지했다. 이 중장은 통수권자인 대통령의 이 명령을 묵살했다.

총참모장에 의해 1개 사단의 부산 진주가 거부되었으나 대통령은 5월 25일 0시를 기해 임시수도 부산시를 중심으로 한 경남, 전남 일대의 23개 군에 대해 비상계엄령을 선포했다. 그리고 총참모장을 전북지구 계엄사령관으로 발령하는 대신 영남지구계엄사령관에 국방장관 보좌관 원용덕(元容德) 소장을 발령했다.

다음날인 26일 상오 10시 반 국회의원 45명을 실은 전용버스가 경남도청에 있는 임시 중앙청 정문을 통과하려다가 경비원들의 검문을 받았다. 국회의원들이 이를 보이코트하려고 하자 경비원들은 국회의원들이 탄 버스를 견인차로 부산지구 헌병대인 제70헌병대 차고로 끌고 갔다. 소위 5.26 정치파동이었다.

이 정치파동에 대해 동경에 있는 유엔군 총사령관 클라크 대장은 부산에 와서 제8군사령관 밴 플리트 대장과 함께 대통령을 만나 사건의 해명을 요구했다. 이 정치파동에 대해 유엔한국위원회는 대통령을 방문하고 국회의원 석방과 부산시의 계엄해제를 건의했다.

이 정치파동에 대해 트루먼 미국 대통령은 귀국 중이던 무쵸 대사에게 한국의 정치정세를 수습하는데 대한 중대서한을 주어 귀임하게 했다고 보도되었다.

이 정치파동에 대해 유엔사무총장 트리그브 리는 한국을 원조하고 있는 유엔 가맹국가들이 민주적 정부 토대의 파괴를 위협하는 전단적(專斷的) 방법이 행사될 때에 무관심하게 있을 수 없다는 메시지를 보냈다.

이 정치파동에 대해 한국을 방문한 알렉산더 영국 국방장관은 대통령에게 한국의 정치적 위기에 관한 자신의 견해를 표명했다.

이 정치파동에 대해 부통령 김성수(金性洙)는 '국헌을 전복하고 주권을 빼앗는 반란적 쿠데타'라고 비난하고 국회에 사임 신청서를 제출했다.

총참모장 이 중장은 27일 부산의 대통령 관저로 출두하라는 명령을 받았다. 그는 자신의 파병 거부 통고에 접한 대통령이 '조국에 대한 두번째 반역이다. 할아버지는 대한제국에 대해 반역했고 이번에는 그 손자가 대한민국에 대해 반역했다'고 말했다는 이야기를 소문으로 듣고 있었기 때문에 부산에 도착하면 즉시 체포될 것이라고 생각했다. 사실 당시 치안국의 박 모 특수정보과장은 이 중장 체포계획을 세워놓고 그가 부산에 도착하기를 기다리고 있었다.

이 중장은 가족에게 자기가 곧 돌아오지 못하면 일이 생긴 것으로 알라고 말했다. 그리고 그는 총참모장실에서 유재흥(劉載興) 참모차장에게 사무인계를 해주었다. 유 차장은 그간 판문점에서 휴전회담 한국군 대표로 있다가 그 전날 전격적인 복귀명령을 받고 대구에 온 것이다.

대구에서 이 중장은 미군열차를 탔다. 그가 부산역에 도착하자 마중 나온 부산지구헌병대장 유병국(柳秉國) 중령이 그에게 다가와서 위험이 임박했음을 귀띔해 주었다.

'총참모장 각하! 이곳은 계엄지대입니다. 공기가 아주 험악합니다.'

이 중장은 유 중령의 말뜻을 알아차리고 역에서 곧장 미군 부산기지사령부로 피했다. 여기서 한참을 기다리고 있는데 뜻밖에 밴 플리트 대장이 나타났다. 그는 대통령을 만나 정치파동에 대해 이야기한 다음 최근 사령관이 포로들에게 납치되어 크게 말썽이 된 거제도 포로수용소의 사정을 알아보기 위해 그 상급부대인 기지사령부에 들른 것이었다.

이 중장은 밴 플리트 대장에게 부산에 온 사유를 이야기하고 같이 대통령을 만나러 가자고 요청했다. 밴 플리트 대장은 '지금 들러 오는 길'이라고 말하면서 거절했다. 그러나 이 중장이 거듭 요청하자 마침내 그는 설득되어 함께 대통령을 방문하게 되었다. 밴 플리트 대장은 대통령에게 '정치문제로 군에 영향을 끼쳐서는 곤란하다'는 요지의 충고까지 하면서 이 중장의 입장을 변호했다. 이 중장은 그의 호의로 호구(虎口)를 피할 수 있었다.

6월에 들어서 국회 내의 교섭단체인 신라회(新羅會)와 소위 삼우장

파(三友莊派)는 연합하여 정부와 국회가 제안한 두 개헌안 즉 대통령 직선제와 양원제를 발췌한 소위 발췌종합개헌안(拔萃綜合改憲案) 서명공작을 벌렸다. 그리고 7월 1일 소집된 임시국회에서 이를 통과시키려고 했다. 이날 출석을 거부한 의원들은 경찰이 동원되어 국회에 '안내'했고 구금된 의원도 국회 의사당에 끌려 나왔다. 야당이 전면적으로 굴복을 받아들이자 4일 밤 발췌개헌안은 기립 표결로써 통과되었다. 민주국민당은 대통령과의 투쟁에서 패배한 것이다.

이로서 정치파동이 일단락을 짓게 되자 7월 23일 대통령은 지금까지 참아온 총참모장 이 중장에 대한 해임을 단행했다. 그 후임으로 제1군단장 백선엽(白善燁) 중장이 임명되었고, 백 중장의 후임으로는 이형근(李亨根) 중장이 임명되었다. 이즈음 육군특무부대장 김창룡 대령은 동해안 속초에 있는 제1군단 사령부에서 반란을 기도하고 있다는 사건을 조작하여 심 소장을 이 사건에 연좌시키려고 했다.

이 소위 '동해안반란기도사건'이라는 것은 당시 김 대령이 날조한 허구적 모략인 것은 확실하지만 하나의 모략으로서는 너무나 그로테스크하다는 느낌이 든다. 당시 김 대령의 부하였던 허태영 대령이 4년 후 수기에 쓴 바에 의하면 사건의 내막은 다음과 같은 것이었다.

김 대령은 당시 육군본부 정보국장이던 김종평(金宗平) 준장과 항상 반목하여오던 중 그를 타도할 것을 궁리하고 제1군단장 이형근(李亨根) 중장, 육본 작전교육국장 이용문(李龍文) 준장, 헌병사령관 심언봉(沈彦俸) 준장 등이 민주국민당과 공모하여 쿠데타를 음모하여 이 대통령이 동해안 제1군단 방문 시 암살할 계획이라고 대대적으로 사건을 조작하였다가 상부에서 허락하지 않으므로 벌이지 못하고 김종평 준장만 야당 인사와 음모하였다고 하여 정치관여로 투옥시켰다.

당시의 육군본부 직제에 특무부대장이 정보국장의 지시와 감독을 받아야 되었기 때문에 김창룡 대령이 정보국장을 귀찮은 존재로 생각했을 것은 상상하기 어렵지 않다. 더욱이 그 정보국장이 만만치 않은 인물일 경우 김 대령이 '타도'할 것을 궁리한다는 것도 ○○○있을 법한 일이었다.

정보국장 김 준장은 학병 출신의 인텔리 장군이었다. 야성적인 김 대령과는 체질이 달랐다. 그의 군대경력 역시 그러했다.

김 준장은 해방 후 군사영어학교에 입교하여 1946년 3월 초 졸업과 동시에 소위로 임관되었다. 군번은 62번. 제1연대에 소속되어 당평(當平)지구에서 소대장으로 군인생활을 시작한 그는 정훈, 보도 관계의 업무에서 두각을 나타내었다. 그가 국방부보도국장 재직 시 육군 군예대(軍藝隊)를 지도하여 '지리산의 봄소식'이라는 반공연극을 공연했을 때 많은 인기를 모았다.

그러다가 1949년 6월 제23연대의 창설 임무를 띠고 마산에 내려왔다. 그는 연대장으로서 3개월 근무한 다음 제3사단의 참모장으로 전임되었고 1950년 1월에는 다시 육군본부 초대 청년방위국장(靑年防衛局長)이 되었다. 청년방위대는 장차 징집될 청년들의 군사훈련을 지도하는 기관이었다.

그러나 3개월 만에 청년방위국이 폐지되자 그는 주일 미군사단 실무교육의 피교육자로 차출되어 4월 중순 센다이[仙臺]에 있는 제7사단으로 갔다. 실무교육은 당초 3개월 예정이었으나 도중에 한국전쟁이 발발하자 급히 귀국하라는 명령이 떨어졌다. 그는 6월 30일 후쿠오카[福姜]에서 수송기를 타고 진해비행장에 내렸다.

그는 제3사단 예하 제23연대장으로 복귀하여 그해 9월 국군이 총반격을 감행할 때 동해안을 따라 북진하였다. 원산, 함흥을 첫 번째로 점령한 것은 그의 부대였다. 그 후 장군으로 진급한 그는 1951년 4월 정보국장이 되었다.

김 준장은 취임 후 특무부대장 김 대령이 직속상관인 정보국장을 무시한 채 독단적으로 CIC를 운용한다는 사실에 분격했다. 그의 전임자인 이한림(李翰林) 준장은 이 때문에 김 대령에게 기합을 준 일도 있었으나 그는 물리적인 제재를 가하는 대신 행정상으로 CIC의 활동을 견제했다. 따라서 두 사람의 관계는 악화되었다.

그러나 김 대령이 정보국장 한 사람을 제거하기 위해서 이 모략을 꾸몄다고 하기에는 사건 자체가 너무나 크다. 당시의 여건으로 보면 김 대령이 일단의 반정부적인 장성들을 몰아칠 수 있는 절호의 찬스였다. 그리고 그는 그 나름대로 반란음모를 추리할 수 있는 근거도 있었다.

여건이란 8월 5일의 정·부통령선거를 앞두고 정계의 공기가 아주 혼탁해 있었다는 점이고 음모를 꾸밀 수 있는 근거란 부통령 출마를 선언한 조봉암(曺奉岩, 1898~1959) 국회부의장이 속초의 제1군단사령부를 방문한 사실이었다.

조(曺) 부의장은 자가용 지프차를 타고 군단사령부에 들러 이형근(李亨根) 중장과 만났다. 그리고 두 사람은 무언가 이야기했다. 이 중장은 이에 대해 후일 의례상 국회부의장을 면회 사절할 수 없어 만났다. 그리고 비록 초대면이었으나 당시의 혼탁한 정국을 개탄했다. 그것은 양식 있는 사람이라면 누구나 할 수 있는 현실비판이 아니겠느냐고 기자에게 이야기했다.

첩보 분야의 신인(神人)으로 자처하는 김 대령은 군단 CIC대장으로

부터 이 보고를 받았을 것이다. 그는 두 사람의 이 〈회견〉을 중대시하여 곧 대구의 특무부대장실에서 부산에 있는 대통령에게 달려갔다. 그의 군무보고는 육군본부 산하 어느 부대와도 달라서 총참모장을 거치지 않고 직접 대통령에게 보고하는 것을 관례로 하고 있었다. 김 대령이 대통령에게 어떤 밀담을 하였는지 알 길은 없다. 틀림없이 그는 이 중장과 조 부의장의 회견이 시기적으로 보아 심상치 않다는 정도의 이야기는 했을 것이다.

이 중장은 처음 이러한 사실을 모르고 있었다. 그러던 중 김 대령이 군단정보참모를 사전 연락도 없이 끌어가서 엉뚱한 모함을 했다는 이야기를 듣고는 곧 대통령에게 달려갔다.

그는 상기된 얼굴로 대통령에게 애원했다.

"각하! 특무부대장이 허위모략을 꾸며 무고한 사람을 잡으려 하고 있으니 이 점에 대해서는 그의 말을 듣지 마시고 저를 믿으십시오."

"잘 알았으니 일선에 돌아가 공산군을 쳐부숴 주게."

이 중장의 대통령 방문으로 자신의 모략 기도가 일단 좌절되기는 했으나 끈질긴 성격의 김 대령은 쉽사리 손을 떼고 싶지는 않았을 것이다. 그는 정보국장을 움직이는 것이 절대 필요하다고 생각했을 것이다. 그는 정보국장에게 자신의 프로그램에 동조 내지 협조해 줄 것을 부탁했다. 그러나 김 대령의 평소의 거동에 대해 회의적이며 더구나 이 중장이 제1군단 병력을 동원하여 반란을 기도하고 있다는 확실한 정보가 없는 바에야 김 준장이 그 제의를 받아들일 까닭이 없었다.

자신의 기도가 완전히 무너지자 김 대령은 보복하는 길을 택했다. 그는 김 준장이 5.26 정치파동에 반대하는 등 정치에 관여했다는 죄목을 뒤집어 씌웠다. 8월 중순 김 준장은 정보국장 자리에서 해임되고 오래지 않아 구속되기까지 했다. 이로부터 14개월 후인 1953년 10월에 열린 중앙고등군법회의에서 김 준장은 파면에 징역 3년이라는 가혹한 판결을 받게 된다.

김 대령은 비록 이 중장을 제거하는 데는 실패했으나 그 여파는 김 준장에게만 미치지 않았다. 작전교육국장 이용문 준장은 8월초 화천 북방의 수도고지(首都高地)에서 혈전을 하고 있던 수도사단의 사령관으로 전출되었다. 심 소장도 9월 20일 헌병사령관 자리를 석주암(石主岩) 장군에게 넘기고 논산에 있는 제2훈련소 부소장으로 좌천되었다.

1951년 국민방위군사건을 엄정하게 처리하고 1952년 5.26 정치파동시 군의 중립을 지킨 수뇌부 곧 총참모장 이종찬(李鍾贊, 1916~1983) 장군, 작전교육국장 이용문(李龍文) 장군 그리고 헌병사령관 심 장군은 이처럼 중앙에서 밀려나고 말았다.

7

심 소장이 폭음을 하게 된 것은 논산에 와서부터였다. 일 년 전 국방부 병기행정본부장으로 영전되어 찬란한 앞길이 보장되었던 그에게 훈련소 부소장으로 좌천은 말할 수 없는 좌절감을 안겨주었다.

그의 친구들은 그가 후방에서 근무하는 동안 일선에서 사단을 지휘하였다. 물론 전투지휘는 힘들고 고생스러운 일이었다. 그러나 사단지휘는 미군 장성들의 눈에 뜨일 수 있는 다시없는 좋은 기회였다. 운이 좋으면 1계급 특진이라는 파격적인 영광을 차지할 수도 있었다. 실제로 그의 동료들 가운데는 이런 행운의 주인공이 많았다.

심 소장은 당시 제8군사령관이었던 밴플리트 대장을 생각했다. 그는 자신이 우수하다고 보는 한국군 장성들을 대통령에게 건의하여 다수 특진시켰다. 그런데 군인이 참으로 우수성을 발휘할 수 있는 기회란 일선지휘관으로 전투를 할 때뿐이었다.

심 소장이 논산으로 부임할 당시 일선에서는 백마고지나 저격능선(狙擊稜線)에서 치열한 전투가 벌어지고 있을 때였다. 전선은 보다 많은 병력을 요구하고 있었다. 이해 11월부터 다음해 4월까지 6개의 사단이 만들어졌다. 그러나 심 소장에게는 사단장 진출의 기회가 오지 않았다.

1953년 5월 전쟁은 거의 끝나가고 있었다. 휴전회담은 그 막바지에 올랐고 전 전선은 평온했다. 이때 심 소장은 육군대학 총장 이응준(李應俊, 1891~1985) 중장과 함께 미군의 각 교육기관을 시찰하기 위해 40일 동안 미군의 각 교육기관을 시찰하기 위해 도미했다. 그가 이 중장과 함께 귀국하자마자 6월 15일 보직이 변경되었다. 이 중장은 제주도 제1훈련소장에 임명되었고 그는 소장(少將) 승진과 동시에 제2훈련소장으로 임명되었다. 그가 뜻밖에 훈련소장으로 승격된 것은 전 훈련소장 이성가(李成佳) 소장이 미 국방성의 특별초청으로 도미유학의 길에 올랐기 때문이었다.

그의 소장 취임 사흘째 되는 18일 이 대통령은 유엔군 총사령관과의 협의를 거치지 않은 채 독단적으로 반공포로 석방을 명령했다. 당시 반공포로는 논산, 영천, 마산, 부산, 광주, 오산, 부평등지에 분산 수용되어 있었다. 논산포로수용소는 유엔군 포로수용소 사령부 예하 제6호 수용소였고 그 경비는 훈련소의 한국군이 담당했었다.

심 소장은 16일 헌병사령관 원용덕(元容德) 소장의 작전명령을 받았다. 그 내용은 논산에 있는 제6호 수용소를 심 소장이 접수하여 18일 자정을 기해 포로를 석방하라는 것이었다. 심 소장은 석방에 앞서 다음 세 가지 방침을 세웠다.

첫째는 석방된 포로를 논산읍까지 인도할 것.

둘째는 포로의 행군을 쉽게 하여 체포되는 것을 막을 것.

셋째는 유사시 미군과 일전(一戰)을 해서라도 임무를 수행할 것.

18일 시계바늘이 상오 0시를 가리키자 예정한 대로 전선(電線)이 절단되고 수용소 일대는 암흑세계로 변했다. 그 순간 8천 명의 반공포로들은 각기 담요와 가마니를 뒤집어쓰고 십여 척이나 되는 높다란 철조망을 넘었다. 혹은 미리 끊어놓은 철조망 사이를 뚫고 밖으로 몰려나갔다.

포로들이 탈출한지 25분이 지난 후 미군경비대는 비로소 텅 빈 수용소를 발견하고 비상조치로 논산으로 통하는 국도를 차단했다. 그러나 때는 이미 늦었다. 사방이 어두운데다가 전날부터 내리던 가랑비가 계속 내리고 있어 한 사람도 그들의 손에 붙잡히지 않았다.

사태가 이에 이르자 미군 수용소장은 심 소장에게 훈련소의 병력을 동원하여 포로들을 잡아달라고 요청해 왔다. 심 소장은 사병 한 명을 그에게 보냈다. 당황한 미군수용소장은 훈련소로 달려와 흥분된 어조로 심 소장에게 따졌다.

"지원병력을 요청했는데 겨우 한 명이 웬말이오?"

"한 명도 병력이오, 1만 명도 병력이지만 말이오."

"무슨 넌센스요! 장군의 상식을 의심하지 않을 수 없소."

"본관은 대통령의 명령에 따를 뿐이오."

한 달후 전쟁은 끝났다. 심 소장은 끝내 전투에 참가할 기회를 잃고 말았다. 만 3년간의 전쟁기간을 그는 후방에서 보냈을 뿐이었다. 군인으로서 말할 수 없는 치욕이었다. 또한 경력관리로 보아서도 치명적인 손실이었다.

그를 후원해 주던 이종찬(李鐘贊, 1916~1983) 중장은 육군대학총장이라는 한직으로 밀려나 있었다. 방위군(防衛軍) 사건 재판 때부터 친해진 이용문(李龍文) 준장은 휴전직전 비행기 사고로 죽었다. 그의 친구 정진완(鄭震晥) 소장은 군에서 추방되었다. 만군파(滿軍派) 전성시대에 그를 도와줄 사람은 어디에도 없었다.

오직 이형근(李亨根) 중장이 있으나 그는 평화시에는 한직인 제1군단장일 뿐이다. 다행히 그는 금년 2월 제2군단장인 정일권(鄭一權, 1917~1994) 중장과 함께 대장(大將)으로 승진하여 후방으로 돌아왔다. 정 대장이 총참모장에 취임하였고 그는 합동참모회의(合同參謀會議) 의장으로 취임했다. 이 이동에서 대구 연대시절 심 소장의 부하였던 장도영(張都暎) 소장이 군단장으로 진출하였다. 이제는 심 소장보다도 상위 서열에 놓이게 되었다.

그의 울분은 시간이 지남에 따라 더 심해갔다. 그의 건강상태도 점점 악화되었다. 위장은 계속되는 폭음을 당해내지 못하였다.

특무대장과의 관계도 개선되지 않은 채 신경전을 벌여왔다. 오늘의 연회장에서 벌어진 촌극이 두 사람의 관계를 악화시킬 것이다. 김창룡 부대장은 새삼스럽게 그를 추방시킬 음모를 꾸밀지 모른다. 그 기회도 좋았다.

지난해 휴전협정이 체결된 직후 미국 국방성 특별 초청으로 캔저스주 포트 레벤워스에 있는 지휘 및 참모대학(參謀大學)에 유학 간 15명의 장성 즉 전 참모차장 유재흥(劉載興) 중장을 비롯하여 송요찬(宋堯讚, 1918~1980), 양국진(揚國鎭), 함병선(咸炳善), 이성가(李成佳), 백인엽(白仁燁), 김형일(金炯一), 오덕준(吳德俊), 백남권(白南權), 박임환(朴林桓), 김종갑(金鍾甲), 백선진(白善鎭) 등 여러 소장(少將)과 최경록(崔慶綠) 준장, 그리고 박진석(朴珍錫), 김희덕(金熙德) 두 대령이 41주

간의 교육을 마치고 머지않아 귀국할 것이다. 그것은 6월 하순경이 될 것이다. 그들은 새로운 보직을 받게 될 것이다. 군부의 대 인사이동은 피할 수 없게 된다.

심 소장은 그 대이동의 날짜를 대략 7월초로 예정하고 있었다. 소문으로는 함병선 소장이 맡게 될 것이라고 했다. 그리고 자신의 새로운 보직은 바랄 수 없었다. 틀림없이 자기는 일 년간의 도미유학 명령을 받을 것이다.

기념회식은 밤이 깊어 끝났다. 심 소장은 부축을 받아 연무대의 숙소로 돌아왔다. 그 날 밤 그는 꿈을 꾸었다. 10년 전 일본군 제23부대에서 겪은 일이 흉몽으로 되살아났다.

심 소장은 보성전문학교(고려대학교 전신) 재학 중 광주(廣州)에 있던 제23부대에서 군사훈련을 받았다. 1944년 초의 일이었다. 어느 날 한밤중에 일본군 중대장인 대위와 교관인 소위가 만취하여 부대에 돌아와 비상을 걸었다. 심 소장은 동료들과 함께 막사 앞에서 정렬했다. 밤 기온은 몹시 찼다. 심 소장은 오한을 느꼈다. 그때 난데없이 중대장은 지휘도(指揮刀)를 꺼내 허공을 칠 듯한 자세를 취하면서 그들에게 학병지원(學兵志願)을 강요하는 입장의 연설을 했다. 그리고 나서 그는 번쩍번쩍하는 칼을 쳐든 채 학생 한 사람 한 사람에게 학병을 지원할 것이냐고 물었다. 어떤 학생은 놀라 기절했다.

B전문학교의 배속 장교인 한국 사람 이강우(李降宇) 중좌(가와모또라 創氏)는 뒤늦게 나타났다가 중대장의 그 서슬에 질려 슬금슬금 피해버렸다. 그는 중학시절에도 심 소장의 군사교련 교관이었다. 학생 숙사 옆에서 자다가 달려온 교수들은 멀리 도망쳤다.

그래도 용감한 교수는 있었다. 장덕수(張德秀, 1895~1947) 씨가 학생 앞에 나서서 열변을 토한 것이다.

"칼이 무서워서 지원할 사람이 지원을 못하고 지원하기 싫은 사람이 지원을 한 대서야 말이 되겠는가!"

마침 심 소장 앞으로 다가오던 중대장의 얼굴은 일순간 무섭게 일그러졌다. 그는 열을 벗어나 쏜살같이 장 교수에게 접근했다. 그리고 다짜고짜로 그의 목을 향해 칼을 내리쳤다. 실제로는 장 교수의 대담성에 위축되어 중대장은 해산을 명령했던 것인데 꿈속에서는 장 교수가 쓰러진 것으로 나타났다.

심 소장은 예정보다 빨리 6월 초순에 훈련소장 자리를 직무대리로 임명된 부소장 김도영(金道榮) 대령에게 인계하고 21개월 정든 논산을 떠났다. 그는 예상한 대로 도미 유학 명령을 받았다. 그러나 악화된 위암 때문에 그는 미국에 가는 대신 육군병원에 입원했다.

군의관으로 징집되어 대령 계급을 달고 있던 임명재(任明宰), 김성진(金晟鎭) 등 도규계(刀圭界)의 거장들이 달려들어 그의 병을 치료하였으나 소용이 없었다. 30대 초반의 심 소장은 '각하!'를 연발하는 연로한 군의관들 속에서 얼마 후 눈을 감았다.

한편 심 소장의 죽음과 전후하여 김도영 대령은 민주국민당 조직부장 조한백(趙漢栢) 씨와 함께 정부 전복을 음모했다는 CIC의 모략을 받고 군을 떠나지 않으면 안 되었다.

이기동 교수의 글을 읽고

愚堂 심정임

이기동 교수의 글은 여기서 끝나는데 "김도영 대령이 민주국민당 조한백 씨와 함께 정부 전복을 음모했다는 CIC의 모략을 받고 군을 떠났다"라고 하는 말미의 글을 읽고 나니 황망(荒亡)하다. 김도영 대령을 찾아보니 짤막한 설명 외에 그 후 행적은 나와 있지 않다.

직무대리라는 부소장 위치에서 정부 전복을 할 만한 위세가 있었다고 객관적으로 보이지 않고 업무 파악에 겨를이 없었을 터인데 그런 엄청난 죄목을 쓰고 퇴출된 대령과 그 가족은 눈앞이 캄캄했겠다. 고초를 생각하니 어처구니가 없다.

이기동 교수의 글을 단숨에 읽고 나는 격앙(激昂)되어 우성이산 속으로 발길을 돌렸다. 내가 즐겨 찾는 동네 뒷산이 나에게는 일종의 소도(蘇塗)이다. 장군이 떠나고 후임까지 논산 훈련소에서 아니 군에서 축출된 사태는, 비가 오기만 하면 억수같이 퍼붓는다는 격언을 떠오르게 한다.(If it rains, it pours)

그저 과거의 사건으로만 여겼던 조병창 사고에 관한 자료를 찾아보았다. 다행히 〈부산일보〉 기사를 찾았다. 기사를 자세히 읽는데 심상

(尋常)하게 넘어가지지 않는다.

1951년 12월 9일자 12:03:33 시초까지 나와 있다.

造兵廠(조병창) 火災(화재) 事件(사건) 眞相(진상)

국방장관의 발표를 보도한 자료로서 11월 30일 오전 3시 30분 폭발 소실된 부전동의 조병창 화재 사건의 범인으로 북로당원이 지목되고 있음을 알 수 있다.

지난 三十일 오전 三시 三十분 폭발 소실된 시내 부전동에 있는 ○○조병창 화재 사건에 대하여 국방장관은 그 진상을 다음과 같이 발표하였다. (범인) ― 본 방화사건은 북노당원으로서 오래 동안 북한에 거주 시 공산주의에 대한 교육을 받고 괴뢰정권을 위하여 적극 활동하던 열성분자로서 六·二五 사변이 발생한 후 아군이 평북을 후퇴 시 동 당으로부터 피난민으로 가장 남하하여 특히 부산 등 중요 도시에 침투하여 정부요인 암살 또는 군사기밀 탐지 군사시설 파괴 등을 감행하라는 지령을 받고 동 지령의 목적을 달성코자 북노당원 정지렴(鄭芝廉)은 평북 선천을 단신 출발 개성 서울 인천 등지를 경유하여 四二八四년 一월 六일 부산에 도착 시내에 돌아다니던 중 북한에서 민청원으로 활동하든 질서(姪壻) 금병초를 알게 되었다

火藥(화약)에 點火(점화) 정지렴과 그 姪壻(질서) 金炳楚(금병초)

범행 전 기 양 인은 동거하면서 믿을 만한 신원보증에 의하여 제一조병창에 침투 동 창 내의 군사시설 전반 군사기밀 등을 탐지 활동하는 일반 전기 김에게 상시 공산주의 사상교양을 주입하고 수차에 걸쳐 동 창 파괴를 지령하고 이에 공명한 김은 동 창 탄약공장 信管係長(신관계장)으로 근무함을

기화로 기회를 엿보고 있던 중 四二八四년 十一월 二十九일 김은 심사숙고 한 후 정으로부터의 지령을 실시할 것을 결의하고 동월 三十일 二시 三十분 경 교묘한 수단으로 경비망을 돌파 근접에 장치한 후 점화하고 동 실을 탈출 도주한바 동 점화가 화약약류에 연소하여 동일 三시 三十분 폭발 동 창이 전소 파괴되고 부근 일대까지 대파케 된 것이다

보도를 사실로 받아들인다고 가정하면, 간첩의 발호와 침투가 예사롭지 않았다는 정황인데, 병기 본부장으로서 장군의 책임은 무한대로 커지기만 한 것이다. 사람이 잠든 귀신도 떠날 차비를 하는 3시 30분에 방화의 시발은 실화(失火)가 아니고 고의방화(arson)가 명약관화(明若觀火)하나 증거나 증인이 없는 장군의 입장은 질겁할 상황이었겠다. 창졸간에 대구에서 부산으로 달려온 장군은 참혹한 현장에서 유구무언 혼비백산하였으리라.

국방장관의 공식 발표의 논조는 간첩이 침투되어 횡행했는데도 미처 색출하지 못하여 이런 참사가 일어났으므로 관계자들에게 엄중히 책임을 물을 것을 다짐하고 있다.

이 발표대로라면 장군은 지극히 무능한 눈뜬 장님의 형국이다. 휘하의 사람들이 어떻게 움직이는지 수상한 점을 놓쳤다는 결론이다. 누구보다 업무에 성실한 장군이 대공업무와 안전수칙을 그리 등한히 했을까? 대한식 소총을 개발하려는 열의까지 품었던 장군이 화재를 그리 염두에 두지 않고 둔감하게 대처하였을까? 더욱이 당시 CIC의 기세가 막강했다던데, 그렇게 수상쩍은 음모자들의 낌새를 알아채지 못했다면, 엄격히 따지면 그 막강한 CIC의 인력이 장군들 뒷조사를 하고 모략을 하여 장군들 파워를 꺾는데 혈안이 되다시피한 사례가 있는데, 실제 간첩조직의 소탕에는 소홀했다는 반증도 되지 않는가?

하루아침에 벼랑 끝으로 몰린 장군에게는 어떤 위로도 질책도 아닌 오직 자비와 은총의 기도가 절실한 찰나였겠다. 더욱이 허태영 대령의 폭로가 이어지며 이 북로 간첩의 소행이란 발표는 무색해지고 말았으니. 이 조병창 화재 사건으로 탄탄대로일 것 같은 장군의 미래에 먹구름이 끼고 이 시점부터 험난한 사건에 개입되면서 명성을 얻었다고는 하나 개인적으로는 과도한 압력에 시달렸던 것 같다.

우리가 예측하지 못한 병마의 조짐은 이미 발톱을 세웠는지도 모른다. 평화시 같으면 특별한 과오가 없는 한 다음 단계로 승진하는 것이 전례이다. 조병창 화재 사건은 실화(失火)가 아닌 작심을 한 테러공작이다. 전방에서 목숨을 걸고 전투를 하는 병사들이 있는 반면 후방에서의 권력 다툼 역시 치열한 아니 비열한 기습으로 정적의 심신에 급격한 타격을 가하여 몰락을 유도하였다. 속수무책으로 린치를 당하는 것과 다르지 않은 방화테러였다.

아들 많은 집의 넷째 아들이었던 장군은 형들 틈에서 밤에 자기 전에 자기 옷은 댓님으로 꼭꼭 매어 머리맡에 두고 잤다는 이야기를 늘 들었다. 보성전문에 다닐 때 장군은 정릉 맏형 집에서 다녔는데, 그 때 어머니는 구공탄을 때서 밥을 해주었다는 이야기를 하셨고, 장군은 책상서랍이 항상 말끔히 정돈되어 있었다는 이야기를 들려 주셨다. 어머니는(큰 형수) 장군 이야기를 내게 들려주실 때면 매우 자랑스러워 하셨다.

깔끔하고 주도면밀(周到綿密)한 성격의 면모(面貌)가 드러나는 장군의 성격은 강박적 성격(obscessive -compulsive personality)에 가까워 보인다. 규범에 충실하고 완벽 주의적(perfectionist)인 기질이 다분하다. 시골 아이들은 (도시 아이들도 마찬가지이지만) 아무 데나 옷을 훌렁 벗어 던지고 곯아떨어지기 바쁘지 그렇게 단정하지 않다.

그런 세심한 장군이 방화로 잿더미가 된 무참한 현장에서 망연자실(茫然自失)하여 하늘을 향해 무어라 외쳤을까? 통탄(痛嘆)의 신음소리가 잿더미 위로 뿌려졌으리라.

생전에 대통령과 대척점(對蹠點)에 섰던 장군은 지하에서 무엇을 느꼈을까? 아버지가 늘 내게 귀에 못이 박히게 타이르신 '적당한 선에서'라는 중용(中庸)의 도가 이 대목에서 떠오른다. 당시 정세가 풍전등화(風前燈火)같이 위태한 혼란기였으므로 무슨 수를 써서라도 정권을 유지해야겠다는, 내가 아니면 안 된다는 오만이 그런 방자(放恣)한 발상을 하고 또 밑에서 조종한 것으로 보인다.

후임으로 친구인 강영훈 준장에게 병기본부장(兵器本部長) 자리를 넘기고 떠나게 된 것만큼은 그래도 위안(慰安)을 삼으라는 가브리엘 수호천사의 보답이었나 보다.

국민방위군 사건(國民防衛軍 事件)

이제는 희미한 역사로 남은 방위군 사건을 잠시 보고 가자.

한국전쟁 중 1951년 1월 1·4 후퇴 때 제2국민병으로 편성된 국민방위군 고위 장교들이 국고금과 군수물자를 부정처분하여 착복함으로써 12월~2월 사이에 50만 명에 달하는 국민방위군으로 징집된 이들 가운데 아사자, 병사자, 동사자가 약 12만 명에 이르렀고, 동상으로 인해 손가락과 발가락뿐만 아니라 손과 발까지 절단 난 20만 명이 넘는 동상자들을 이르게 한 사건을 말한다.

서둘러 구성된 군사법정을 통해서 재판 개시 3일 만에 김윤근에게는 무죄가, 윤익헌에게는 징역 3년 6개월을 선고하였으나, 이 소식을 들은 여론의 상황은 더욱 악화되어만 갔을 뿐이다. 미국이 지원했던 예

징집되어 끌려가는 젊은이들. 대한민국 군납비리의 정점에 있는 최악의 사건이다.(사진 위키백과)

산을 국민방위군 간부들이 부정 착복을 하여 50만 중 12만여 명의 장병들이 아사와 병사 동사로 인해 죽고 20만 명이 넘는 장병들이 동상으로 희생되었다는 소식을 듣고 국민방위군 사건으로 분노한 미군 지휘관들은 이승만을 찾아가 국민방위군을 망쳐놓은 국민방위군 책임자 신성모를 당장 해임을 하지 않으면 미군은 철수하겠다고 협박했다.

국회는 1951년 4월 30일 국민방위군의 해체를 결의하였고, 이와 관련된 부정 착복한 국민방위군 고위간부들은 군법회의에 회부되었다. 그 해 7월 19일 중앙고등군법회의는 사령관 김윤근, 부사령관 윤익헌 이하 5명에게 사형을 선고하였으며, 8월 12일 야산에서 김윤근, 윤익헌, 강석한, 박창언, 박기환 등 공개총살형이 집행되었다.

당시 국회에서는 이들이 착복한 막대한 자금이 정치권 세력, 특히

국민방위군 사령관 외 5명 총살 집행 순간(사진 위키백과)

이승만 지지 세력에 흘러들어간 정황 증거를 포착하고 있었지만, 이들이 너무 일찍 처형되는 바람에 결국 숱한 의문을 남긴 채 사건은 종결된다.

국민방위군 관련책임자 조사재판

1951년 6월 15일 국민방위군 사건 재판정에서 정일권이 증인으로 나왔을 때 한 답변이다. 위에도 언급한 육군준장 김태청이 육군참모총장 정일권 소장에게 국민방위군사령관 김윤근은 일등병의 경험도 없는데 어떻게 하루아침에 별을 달고 사령관이 될 수 있나? 하고 묻자 정일권은 "신성모 국방장관이 시키는 일만 했고 이승만 대통령께서 그렇게 하라고 해서 했을 뿐입니다."라고 답변하였다.

검열관으로 참석했던 김석원은 이에 하도 어이가 없어서 분노했고 소리를 버럭 지르며, "이봐! 오늘 답변이 그게 뭐야! 당장 계급장을 떼어버려!"라고 하였다 국민방위군의 참상이 곳곳에서 목격되면서 사회문제가 되자 사건 수사가 진행되었고, 관련자들이 군사재판에 회부되었다. 하지만 재판으로 선고된 형량이 너무 낮자 사회적으로 비판여론이 격앙되었다. 이에 이승만은,

- 신성모를 국방장관에서 해임하고 이기붕을 국방장관에 임명했으며
- 육군참모총장 정일권을 해임하고 이종찬으로 교체하였다.

국민방위군 참사는 방위군 부대의 운영을 이승만의 친위조직인 대한청년단과 그 청년단을 기반으로 만들어졌던 청년방위대에게 맡겼기 때문에 저질러진 사건이었다.

징집된 이들은 명부도 없고 군번도 없고 무기도 없고 군복도 없는 군대, 일명 '죽음의 대열', '해골들의 행진'이라 불린 바로 그런 군대가 국민방위군이었다. 명부도 없으니 몇 명이 동원되었고, 어디서 어떻게 얼마나 죽었는지는 오늘날 현재에도 정확히 모른다. 추측 상으로 정부의 공식기록인 《한국전란1년지》에는 천수백 명 사망으로 돼 있지만, 당시 소문으로는 5천 명 내지 1만 명이 죽었다고 알려졌다. 〈중앙일보〉 간행의 『민족의 증언』에 따르면 "50만 명의 대원 중 1할가량이 병사나 아사했다"고 정리되어 있고, 〈부산일보〉 간행의 『임시수도 천일』에는 사망자가 1만여 명으로 정리되어 있다. 역사학자 중에서는 이승만을 가장 긍정적으로 평가하는 유영익 교수조차 이 사건을 "1만 명가량의 군인이 동사, 아사, 병사한 천인공노할 사건"으로 규정하고 있다. 국민방위군에 일어난 사태가 끝나자 국민방위군 장병 50만 중 1만이 넘는 장병들이 희생되었다. 국민방위군 사건을 계기로 군입대 기피현상이 증가하였고, 이승만 내각의 신뢰도는 급격히 실추된다.

이 사건을 계기로 부통령 이시영이 사직서를 제출했고, 이승만에게 호의적이었던 한민당과 민국당계 인사였던 조병옥, 윤보선, 김성수 등은 이승

만 정권에 등을 돌리게 된다. (국민방위군 사건 일부 인용 |작성자 정샘터 PERSONAL CORRESPONDENSE)

국민방위군 사건은 지난 일이지만 현재 관점으로 돌아봐도 너무 심한 비리로 얼룩진 군대 역사이다. 전란통의 혼란기이긴 했지만 어떻게 그리 무지막지하게 엉성하게 법이 집행되었는지! 멀쩡한 남의 귀한 아들들을 동사(凍死) 내지 아사(餓死)시킨 이 사건은 다하우(Dachau) 수용소에 버금가는 인재(人災)인데 더욱 용서할 수 없는 점은 이민족이 아닌 동족의 아들들을 혹한에 희생제물로 바친 천인공노(天人共怒)할 공범죄라는 점이다.

그 때도 여론 민초의 소리 항변이 비등하여 결국 심언봉 장군 손에 와서 언도(言渡)를 내리게 된 것 같다. 서로 맡기 꺼리는 그 사건의 적임자야말로 대쪽 같고 청렴한 장군이 적임자였을 것이다. 합숙을 명하고 술도 마시지 말고 외출도 삼가라는 이종찬 장군의 간곡한 당부를 보면 당시 이 사건으로 인한 국민적 분노가 얼마나 극에 달했는지 짐작이 간다.

장군의 사형 언도로 폭풍전야의 여론을 잠재우고 장군은 전국적인 명성을 얻었다고는 하나 6개월 동안 테러의 위협에 시달렸다는 이기동 교수님의 글을 읽으니 장군의 인간적 고뇌와 실제 물리적 위협이 얼마나 심각했는지 경악하게 된다. 사고(accident)나 폭력(violence) 등 어떤 원인이던지 테러의 트로마(trauma)는 그 후유증이 6개월 동안 플래시백(flashback), 불안(anxiety), 불면증(insomnia) 등의 증상이 수반되는데, 날이면 날마다 청년단원들로부터 테러 위협을 듣고 산다는 것은 감내(堪耐)하기 어려운 잔인한 보복인 것이다. 그런 아노미(anomy) 속에서도 의연(毅然)하게 진두지휘를 한 장군은 철인으로 불려도 손색(遜色)이 없겠다.

장군이 폭음을 하게 된 경위도 전도양양한 참모총장의 고지에 오르기 직전의 자리에서 난데없는 방화로 그것도 조병창이 전소하여 국익에 막대한 손실을 끼친 장군이라는 불명예로 헌병사령관으로 좌천되고 또 정치적 회오리바람에 휘말려 5.26 정치파동 후환으로 다시 논산 훈련소 부소장이라는 좌천을 겪으며 장군의 좌절감과 울분은 극에 달했으리라.

장군 아니라 누구라도 그렇게 극적인 사건의 주역이 하루아침에 머리 잘린 삼손의 처지로 전락했을 때 맨정신으로 견디기는 어려운 법이다. 집안 어른들이나 사촌 형제 누구도 과음하는 사람이 없고(예외적으로 술을 좋아하는 사촌이 있기는 하나) 술은 다들 음복이나 반주 정도로 하는데 유전적으로 술이 약한 기질의 집안인데 장군이 폭음을 하였다는 것은 그만큼 장군이 받는 압력이 극심했다고 보는 게 맞겠다. 평화시의 장군이었다면 음주 대신 서예나 승마 또는 보성전문 다닐 때 검도를 하셨다니까 검도를 다시 시작하지 않으셨을까?

방위군 사건의 사형언도를 두고 언제인가 아버지는 "네 넷째 삼촌이 사형언도를 내렸던 것이…." 하며 속으로 걸리셨던지 말끝을 흐리셨다. 동생의 부재가 얼마나 비통하면 인과관계도 없는 생각까지 하셨을까. 나는 아버지를 위로해 드렸다. 장군은 장군으로서 대의를 위해 마땅히 할 일을 한 용기 있는 분이라고. 덧붙여 피터 대제는 유일한 아들이 반역에 가담하여 체포되자 아들을 회유하나 아들이 듣지 않자 "네 놈이 사람이냐?" 아비 마음을 몰라준다 도리어 원망하면서 국법대로 처형한 역사를 말씀 드렸다.

동생의 죽음을 얼마나 비통(悲痛)해 하는지 그리고 동생을 얼마나 그리워하는지 그 한마디에서 물씬 느꼈다. 아버지는 감정을 일체 내보이지 않는 분이셨다. 아버지의 고조된 감정은 사랑채에서 특히 눈 쌓인 겨울날 시조를 읊는 것으로 회한을 푸셨다. 국민방위군 사건은 거의 잊혀진 사건이고 자라나는 사람들은 들어보지도 못했을 사건이다. 그러나 이런 가공할 사건을 돌아보고 앞으로 이런 무법천지의 비행이 되풀이되지 않도록 만전을 기하는 것이 우리의 소임이겠다.

과거의 잘못을 깨닫지 못하는 사람은 그 과오를 되풀이할 운명에 처하게 된다는 요지의 명구를 남겨 Psychiatry(정신의학) 교과서 첫 장에 실린 프로이드 박사는 동서양을 통틀어 인간의 속성 내지 치부를 섬뜩하리만치 통찰(洞察)한 천재라 하겠다.

아버지가 장군 동생을 몹시 그리워하는 것을 옆에서 느낀 장면이 뇌리에 박혀 있다. 대흥동 넷째 삼촌댁에서 장군 앨범을 함께 넘기던 중 흰 바지저고리를 입고 정양(靜養)하던 사진인데, 신원사 소나무에 기대서 측면으로 나온 사진을 보자마자 "얘가 정양할 때구나!" 하는 말씀이 아주 간절하게 들렸다. 아버지는 대범한 분이신데 속에서 분출하는 동생 장군에 대한 그리움은 막을 수 없었나 보다. 아버지 세대는 동기간 우애가 깊어 프리 메이슨(Freemason) 정도의 강한 결속(結束)을 보였다. 형제간 우애가 두터워서 우리 세대가 지금 사촌을 대가족으로 알고 왕래(往來)하는 것도 따지면 아버지 세대의 덕택이다.

반공포로 사건

포로 석방 1주일 후에 서울에서 이 박사를 뵙게 되었다. 아직 정부가 서울에 환도하기 전이었다.

"그래, 반공포로 석방에 대한 일반의 여론은 어떠한가?"

"선생님, 잘된 처사라고들 합니다."

이 박사는 한동안 나를 응시하더니 나지막한 음성으로, 그러나 심각한 표정을 지으며 입을 여는 것이었다.

"내가 오늘은 솔직한 고백을 할 테야. 일생을 통해 감옥을 드나들고 사형 선고를 받아도 눈 하나 깜짝 안 한 나야. 그런데 이번 반공포로 석방 후엔 사흘 밤을 꼬박 새웠어."

"무슨 다른 일이라도 있으셨습니까?"

"들어봐, 내 개인으로서야 설혹 불행해진다 하더라도 관심 밖의 일이야. 무엇보다 국운이 풍전등화인데 나라가 망하지나 않나 해서 실은 무척 초조했어…"

영국 의회에서 유엔군 사령관으로 하여금 이 박사를 체포하라는 명령이 내렸을 뿐만 아니라, 미국의 여론이 극도로 악화된 일촉즉발의 위기였던 것이다. 결국 이 박사가 휴전협정에 가담 안 한 것은 그가 정치가로서 탁월한 일면이라고 나는 보고 있다.(「나의 交友 半世紀」; 고 장택상(張澤相) 씨의 회고록, 〈신동아〉 통권 (제74호) p 218-237)

반공포로 석방 사건 이야기가 나오면 통쾌하다. 많은 물의를 빚었으나 이 반공포로 석방 사건은 쾌재를 부를 결단이었다. 덜레스 장관으로 하여금 1953년 7월 12일에 한미상호방위조약을 체결하고 10월 1일 조인되어 국군의 날이 드디어 탄생된 것이다. 이 사건에서 장군의 순발력 내지 기지(機智) 단 한 명의 지원군을 보내 시간을 벌어 포로들의 탈출을 도운 장군의 배포(排布)는 아무나 흉내 내기 어렵겠다.

"한 명도 지원군 만 명도 지원군이며, 나는 대통령의 명령에 따랐을 뿐"이라는 에피소드는 두고두고 회자(膾炙)될 것이다.

이 사건을 보면 장군은 대의명분이 확실하고 바른 일이라면 그 누구보다도 대통령에 협조적이었다. 자신의 평판이 깎일 위험을 무릅쓰면서까지 미군 사령부에 아첨을 하지 않고 대통령령에 충실했던 것이다. 사리에 맞지 않는 일과 타협을 하지 않았지 여타의 불순한 동기로 항명을 한 것은 아니건만, 대통령은 항명이 노여워 "그놈 포살할 놈"이라는 말을 했다는데, 충신은 때로 이렇게 처량한 아니 목숨이 위태로운 핍박(逼迫)을 받기도 하는 것이다.

5.26 정치파동

내처서 5.26 정치파동을 돌아본다.

계엄령을 선포하여 군대를 마구 이동한다는 것은 매우 위험한 발상이다. 이종찬 참모총장도 일본육군사관학교를 졸업하고 임관하여 뉴기니아에서 근무한 경력이 있고 와카야마현에서 일본 군복을 입고 말똥을 치우며 손등이 터진 장군의 마음속에 나라를 빼앗기면 겪는 굴욕이 어떤가를 뼈저리게 터득했을 터. 그러니 군대가 정치적 술수의 앞잡이 노릇을 하는 모양새가 피 끓는 수뇌부 장군들에게 어불성설! 이북에서 또 다시 밀고 내려오지 않아 천만다행이었지만 이런 불법이 자행된다면 그 나라가 정상적인 국가로 발전되겠는가?

일본군 군인의 옷을 입었던 두 장군에게 그 기간은 정체성의 위기(identity crisis)를 겪어야 되는 가혹한 시간이었다. 두 장군에게 조국의 의미는 자신의 목숨을 걸고 지켜야 할 내 땅 조상의 땅이기 때문이다.

국회의원을 강제로 버스에 실어 국회에 풀어놓고 투표하여 헌법을 개정하여 선거를 치룬 이 사건을 혹자는 국민이 투표에 참여한 최초의 민주주의 선거였다고 대통령을 추앙하며 민주주의 혁명의 시발이었다는 논조를 펴는데 논리 비약이 심하다.

우선 전제(前提)가 맞지 않고 국민 참여를 위한 직접선거가 아니고

국회의원 45명을 실은 버스를 경비원들이 견인차로 부산지구 제70헌병대 차고로 연행해 가는 장면 (1952.5.26)

정권유지를 위한 개헌이었기 때문이다. 순수한 목적의 국민 참정권을 위한 개헌이었다면 민주주의를 확립하기 위한 그런 불가피한 계엄령이었다면 군의 정치적 개입을 만류하고 중립을 지킨 참모총장과 헌병사령관의 뜻을 오히려 가상히 여겨야 되는 게 아닌가.

반대 의견을 내고 계엄군을 동원하지 않았다고 방첩부대장(김창룡)의 모략과 좌천 인사파동을 거치며 전도유망한 한 장군의 앞날은 먹구름이 끼면서 짧은 생을 마감하기에 이른다.

이승만 대통령은 잠깐의 승리에 도취하고 권력투쟁의 쾌감에 득의양양(得意揚揚)하였을지 모르나 부정의 정도도 커져 3.15 부정선거가 이어지고 결국은 4.19 의거가 터지고, 말이 망명이지 조국 땅에서 추방당하고 여행가는 기분으로 슈트케이스 달랑 들고 떠난 길이 살아서

5.26 정치파동에 따른 1952년 5월 27일 긴박했던 하루

· 미 국무장관 대리, 주한 미대사관에 이승만에 전달할 메시지 전송
· 주한 미 대리대사 라이트너, 이승만 대통령과의 면담내용을 미 국무부에 보고
· 일본 외무성, 주일 한국대표부 지위에 대한 입장 발표
· 이한림(李翰林) 준장, 劉載興(유재흥) 중장을 대신해 휴전회담 한국대표로 선발
〈육군본부 훈령 제217호, 육군 장병에 고함〉*
· 밴플리트 장군, 계엄령 선포와 관련하여 부산에서 이승만 대통령과 중요 회담 진행
· 계엄령 선포 이후 국회의원 체포 등 정국 긴장
· 영남지구 계엄사령관 원용덕(元容德) 소장, 계엄령 선포 및 국회의원 버스 연행사건에 대한 담화 발표
· 국회, 국회의원 승차 버스 연행사건에 대해 논의
· 경남 도의회, 국회 해산을 요구하는 결의안 채택
· 식산은행, 지가증권 기금 부족으로 지주 보상 혼잡 초래
· 손영수(孫永壽) 부산시장, 세궁민 배급 등에 대하여 기자회견
· 당국, 배급부정을 저지른 동회 직원 구속
· 전쟁으로 인한 여성 및 아동들의 비참한 상황
· 부랑아동 폭력문제 시급

* 뒤페이지에 첨부

〈육군본부 훈령 제217호, 육군 장병에 고함〉

육군본부 경북 대구

앞 全부대장

군의 본연의 존재 이유와 군인의 본분은 엄연히 확립되어 있는 바이므로 지금 새삼스러이 이를 운조할 필요조차 없는 바이나 현하 미묘 복잡한 국내외 정세가 바야흐로 비상 중대화되어 가고 있음에 감하여 군의 본질과 군인의 본분에 대하여 투철한 인식을 견지하고 군인으로서 그 거취에 있어 소호의 유감이 없도록 육군 전 장병의 냉정한 군리판단과 신중한 주의를 환기코자 하는 바이다.

군은 국가민족의 수호를 유일한 사명으로 하고 있으므로 어느 기관이나 개인에 예속된 것이 아닐 뿐만 아니라 변천 무쌍한 정사에 좌우될 수도 없는 국가와 더불어 영구 불멸히 존재하여야 할 신성한 국가의 공기이므로 군인의 본분 역시 이러한 군 본연의 사명에 귀일되어야 할 것이다. 그러므로 군인 된 자, 수하(誰何)를 막론하고 국가방위와 민족의 수호라는 그 본분을 떠나서는 일거수일투족이라도 절대로 허용되지 아니함은 재론할 여지가 없는 것이다.

이러한 견지에서 군이 현하 혼돈한 국내 정세에 처하여 그 권외에서 초연하게 본연의 임무에 매진하고 있는 것이고, 특히 거번 발생한 일대 불상사인 徐昌善대위 피살사건에 대하여서도 실로 통분을 금치 못하였으나 역시 법치국가의 군대로서 군의 본질과 사건의 성질에 비추어 냉정히 사태의 추이를 직시하면서 공평무사한 사직의 손으로써 법률에 의하여 그 시비곡절이 구명될 것을 소기하고 있는 것도 군의 존재이념에서 볼 때 당연한 처사인 것이다. 그러므로 밖으로는 호시탐탐 침공의 기회를 노리는 적을 대하고 안으로는 복잡다단한 제반 정세에 처하여 있는 군에 있어서 군인 개인으로서나 또는 부대로서나 만약 지엄한 군통사계통을 문란하게 하는 언동을 하거나 현하와 같은 정치변혁기에 수(垂)하여 군의 본질과 군인의 본분을 망각하고 의식, 무의식을 막론하고 정사에 관여하여 경거망동하는 자가 있다면 건군 역사상 불식할 수 없는 일대 오점을 남기게 됨은 물론 누란(累卵)의 위기에 있는 국가의 운명을 일조에 멸망의 심연에 빠지게 되어 한을 천추에 남기게 될 것이니, 국가의 운명을 쌍견(雙肩, 양쪽 어깨)에 지고 조국수호의 성전에 멸사 헌신하는 육군 장병은 몽상간에도 군의 본연의 사명과 군인의 본분을 염념(念念) 명심하여 그 맡은 바 임무를 완수하여 주기를 바라는 바이다.

충용한 육군 장병 제군, 거듭 제군의 각성과 자중을 촉구하노니 제군의 일거일동은 국가의 운명을 직접 좌우하거늘 제군은 여하한 사태 하에서라도 신성한 군통수계통을 준수하고 종시일관 군인의 본분을 사수하여 오로지 조국과 민족의 수호에 매진함으로써만이 조국의 앞길에 영광이 있다는 것과 군은 국가의 공기임을 다시금 깊이 명기하고 각자의 소임에 일심불란 헌신하여 주기를 간절히 바라는 바이다.

총참모장 육군중장 이종찬(李鍾贊)

연월일: 1952년 5월 27일

출처: 육군본부 훈령 제 217호 한국 전쟁사료, pp. 639-640

군의 항명파동은 6월 4일 국방부 장관 신태영 명으로 인사조치에 관한 공문이 국방부 인비발(人祕發) 제1호 명으로 충참모총장에게 시달된다.

국방부 人祕發 제1호
단기 4285년(1952년) 6월4일
국방부장관 신태영

육군총참모장 귀하

육군행정참모부장, 작전, 정보국장 及
헌병사령관, 법무감, 보직변경의 件

대통령 命에 依하야 左記名 將校의 보직변경을
단기 4285년(1952년) 6월4일 附로 발령후 同 6월5일까지
其結果를 보고할 事

육군행정참모부장, 작전, 정보국장 及
헌병사령관, 법무감, 보직변경의 件

육군준장	10006	양국진	免 육군행정참모부장
육군소장	10051	최영희	免 장관보좌관 命 육군본부복귀 補 육군행정참모부장
육군준장	12290	이용문	免 육군작전교육국장
육군소장	12445	이준식	補 육군작전교육국장 兼務
육군준장	10006	양국진	免 육군행정참모부장
육군준장	10062	김종평	免 육군정보국장
육군대령	10052	문용채	免 장관보좌관겸국회연락장교실장 命 육군본부복귀 補 육군정보국장
육군준장	10022	심언봉	免 육군헌병사령관
육군대령	10021	박기병	免 태백산지구전투사령관 補 육군헌병사령관
육군준장	15119	손성겸	免 육군법무감
육군준장	17673	이 호	補 육군법무감 兼務
육군대령	10129	서종철	補 태백산지구전투사령관

단기 4285년(1952년) 6월4일 附

다시 돌아오지 못하고 하와이 교민들 신세를 지며 눈을 감게 되었으니 자업자득, 누구를 원망하리오?

국방경비대

이참에 국방경비대를 찾아 싣는다.

8·15해방 후 남한에는 미군이 진주하여 군정을 실시했는데, 1945년 11월 13일 미군정 법령 제28호로 국방사령부를 설치하고, 그 산하에 경무국과 군무국(軍務局)을 두었다. 당시 국내에는 각종 사설군사단체와 반군사단체가 조직되어 있었기 때문에 미군정은 통일적인 군사기구를 조직하는 작업에 착수하여 1946년 1월 14일 미군 장교와 한국인 보좌관을 중심으로 남조선 국방경비대(이하 국방경비대)를 창설했다. 국방경비대 총사령부는 초기에 고급부관실·인사과·정보과·작전교육과·군수조달과로 조직되었으며, 이후 재무국과 의무국이 신설되었다.

1946년 5월 1일 국방경비사관학교를 창설하여 간부 육성체계도 확립했다. 1946년 12월 12일 종전의 계급호칭과 계급장도 새로 제정했는데, 이등병사를 이등병, 일등병사를 일등병, 참교를 상등병, 부교를 병장, 특무부교를 하사, 정교를 중사, 특무정교를 상사로 각각 개칭하고 대특무정교는 폐지되었다. 장교급에도 참위를 소위로, 부위를 중위, 정위를 대위, 참령을 소령, 부령을 중령, 정령을 대령으로 각각 개칭했다.

한편 1946년 6월 14일 국방부가 통위부로 개칭되면서 국방경비대도 조선경비대로, 국방경비대 총사령부는 조선경비대 총사령부로 개칭되었다. 정부수립 이후 1948년 8월 16일 국방부장관(초대 국방부

장관 이범석) 훈령 제1조에 의해 조선경비대는 '대한민국 국방군'으로 호칭되기 시작했고, 같은 해 8월 24일 한국 정부와 미국 정부 간에 잠정적 군사안전에 대한 협정이 체결됨으로써 조선경비대에 대한 통수권의 이양과 더불어 9월 1일 조선경비대와 조선해안경비대는 국군에 편입되었다. 이에 따라 조선경비대는 육군으로 개편되었고, 1948년 11월 30일에 국군조직법이 국회에서 인준되어 국방부 내에 참모총장과 참모차장을 두고 그 아래 육군본부와 해군본부가 설치되었다.

육군총사령부로 명칭이 바뀐 조선경비대 총사령부는 다시 육군본부로 재편되어 오늘날과 같은 체제를 갖추었다.

김도영 대령을 추모하며

직무대리를 하던 김도영 대령이 국가전복을 꾀하였다는 죄목은 영 납득이 가지 않는 낭설이었다고 나는 추정하였던 바 다음과 같은 글을 발견하여 인용한다. 또다른 사례로 '김도영 대령 사건'을 살펴보도록 하자. 김도영 대령이 쿠데타를 음모했다는 사건을 맡았던 특무처장 이진용의 증언이다.

(가혹한 시련을 받았을 장본인 김도영 대령과 기족에게 일말의 위안과 격려가 되었으면 좋겠다.)

"김창룡 부대장이 서울로 올라가 대통령에게 이 사건에 관해 보고한 직후 대구에 있는 나에게 전화를 걸어, 서둘러 김 대령 등 3명을 잡아넣으라는 것이었다. 나는 영문도 모르고 시키는 대로 했다. 그 뒤 김 대령을 내가 직접 신문했다. 혐의는 민국당의 신익희를 추대하여 정권을 탈취할 목적으로 쿠데타를 계획했다는 것이었다.

그러나 도무지 그런 사실이 확인되지 않고, 사건이 조작되어 가는 기분이 들었다. 그래서 김창룡에게 이 정보를 제공한 신 모를 한번 조사해봐야겠다고 했다. 김 부대장은 화를 벌컥 내면서, '당신은 왜 피의자를 옹호하고 제보자를 의심하느냐'고 했다. 내가 완강히 사건이 애매하다고 버티니까 김창룡은, '나도 알겠는데 이미 대통령께 보고한 일이니 어떻게 하느냐, 당신은 지금 일이 많으니 이 사건에서 손을 떼라'고 했다.

장 모 처장이 이 사건을 만들어 기소했다. 워낙 허구가 많아 재판 과정에서 뒤집힐 것 같으니까 김 대령의 다른 비행을 조사하여 횡령죄를 덧붙여 기소했다. 김은 재판부에 압력을 넣었고, 재판정에 직접 나가서 방청, 분위기를 살벌하게 만들었다. 그러나 재판부도 반란음모 부분에 대해서는 무죄를 선고하는 양식을 보였다."

장군의 생애에 가장 큰 변곡점이 되었던 부산 정치파동의 여파로 장군의 동료들은 좌천의 회오리바람을 맞아 천지사방으로 헤어졌고, 장군은 논산 훈련소 부소장으로 좌천되는 굴욕적인 처분을 받았다. 중앙 무대에서 밀려나 황산벌 한복판 연무대에 홀로 떨어져 계백의 큰 칼을 휘두르지 못하는 장군은 울화(鬱火)를 과음(過飮)으로 달랬던 것 같다. 장군의 폭음은 다름 아닌 장군의 좌절감과 분노의 절규였던 것이다.

그 와중에도 훈련소에서 한글학교를 열어 문맹퇴치를 하고 한 명이라도 더 반공포로를 탈출시키고자 전력투구를 한 장군의 애국심과 인간애는 가이 없으리니! 후대가 유념해야 될 귀감이라 하겠다.

제4장

장군의 편지와 사진

- 서신 모음(1950~1954)
- 장군 신상 관련 서류
- 연보
- 장군의 사진

1. 장군의 서신

발신

번호	수신	page
1	부친	197-203
2	부친	204-210
3	부친	211-213
4	부친	214-220
5	형님	221-228

수신

번호	발신	성명	page
1	연합참모본부	이형근 대장	229-233
2	연합참모본부	이형근 대장	234-237
3	1군단장	이형근 중장	238-245
4	1군단장	김종오 소장	246-249
5	1군단장	김종오 소장	250-253
6	5사단장	박병권 준장	254-255
7	5사단장	박병권 준장	256-257
8	국방부장관	손원일 장관	258-263
9	국회부의장	윤치영 부의장	264-266
10	육군조달감	윤수현 준장	267-270
11	22사단장	박기병 준장	271-274
12	6사단장	김점곤 준장	275-277
13	육군작전교육국장	최갑중 준장	278-282
14	육군본부법무감	손성겸 준장	283-284
15	국방부제1국장	이준식 소장	285-287
16	육군본부	정진완 소장	288-289
17	육군본부	정진완 소장	290-291
18	육군본부	정진완 소장	292-293
19	육군참모총장	정일권 대장	294-295

三八線을突破하고勇猛한將兵、果敢한戰爭神經은앞으
로앞으로進軍을繼續하고있읍니다 共同安全山南
陽에서數個月間이避難生活을하시던故鄕에歸還하여
父兄弟妹作業讓하였던家內同健在하온지 避難으로부터
故里歸還하는生活하는百姓을自由롭게할때마다地方이많은
念慮되며不安하였나이다 이곳은山地區는本令自由로이
생겨왔으며 朝夕으로寒冷한日氣를보이고있읍니다 陣中
從軍하시었던書信으로亞氣時監하여서前線作戰指揮官
에勸勵하옵는바安心하옵소서 去陰三月三日書面閱之
幕僚參謀들을隨行하고直接前線으로나가서將兵
前線部隊將兵을激勵하고士氣를鼓舞하였으며
險難한山岳에서初雪의景色을仰視하니無意識中에
다시祖父母祭祀일을想起하고孝孫으로서在天靈魂이
如此한山嶽에臨하심을激勵이찾아왔을까하여
故鄕의情景을追憶하며再歸하였음을느꼈나이다 國家民族이
있고야勝利가最後로決定하는今次戰爭은드디어大戰爭으로
擴大될可能性이濃厚하며前途의苦難한悲壯과危機에迫하였으나
일념을우리는만족하는바이외다 이나라의百姓들 이나라의子女들으로 餘路를 選擇하여 國家를 維持保護하며 民族을 復活시키기 爲하여 前仆後繼하여 友邦國家와 함께 鬪爭을 繼續하였던 것입니다. 오늘의 빛나는 勇猛한 數十萬의 大韓의 英靈은 生命財産을 犧牲하고 값있게 生覺하며 果敢히 戰鬪하였을 確信하며 自己의 生命을, 屍體를 山野地에 遺棄하고 暴露하고 있었습니다. 今次巡視時에는 山中에 遺棄된 故郷의 屍體와 友軍의 戰友 屍體를 多數 發見하고 이를 蒐集하여 埋藏 墳墓를 만들었습니다. 만 이것이 大韓人의 靈魂이 있으면 自古로 戰場에서 屍를 山野地에 暴露하던 習慣으로 匿藏한 것을 本懷로 생각할 것이니 그 무엇이 遺憾이 있겠습니까.

我 大韓國軍으로 去前日에 本事 七月 戰鬪(당시)에 入戰하였다는 때 앞으로 均分하고 期間에 初級將校로서의 必須 要 傳授 修了한 것입니다. 有為 有能한 大韓人 某某는 將校로서 務職에서 當然히 確信하며 在籍期間中의 業務로 去來하였으며 戰時 多數의 金錢을 所持하였으며 남으로 將 遺棄한 事實입니다. 名簿의 屍首 未知中의 派遣하여 收容近況을 通知하고 家庭消息을 比較하여 …

大田으로 移葬消息은 들었오니 遠路에 [illegible] 苦勞이오며

逝去하신 將兵들의 遺族을 [illegible] 周濟하여 주는 것 같으니 本人 苦勞

ㅡ로 生覺합니다. 惶恐 [illegible] 離脫키 難한 職責上

歸鄕도 念하지 못하나 如意치 못한 點 諒解하시옵소서

앞으로 [illegible] 兵君部에 勤務하게 되었는데 時機를

捕捉하여 家族 入京케 하시기 바라며 其外에도 [illegible] 遺族家族

은 編成하여 進攻했고 戰況이 좋아서 [illegible]

하고 一旦 故鄕 父母膝下로 歸還하게 되니 참으로 九死一生

으로 數百名中 [illegible] 生存하였으니 [illegible]

[illegible] 特攻隊 [illegible] 없이

慰勞 賞賜하여 주시옵소서.

前途는 雖難하고 危機에 直面하였으나 [illegible]

家內一同 無故 [illegible] 時에 戰線에서 祝願하겠나이다

이만 擱筆하겠읍니다.

檀紀四二八四年 四月 十八日.

下鄕 [illegible]

陸軍准將 沈彦俸 (印)

38선을 돌파하고 용맹한 장병, 과감한 전투부대는 앞으로 앞으로 북진격(北進擊)을 계속하고 있습니다. 그간 부산 남단에서 수개월 간의 피난 생활을 마치고 고향에 복귀한 후 아버님 기체만강 하옵시고 가내 일동 건재하온지 피난으로부터 각기 귀환하는 비참한 백성들을 목격할 시마다 다른 사람의 일 같지 않고 염려되며 불안해집니다.

이곳 오대산 지구는 지금 백설이 쌓여 있으며 조석으로 한랭한 일기를 보이고 있습니다. 항상 축원하여 주시는 덕분으로 혈기왕성하게 군단 작전의 지휘 감독에 정려(精勵)하고 있으니 안심하옵소서.

지난 음력 3월 3~4일의 양일간은 군단 참모들과 함께 직접 38선을 걸어서 행군하여 최전선 전투부대 장병들을 격려하고 사기를 고무시켰으며 험난한 심심산골에서 초나흘에 활처럼 생긴 달빛을 우러러보니 무의식중에 오늘밤이 할아버님 제사일임을 상기하고 참모들과 함께 "영혼이 이 같은 심산유곡에 손자를 격려키 위하여 날아오셨다."고 하며 고향 묘소를 바라보고 재배(再拜)하였습니다.

국가와 민족의 흥망과 성쇠를 결정하는 이번 전쟁은 드디어 세계전쟁으로 변전할 가능성이 농후하며 앞날의 매섭고 근심스런 참혹상은 이전보다 훨씬 더할 것으로 예측하는 바입니다. 이 나라의 백성들, 이 나라의 자제들은 끝없이 슬픈 운명이며 국가를 유지 보호하며 민족을 부활시키기 위하여 최후 승리의 날까지 세계 우방 국가와 함께 투쟁을 계속할 것입니다. 오늘도 내일도 충성과 용맹이 비할 데 없는 수십만 명의 대군은, 귀중한 생명과 재산을 기러기 털처럼 가벼이 여기며 적과 용감하게 싸울 것을 확신합니다.

이번 순시 때에도 산(山) 속에 버려진 적군(敵軍)의 시체 또는 우군(友軍)의 전우(戰友) 시체를 다수 발견하고 이를 공손히 매장 분묘하였습니다. 이것이 곧 군인의 본망(本望)일 것이고, 전장(戰場)에서 시신을 산야에 버리고 마혁(馬革)으로 포장(包藏)함을 본회(本懷)로 삼았던 것이니 그 무엇이 유감(遺憾)이겠습니까.

사랑하는 동생 언국이는 지난 4월 1일에 동래(東萊)사관학교[보병]에 입교시켰으며, 앞으로 약 6개월간 초급장교로서의 필수 교육과정을 수료할 것입니다. 쓸모 있고 유능한 군인, 영예로운 장교로서 발전해 나갈 것을 확신하며 교육 기간 중의 고난은 당연한 일이며 입교 시 다액의 금전을 소지케 했으며 앞으로 가끔 송달할 예정입니다. 전속 부관 김동훈(金東勳) 중위를 파견하여 전선(戰線) 근황을 통지하옵고 가정소식을 지득(知得)케 하였으니 접대(接待)하옵소서.

대전 정근(正根) 집안의 소식도 때때로 연락받고 있으니 다행이오며, 연락소 장병들이 많이 편리를 도모해 주는 것 같으니 이 또한 다행으로 생각합니다. 항상 잠시도 이탈키 어려운 직책상 귀향도 마음으론 간절하나 여의치 못하오니 양해하여주십시오,

끝으로 병식(炳植)이는 군단 병위부(兵慰部)에 근무케 하고 있으니 시기를 포착하여 학교에 입학케 할까 하며 뜻밖에도 이북에 유격대로 편성되어 진공했던 윤근이를 만나서 잘 보호 휴양케 하고 일단 고향 부모 슬하로 귀환시키오니 참으로 구사일생으로 수백 명 중 불과 백여 명밖에 생존치 않은 유격전투부대의 용감한 전사임을 칭찬합니다. 동리에서라도 많이 위로하여 주시옵소서.

앞길이 다난하고 위기에 직면한 이때에 가내 일동 무고하고 태평한 세월이 되기를 멀리 전선에서 축원하며 이만 각필하겠습니다.

단기 4284년[1951년] 4월 11일
하(下) 진부리에서
육군준장 심언봉

타임머신을 타고 오대산으로 날아가 1951년 4월 11일자 서한을 읽어본다. 대가족이 부산 수영 비행장 앞에서 피난살이를 하고 돌아온 후 받은 편지다. 이른 봄이지만 오대산 지구는 백설이 쌓여 있다는 서두로 시작된다.

심산유곡의 초생달을 "활처럼 휜 달"이라고 서술한 것은 역시 장군다운 관찰이다. 할아버지 기일을 떠올리며 참모들과 함께 고향 묘소를 바라보고 재배(再拜)를 올리는 장군을 상상하는 것만으로도 가슴이 미어진다. "영혼이 이 같은 심산유곡에 손자를 격려키 위하여 날아오셨다."는 묘사는 매우 시적(poetic:포에틱)이다. 특별한 수식어가 붙지 않았는데도 할아버지를 기리는 손자의 마음이 맑게 비친다. 후퇴와 진격을 반복하는 전선에서도 초승달을 보고 할아버지 제를 올리는 것으로 그치지 않고 충정 어린 고백이 이어진다.

"국가와 민족의 흥망과 성쇠를 결정하는 이번 전쟁은 세계전쟁으로 변전할 가능성이 농후하며 앞날의 매섭고 근심스런 참혹상은 이전보다 훨씬 더할 것으로 예측하는 바입니다."

세계대전으로의 확전 가능성까지 내다보고 우려하는 장군의 거시적 안목이 나타난다. 눈앞의 적을 소탕하고 고지를 점령하는 것 이상으로 전쟁의 방향과 그 방법을 확고하게 예지하고 있는 장군을 만나게 된다.

"이 나라의 백성들, 이 나라의 자제들은 끝없이 슬픈 운명이며 국가를 유지 보호하며 민족을 부활시키기 위하여 최후 승리의 날까지 세계 우방국가와 함께 투쟁을 계속할 것입니다. 오늘도 내일도 충성과 용맹이 비할 데 없는 수십만 명의 대군은, 귀중한 생명과 재산을 사소한 것이라도 금쪽같이 생각하며 용감하게 싸울 것을 확신합니다."

장군은 무턱대고 주장하는 국수주의자(chauvinist)가 아니라 현실적이고 포용적인 군사전략을 추구했던 것으로 보인다. 진군을 하면서 38선 전방을 시찰하고 격려하면서 시체를 발견하면 적군이나 아군을 불문하고 정성껏 마무리 짓는 장군에게 우리가 무엇을 더 바라겠는가?

"이번 순시 때에도 산속에 버려진 적군의 시체 또는 우군(友軍)의 전우(戰友)의 시체를 다수 발견하고 이를 공손히 매장 분묘하였습니다. 이것이 곧 군인의 본망[本望, 본디 소망-역주]일 것이고, 전장에서 시신을 산야에 버리고 마혁으로 포장함을 본회[本懷, 본마음-역주]로 삼았던 것이니 그 무엇이 유감이겠습니까"

진군을 하면서 38선 전방을 시찰하고 격려하면서 시체를 발견하면 적군이나 아군을 불문하고 경건하게 분묘하는 장군의 품성은 괴테가 도달한 전인성(whole person)을 느끼게 한다.

炎天時下

令堂體節康하옵시고 家內諸節이 泰安하옵심을 祈祝하오며 諸般不利한 條件을 克服하고 農繁期에 奮鬪努力하시는 農民들에 對하여 衷心으로 深甚한 敬意를 表하는 바입니다. 現下 政權의 複雜多難한 停戰會議와 國內外의 情勢는 一瞬

2

이 實現가 混亂을 不許할 때 我
韓國存亡을 決하는 絶大한 時機에
當面하고 있으나 美國을 爲始한 民主
友邦諸國의 絶大한 援護와 强力한
鬪爭으로써 必然코 最後의 勝利
必是 確信하는 바입니다。 또한 諸種
難關을 打開하며 繼續中에 있는
停戰問題도 最後에는 期必코 解決
成으로 되리라고 믿고 있습니다.

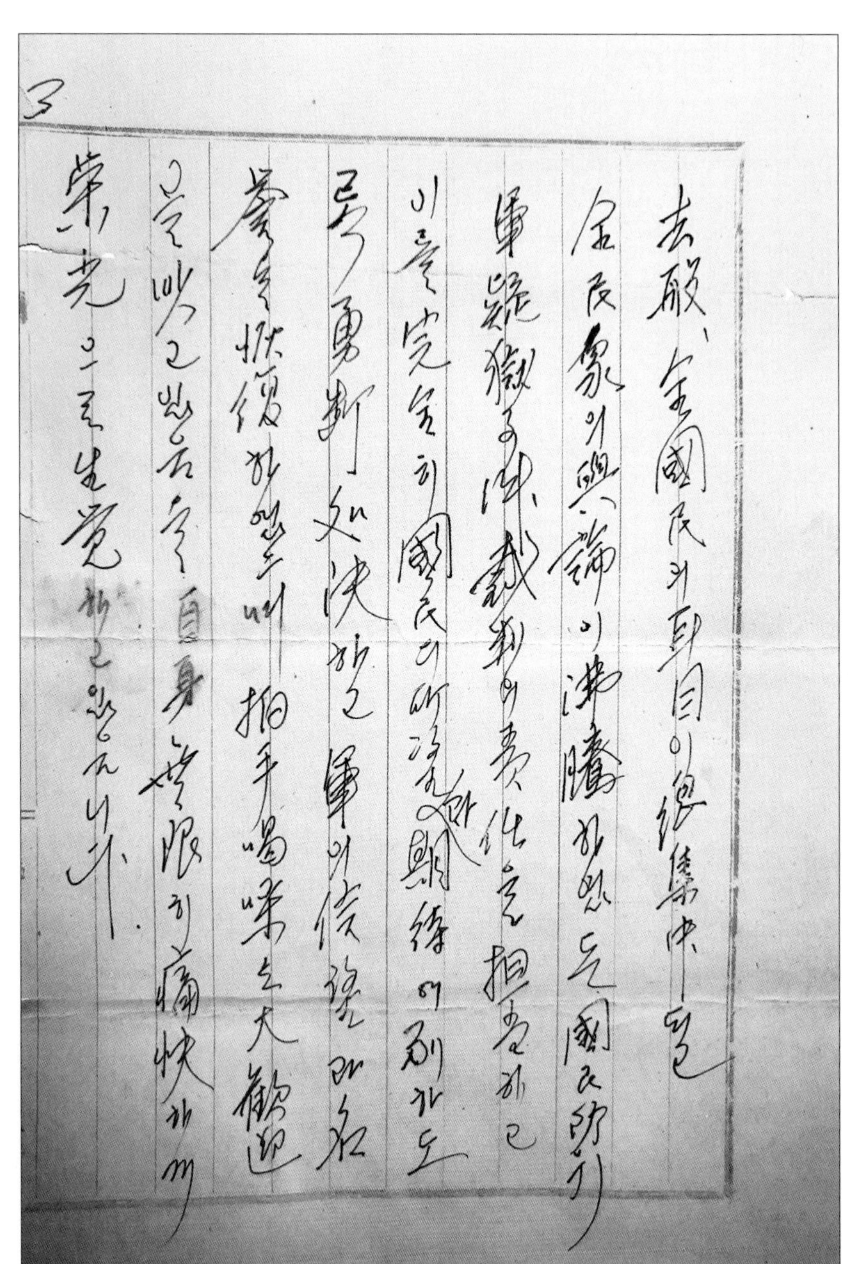

3

去般, 全國民의 耳目이 總集中된
金氏家의 輿論이 沸騰하였든 國民的
軍疑獄事件 裁判의 責任을 擔當하고
이를 完全히 國民의 所望하는 [illegible] 에 副하도
로 勇斷 卽決하신 軍의 信望을 回復
處置를 敢行하셨을 때 拍手喝采로 大歡迎
을 [illegible] 自身은 無限히 痛快하게
榮光으로 生覺하고 있읍니다.

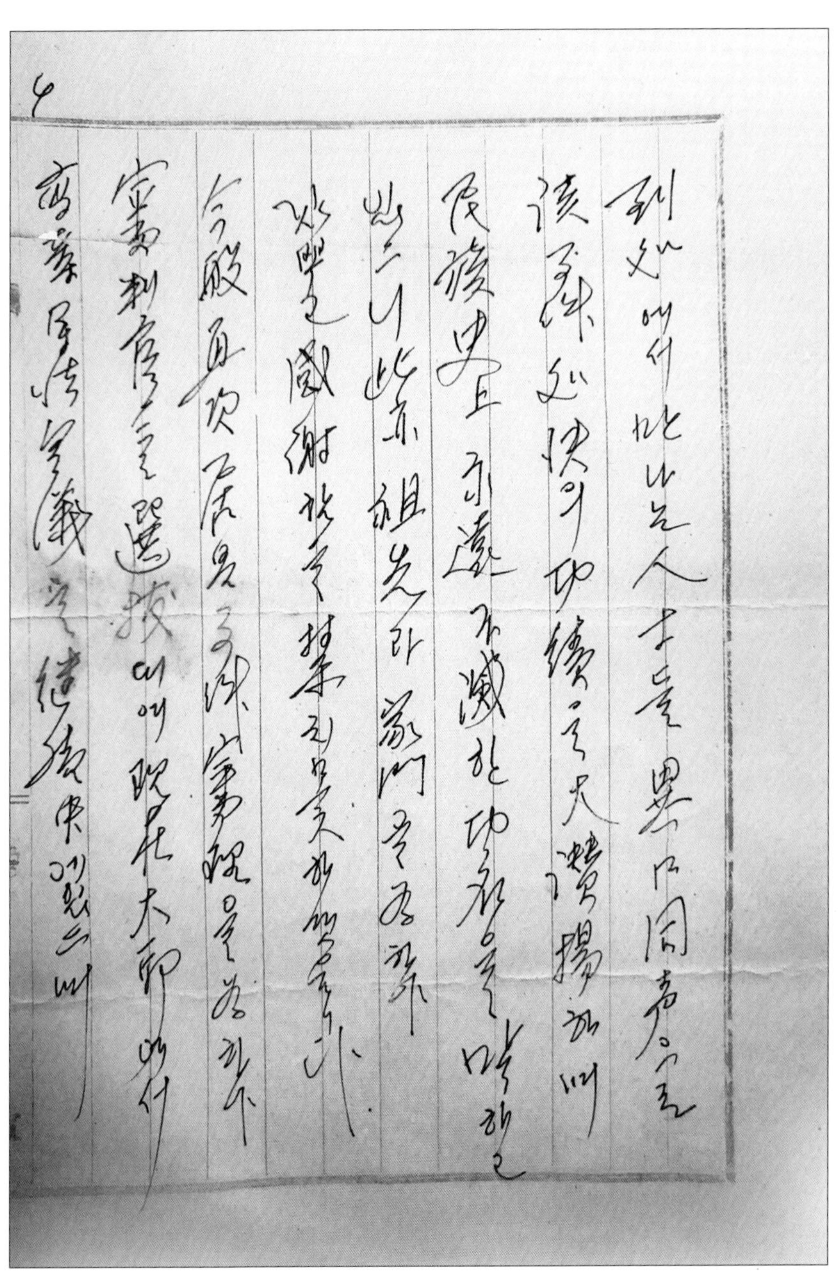

5

亦是 所期의 優秀한 結果를 確信하고 있읍니다。 [illegible] 繼續 [illegible] 國防部에 [illegible] 政治部長의 [illegible]에 [illegible] 繼續하며 [illegible]에 [illegible] 勤務하여 왔읍니다. 이번 簡略히 [illegible] 附近 狀況을 報告하오니 [illegible] 中對使에 贈與한 金款을 [illegible] 上送하오니 [illegible] 一部에 充當 使用하여 주시면 幸甚으로 生覺하겠읍니다. 平安하심을 빌며 [illegible]

[illegible] 八月十八日 [illegible] 兩讀 [illegible]

몹시 더운 날씨[염천, 炎天 : 몹시 더운 날씨-역주]에

아버님 존체 만강하옵시고, 가족들 모두 크게 평안하심을 기원하며 여러 가지로 불리한 조건을 극복하고 농번기 일에 분투 노력하고 있는 농민들에 대하여는 참으로 심심한 경의(敬意)를 표하는 바입니다.

현재 지극히 복잡다난한 정전(停戰)회의와 국내외의 정세는 잠깐의 낙관과 추단을 불허하오며 우리 한국의 존망(存亡)을 결정하는 중대한 시기에 당면하고 있으나, 미국을 위시한 민주 우방 여러 나라의 절대적인 원호[援護, 돕고 보살핌-역주]와 강력한 투쟁 끝에 필연코 최후의 승리가 있을 것임을 확신하는 바입니다. 또한 각종 난관을 타개하여 계속 중에 있는 정전(停戰) 문제도 최종에는 기필코 해결 성립되리라고 믿고 있습니다.

지난번 전(全) 국민의 이목이 총 집중되고 전 민중의 여론이 비등하였던 '국민방위군의옥사건(國民防衛軍疑獄事件)' 재판의 책임을 담당하고 이를 완전히 국민의 소망과 기대에 부응하도록 용단 처결하고 군(軍)의 신망과 명예를 회복하였으며 박수갈채로 대환영을 받고 있음을 저 자신은 무한히 통쾌하게 영광으로 생각하고 있습니다.

도처에서 만나는 인사들이 이구동성(異口同聲)으로 그 사건 처결의 공적을 크게 칭찬하며 민족사상 영원불멸한 공명[功名, 공을 세워 이름을 떨침-역주]을 말하고 있으니, 이 또한 선조님과 가문을 위하여 기쁘고 감사함을 금(禁)치 못하겠습니다.

이번에 재차 거창사건(居昌事件) 심리를 위하여 심판관으로 선발되어 현재 대구에서 고등군법회의(高等軍法會議)를 계속하고 있으며, 역시 소기의

우수한 결과를 확신하고 있습니다. '(국민)방위군(사건)' 재판 종결 후 국방부에 전속[轉屬, 소속을 바꿈-역주]되어, 〈병기행정본부장(兵器行政本部長)〉의 중책에 임명되었으므로 계속하여 부산에 거주하며 근무하게 될 것입니다.

이만 간략히 난필(亂筆)로서 근황을 보고하옵고 신승호(申昇浩) 중위 편에 저축된 금액 30만 환을 보내오니 농사비용의 일부로 충당 사용하여 주시면 본망[本望, 본래의 소망-역주]으로 생각하겠습니다.

평안하심을 빌며 보교[步校, 보병학교-역주] 언국이도 오는 8월 18일에 졸업하며 종종 면접하고 있으니 안심하소서.

1951년 8월

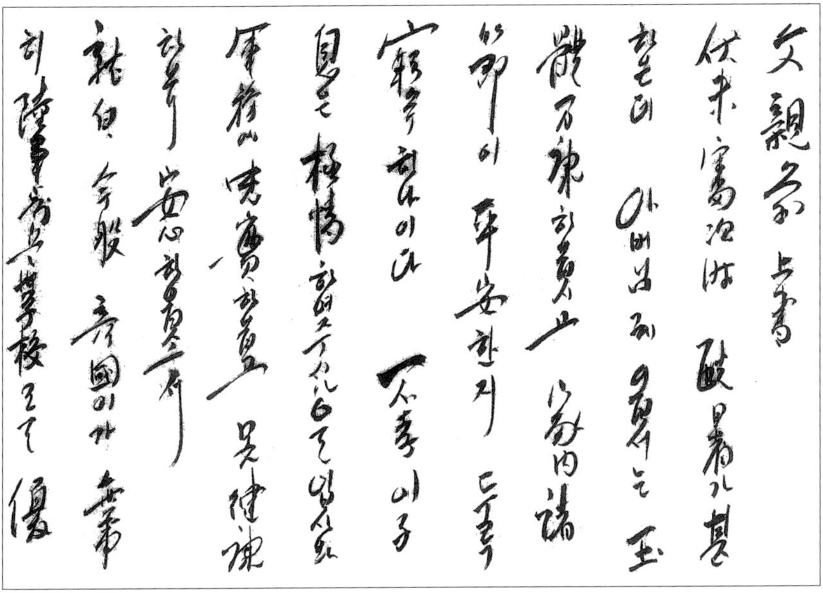

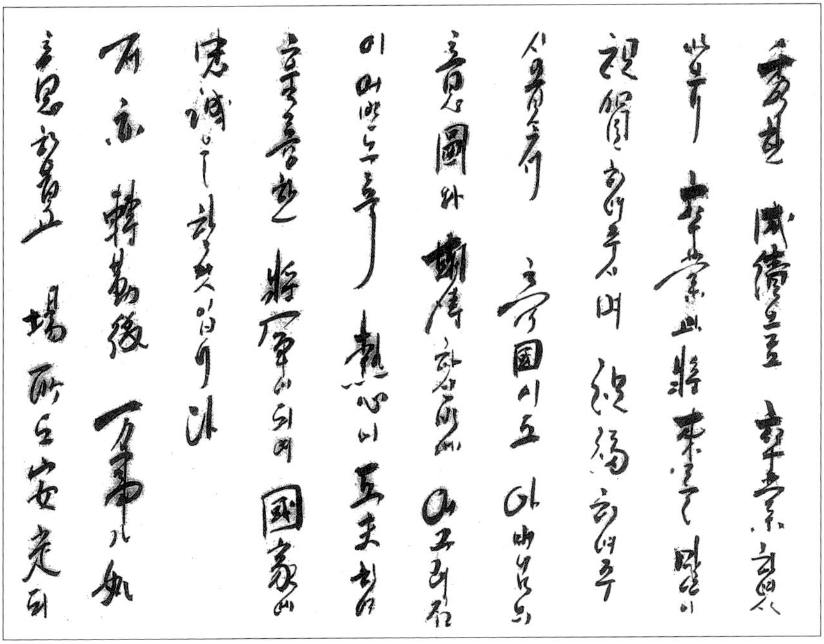

예보다 今歲 만不足하야
金山에는 旱魃이 甚하야
田水畓이 모주어 자[illegible]지게되엿삽다
忠淸、京畿道는 降雨가甚하야
洪水가나서 이르구 잇다하니
千万多幸이로소이다
아버님 酷暑未甚하옵니
玉體에 留意하옵시고 또
上書 하엿나이다

陰六月十七日

子息 上書

3

부친 전 상서

더위가 심상치 않던 차에 폭서가 심하온데, 아버님께서는 옥체 건강하옵시고 가내 평안한지 두루 궁금하나이다. 불효 이 자식은 지극히 걱정해 주셔서 군대 업무에 충실하옵고, 몸 건강하오니 안심하옵소서.

이번에 언국이가 무사히 육군보병학교를 우수한 성적으로 졸업하였사오니, 졸업과 장래를 많이 축하하여 주시며 축복하여 주시옵소서. 언국이도 아버님의 의도와 기대하신 바에 어그러짐이 없도록 열심히 공부하여 훌륭한 장군이 되어 국가에 충성을 할 것입니다. 저 역시 전근 후 만사가 순조롭고 장소도 안정되었사오니 염려를 마시옵소서.

부산에는 가뭄이 심하여 전답이 묵어나게 되었으나, 충청도와 경기도는 강우가 심하여 홍수를 이루었다 하니 천만다행입니다. 아버님 더위가 극심하오매 옥체 유의 하시옵고 또 소식 올리겠나이다.

음 7월 17일 자식 서

(양 1951년 8월 19일)

父親前上書

帝國 君 下直後 아버님 健

安하옵시며 家內 無事하오니 하와

千万多幸之事이옵나이다 此

軍務에 如前하오며 敬念하옵나이다

就白 今般 帝國의 結果에

아버님께옵서는 大勢極情之事

로 生覺하옵시여서 兄의 立場

으로 一國의 將官級이 되여서 同

하나 生命을 못 取하여 주던다고

小子를 責하옵심도 當然

4

하신 心情이시라고 生覺하오며
아버님과 至極하신 慈愛가
삶에 有口無言이옵나이다
그러나 古語에 "忠孝"라 한
것을 國家에 忠誠을 함으로
父母에게 孝됨으로 小子는 자기
알고 있읍니다 小子는 愛國이나
벌서 목숨을 받칠것을 國家에
忠誠으로 다 하겠다고 [illegible]
한것을 아버님께서는 잘 알고
계실것이옵니다

5

一般 男兒가 軍門에 投身한
以上 戰爭을 하는데 臨하야
場所를 가리겟삽닛가 彈丸雨
飛의 難關을 突破함으로
사람은 成功할수 잇잔는 것을
生覺하엿와 俗諺에 達着
하드라도 孝國이는 아버님의
至誠과 慈愛의 加護가 잇슴으로
것입니다 孝國이 個人뿐
이안이라 數千數万의 귀
여운 아들들, 靑年들이 國

6

家를 爲하여 流血하고 쓰러
져가는데 帝國이 하나 빨리 安
全은 不可能할것이오며 不忠
인것입니다 一線에 出征한
다고 危險한것은 않입니다
帝國이 配置된 部隊가
그다지 危險地帶에 있는것이
않이오니 너무나 掛情마옵
시고 甚히 하셔서 아버님 玉体
에 害로우실까 두려워 하
옵나이다.

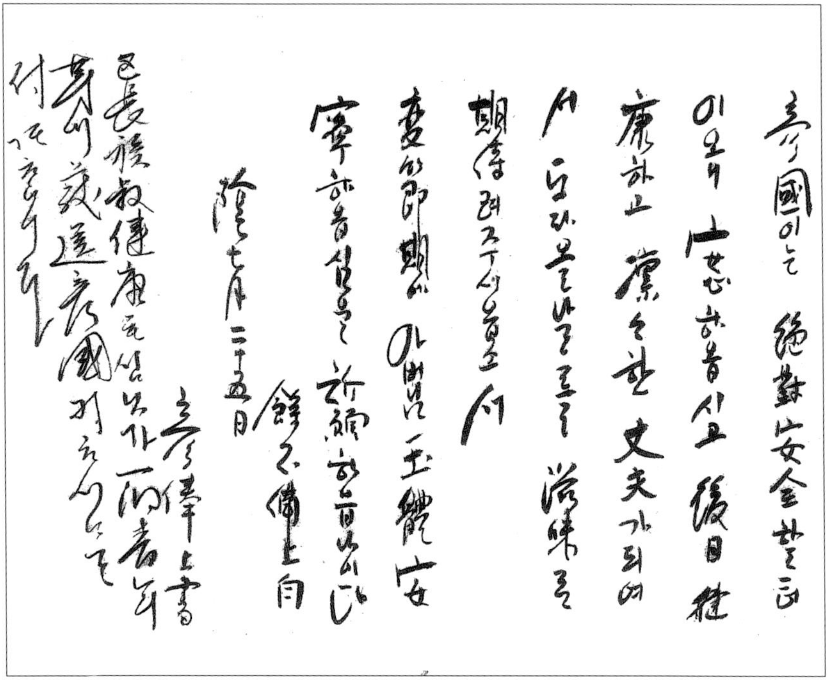

부친전 상서

언국이 부산으로 내려간 후 아버님 건안하옵시며 가내 무사하다하니 천만다행이옵나이다.

소자 근무에 여전하오니 걱정하지 마옵소서. 이번 언국이의 결과에 대해 아버님께옵서는 대단히 걱정 하옵시여서 형의 입장으로 일국의 장관급(將官級, 군사를 지휘하는 장군-역주)이 되어서 동생 하나 안전을 못 취하여 준다고 소자 책망하옴도 당연하신 심정이라고 생각하오며 아버님의 지극하신 자애하심에 유구무언이옵나이다. 그러나 옛말에 '忠孝'라 하는 것은 국가에 충성함으로 부모에게 효됨을 소자는 잘 알고 있습니다.

소자나 언국이나 벌써 몸을 바침으로 국가에 충성을 다하겠다고 맹세함을 아버님께서는 잘 알고 계실 것입니다. 일반 남아가 군대에 투신한 이상 전쟁을 하는데 때와 장소를 가리겠습니까. 탄환이 날아다니는 전장의 난관을 돌파함으로 사람은 성공할 수 있다는 것을 생각하시와 어느 곳에 도착하더라도 언국이는 아버님의 지극한 정성과 자애의 가호가 있을 것입니다.

언국이 개인뿐이 아니라 수천수만의 귀여운 아들 청년들이 국가를 위하여, 피를 흘리고 쓰러져 가는데 언국이 하나만의 안전은 불가능할 것이오며 불충일 것입니다. 일선에 출정한다고 위험한 것은 아닙니다. 언국이 배치된 부대가 그다지 위험 지역에 있는 것이 아니오니 너무나 걱정 마옵시고 심하시여서 아버님 옥체에 해로우실까 두려워 하옵나이다.

언국이는 절대 안전할 터이오니 안심하옵시고 후일 건강하고 늠름한 장부가 되어서 돌아올 날을 자미(滋味)로 기대려 주시옵소서. 변절기에 아버님 옥체 안녕 하옵심을 기원하옵니다.

여불비 상향

음 7월 25일 언봉 상서

(양 1951년 8월 27일)

장군의 서찰중 이 편지는 읽을 때마다 제갈공명(기원전 181년-234년 10월 8일)의 출사표(出師表)가 떠오른다. 출사표를 읽고 눈물을 흘리지 않으면 충신이 아니라고 했다는데, 아버지로부터 그런 자리에 있으며 동생 하나 건사 못하느냐? 책망을 듣는 장군. 그러나 장군은 장군답게 "나라의 귀여운 아들과 청년들이 전쟁에서 쓰러져 가는데 언국이 하나만을 위할 수가 없다"는 고백인데 이런 편지를 쓰며 장군도 속으로 눈물을 삼켰으리라.

언국 동생과 함께 의연하게 남아로서 국가에 몸을 바친 맹세와 그 택한 길을 늠름(凜凜)하게 걸어갈 것임을 천명하는 내용인데 장군다운 기개와 신념이 돋보이는 편지라고 하겠다. 언국 삼촌은 장군 형 가까이 대전현충원 장교묘역에 안장되었다.

아버지에게 간곡하게 장군으로서의 막중한 책임감을 이해시키고 공정하게 군무를 처리하는 장군의 엄격한 모습에 쾌재를 부른다. 앨범의 사진을 보면 군인들에 둘러싸여 활짝 웃고 있는 사진이 많은데 부하들이 장군을 많이 따랐던 것 같다. 사뭇 으름장을 놓고 기합을 주고 하는 그런 포악한 모습은 장군과는 어울리지 않는다. 하긴 작고하신지 오래 지났는데도 역대 존경하는 장군으로 최고 표를 받아 논산 훈련소 내 휴게실에 '용봉회관'으로 헌액(獻額)되었으니, 그것이 그 증거라고 하겠다.('용봉회관'은 고향 '용혈리'와 이름 '언봉'에서 인용)

兄님 前

近五個月만에 故鄕家庭의 父母兄弟妻子를
相面하니 喜悅感激이며, 緊張裡에서 [illegible]
生活을 維持하는 中 不過二三日이지만 참으로
많은 慰安과 享樂을 가졌읍니다.
前方戰線에서 展開되는 攻防戰 特히 最近三週間
은 全戰線에 亘하여 敵의 大總攻勢가 開始되여
意外 戰況 不利하게 多少 後退를 不得已하고
있으나 敵은 必死的 最後的 攻勢으로서 情報에 依
하면 今般攻勢의 成功與否로서 戰爭勝敗을
決定짓는데 까지 悲壯的 最後的 決心을 내린
것으로 推測되며 前方에 總兵力을 動員
할 것입니다. 然이나 絶對로 再次 前番
과 같이 大撤退的 後退 遲延作戰은 안될 것

을 確信하며 今般 時에 我軍의 果敢한
總反擊이 成功하여 展開되여 前進之際
이 勝利될 것을 豫期하고 있읍니다
今般 귀하의 가정 親愛하는 令息과 下士 金富
遂 孫兵 金得男 上士의 戰時中의 結婚式
을 本家와 僅으로 實施하여 달라는 意義 같이
當場 硏究하였는 新郎 新婦 共히 家庭父母로부터
의 허락을 못하고 이었음을 本家에서 行
하는 中 兩親이 不在하는 主婚 遺憾으로 되어 있나
父親의 擇日과 勸誘로 되고 또 兩人 間의 合意로 行
戰時下 나라는 式上 結婚式을 簡略히 實施하였나니
家族 諒解하고 또는 支援과 祝福을 하여
주십시오. 귀하의 接受하시고 兩人의 結婚을
祝福하고 싶은 情意 懇切하나이다

以上 狀況의 要點으로 不可能한 遺憾을
때 이때 代理로 本 [illegible] 大尉를 特派하며
또 兄님께서 代理者에게 많이 援助하여 주십시오.
참으로 [illegible] 말하면 近2年間을 下宿한
忠誠心으로 勤勉誠實하여 優秀하며
勤務를 遂行中 이때 [illegible] 에서 [illegible] 가운
[illegible] 整備, 選拔을 恒常 實施하며
[illegible] 에서 [illegible] 이 [illegible] 記錄
을 [illegible] 했습니다. [illegible] 故로
그런 [illegible] 에 [illegible] 하여 [illegible] 하여
婚姻 相對者를 [illegible] 하여 主張
하였습니다 [illegible] 하였습니다.
그러면 貴體 萬康하옵기를 祝願하며
이만 失禮하였습니다.

敬具

[illegible] 許書

형님 전

근 5개월 만에 고향 가정의 부모 형제 처자를 상면하니 최고의 기쁨이며 긴장 속에 제일선 생활을 계속하던 중, 불과 2~3일간이지만 참으로 많은 위안과 즐거움을 느꼈습니다.

지금 치열하게 전개되는 공방전 특히나 최근 3~4일간은 모든 전선 정면에 적의 일대 총 반격이 개시되어 약간 상황이 불리하여 다소 후퇴는 부득이하나 적과 필사적 최후 공격으로서 정보에 의하면 이번 공격의 성공 여부가 전쟁 승패를 결정짓는다고까지 비장한 최후 결심을 내린 것으로 추측되며, 전후방의 총 병력을 동원하고 있는 것 같습니다. 그러나 절대로 재차 지난번과 같이 대규모적 후퇴지연 작전은 안 될 것을 확신하며 금명간에 아군의 과감한 총 반격전이 성공리에 전개되어 전진 진격이 계속될 것을 예측하고 있습니다.

이번에 저의 가장 친애하고 신임하는 하사관 운전병 김득만(金得萬) 상사의 전시 중의 결혼식을 본가 주최로 실시하게 됨을 경축합니다. 신랑 신부 공히 가정 부모 형제의 행방을 모르고, 전란으로 피신을 본가에서 하던 중 혈육이 없는 것이 지극히 유감스런 일이나 부친의 택일과 권유도 있고, 또 양인 간의 합의로써 전시 중이지만 형식상 결혼식을 간략히 실시한다니 충분히 양해하시고 많은 지원과 축복을 하여 주십시오.

제가 직접 참석하여 양인의 화혼을 경축하고 싶은 정과 의욕 간절하나 전쟁 상황의 급전으로 불가능함을 유감으로 여기며 대리로 본부사관 박(朴) 대위를 파견하며 또 형님께서 대리하여 축하해 주십시오.

참으로 김 상사로 말하면 근 2년간을 변치 않는 충성심으로 근면 성실하며 우수하게 근무를 계속 중이며, 전군에서 제일 가는 차량정비, 운전을 항상 실시하여 전 38이남에 운행 안 된 곳이 별로 없는 기록을 발휘하고 있습니다. '무사고'로 그리고 신성성(申星性) 중위도 이때에 부친께서 소개한 혼인 상대자를 대면키 위하여 겸사하여 출장갔으니 양지하옵소서.

그러면 기체만강 하옵심을 축원하며 이만 실례하겠습니다.

1951년 진부(珍富)

아우 언봉 배서(拜書)

장군은 오랜만에 고향에 와 가족들을 보고 오대산 전선으로 돌아가 편지를 보냈다.

이 편지를 읽으니 인턴 때 여름휴가에 향옥이를 앞세우고 부모님과 함께 오대산 상원사를 올라가던 여름날이 눈앞에 펼쳐진다. 어머니는 길가의 산딸기를 따시느라 뒤처지는데 아버지가 넷째 삼촌이 여기서 전투를 벌였다는 이야기를 들려 주셨다. 나는 우리가 밟고 있는 이 길이 장군의 부대가 진격하던 그 길이라 생각하니 오대산 일대의 지형이 예사롭게 보이지 않았었다. 진군과 퇴각을 되풀이하며 현리 패전도 불가피하게 겪었으나 결국은 평화를 되찾아 우리가 지금 이렇게 자적하게 여름휴가를 누린다는 생각을 했었다. 이 편지가 바로 당시 공방전을 벌이던 치열한 시점의 편지라고 하겠다.

편지 내용은 피난 와서 혈육이 없는 젊은이들을 혼사로 맺어 주는데 부친(필자의 할아버지)께서 중심이 되고 형님이 대신 주선해 달라는 편지이다. 장군은 군무도 만만치 않은 전시임에도 한 집안의 아들로서 대소사에 지극 정성으로 관심을 쏟고 있다. 전시임에도 혼인 예식을 갖추어 주어 젊은이의 앞날에 희망과 용기를 북돋아주는 어른들이 참으로 돋보인다.

총알이 빗발쳐도 진군은 멈추지 않듯이 후방의 민초들도 삶의 의욕이 용광로처럼 끓고 있다. 부모와 함께 내려오지 못했지만 대신 부모가 되어 손을 잡고 예식을 치러주고 모자라는 경비는 서로서로 채워준다. 고난을 함께 참아가며 미래를 준비하는 강인한 일가들, 서로 돌보고 내일을 기약하는 사람들에게 어찌 신의 가호가 무심하랴?

장군은 참석이 어려움을 양지시키며 부친이 소개한 혼인 상대자를 대면하도록 신성성 중위를 출장 처리를 하여 보내준다는 이야기도 덧

신랑 김득만 군과 신부 이은숙 양의 혼례식 사진이다. 신랑 뒤로 장군의 아버지와 왼쪽에 둘째 형님이 보이고 신부 뒷줄에 장군의 아내 이한순 여사가 보인다 화동들도 아름아름하나 누구인지 떠오르지 않는다. 뒤에 참전국 국기까지 걸어 놓은 나름 성대한 잔치를 벌이고 있다. 탄환이 쏟아지고 전선을 사수하는 시국에서도 삶은 멈추지 않고, 아니 더욱더 맹렬하게 타오를지니!

붙인다. 휘하의 직원들을 침이 마르도록 칭찬하는 장군은 어찌 그리 인정이 넘치고 관대한지! 형님께 쓴 편지 구절구절이 예절(禮節)에 한 치도 어긋남이 없는데, 동네 혼사를 거드는 장군은 잠은 제대로 자는지 궁금한 생각이 든다. 밤낮으로 전투에 임하면서 짬을 내어 본가의 대소사까지 관여하는 장군의 열정은 폭발적이다.

장군의 이야기는 이쯤에서 맺어야겠다. 처음에는 쓸 이야기가 적을까 내심 걱정이었는데 쓰다 보니 숨은 이야기들이 많이 튀어나와 우스갯소리로 대하소설이 이런 식으로 전개되는가 보다 농담을 하기도 하였다. 다난했던 갑진년이 저물어가는데 아무리 바빠도 숨을 돌리고 키츠의 사계절을 읊어야겠다.

사계절이 1년을 채우고

존 키츠

사계절이 1년을 채우고,
인간의 마음에도 사계절이 있다네.
인간은 활발한 봄을 갖고 있어, 그럴 때면 맑은 공상이
모든 아름다움을 아주 쉽게 받아들인다네.
그는 여름을 갖고 있어, 그럴 때면 봄철의 달콤한
젊은 생각을 사치스럽게 되새김질하고,
그런 꿈을 갖고 천국 가장 가까이에 있기를
아주 좋아한다네. 그의 영혼은 고요한 작은 만 같은
가을을 갖고 있어, 그럴 때면 날개를 고이 접고
흐뭇해서 한가로이 안개를 바라보고-아름다운 것들이
오두막 옆을 흐르는 개울처럼 매끄럽게
지나가는 것을 바라본다네.
그는 또한 창백하고 메마른 모습의 겨울도 갖고 있는데,
그렇지 않다면 그는 인간의 천성을 벌써 버렸으리.

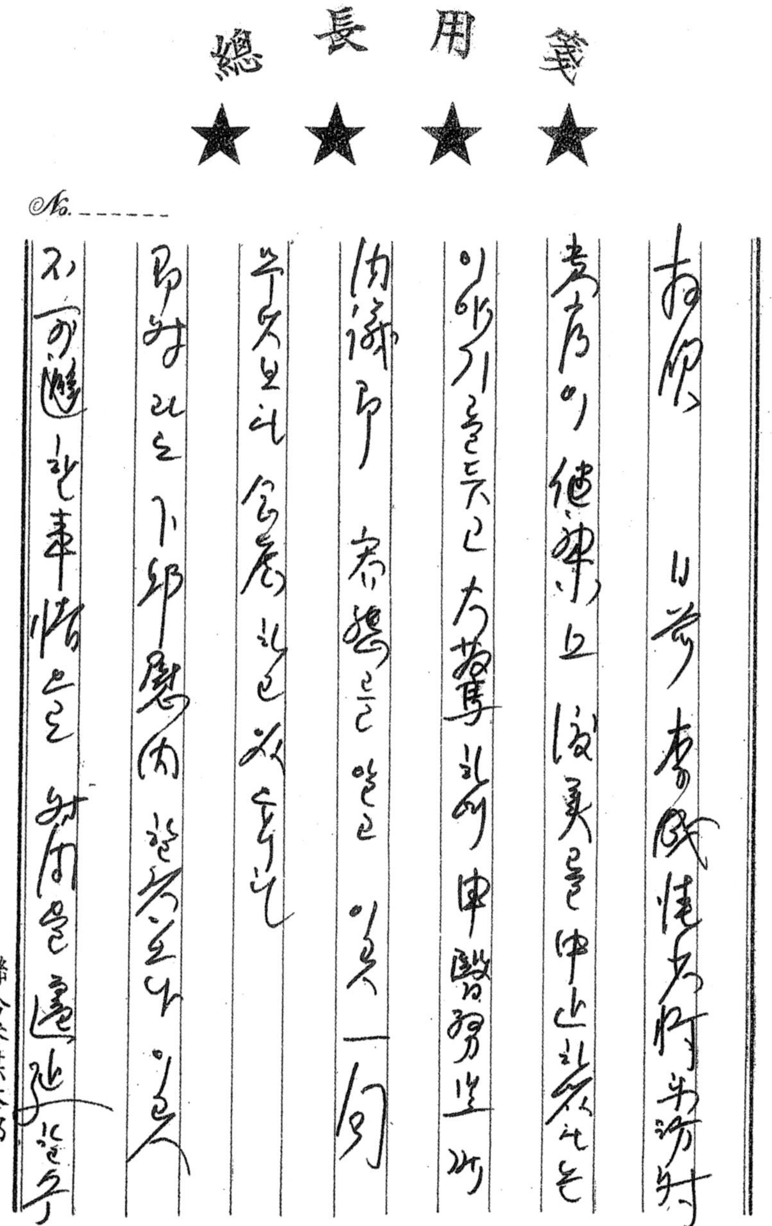

總長用箋

★★★★

No. ------

聯合參謀本部

總長用箋

★★★★

No. -------

어제 午後 參謀部 李壽鉉

軍醫官을 急派하여 容態를 詳細

히 알리오게 했더니 形便은 委細

알려주기 빌 恭待합니다

李壽鉉 大佐는 實力家로서 信賴

하는 醫師로서 實情을 알려주시기

바라며 그 勤務에 依하여 善後對策

聯合參謀本部

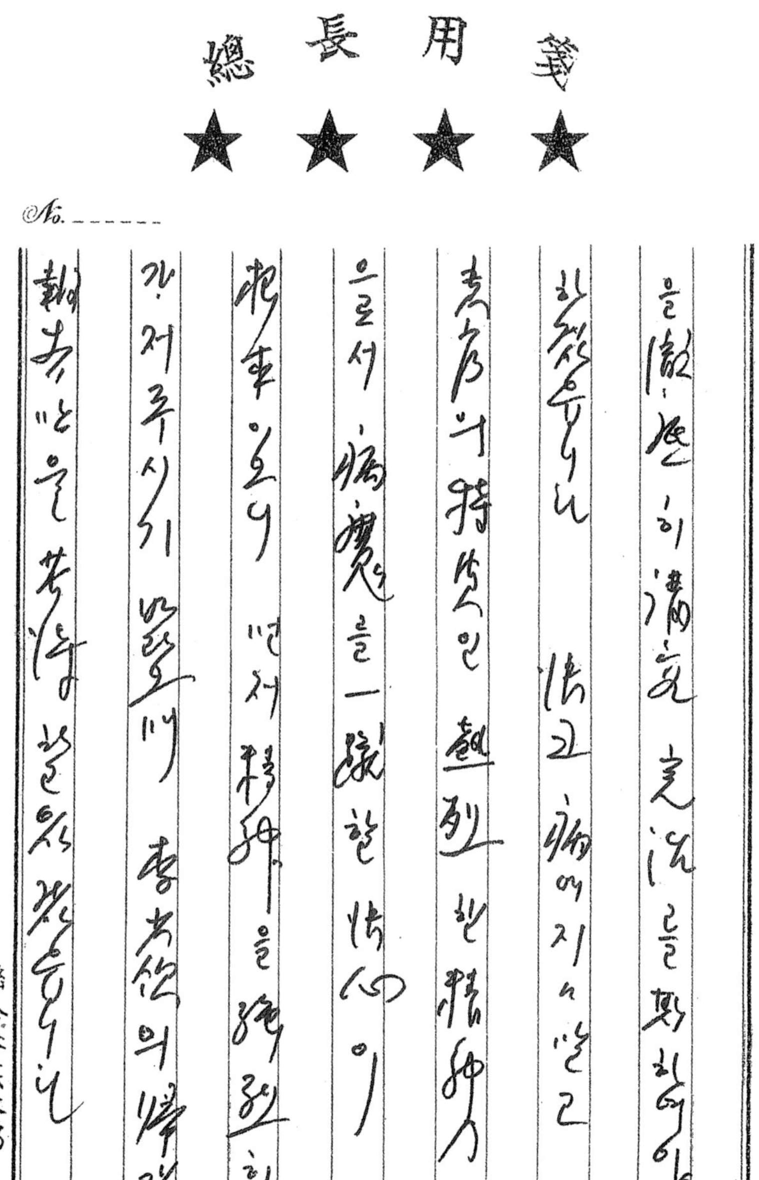

總長用箋

★★★★

No. ______

聯合參謀本部

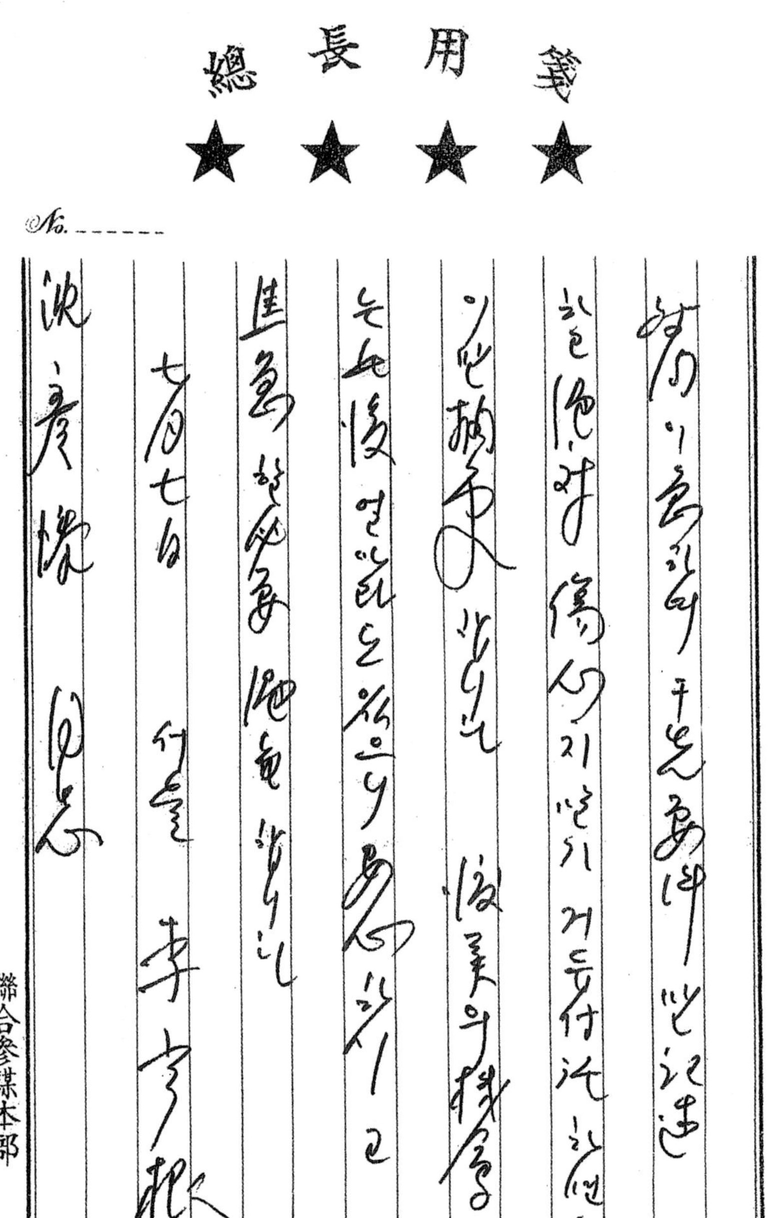
總長用箋

★ ★ ★ ★

No. ______

七月七日

李亨根

聯合參謀本部

인사. 일전에 이성가 소장 방문 시 귀관이 건강 상 미국행을 중지하였다는 얘기를 듣고 크게 놀라 신(申) 의무감(醫務監)께 문의한 즉 용태를 알고 이곳 일동은 무엇보다도 염려하고 있습니다.

즉시라도 위로해야 할 것이오나 이곳 불가피한 사정으로 시간을 지연할 수 없어서, 우선 우리 참모본부 이수종(李壽鍾) 군의관을 급파하여 용태를 상세히 알고 오게 하오니 형편을 자세히 알려주기만을 고대합니다.

이수종 소령은 실력가로서 신뢰하는 의사(醫師)이오니 실정을 알려 주시기 바라며 그 보고에 의하여 선후 대책을 철저히 강구, 완치를 기하여야 하겠습니다. 정녕코 병(病)에 지지 말고 귀관의 특질인 열렬한 정신인(精神人)으로서 병마를 일축할 정심이 기본이오니 먼저 정신을 강렬히 가져주시기 바라오며 이(李) 소령의 귀대 보고만을 고대하고 있겠습니다.

시간이 급하여 우선 요건만 기술하고 절대 상심치 말기를 거듭 부탁하면서 이만 각필합니다. 미국행의 기회는 차후 얼마라도 있으니 안심하시고 조급할 필요 절대 없습니다.

1954년 7월 7일 서울 이형근(합동참모의장)

심언봉 동지

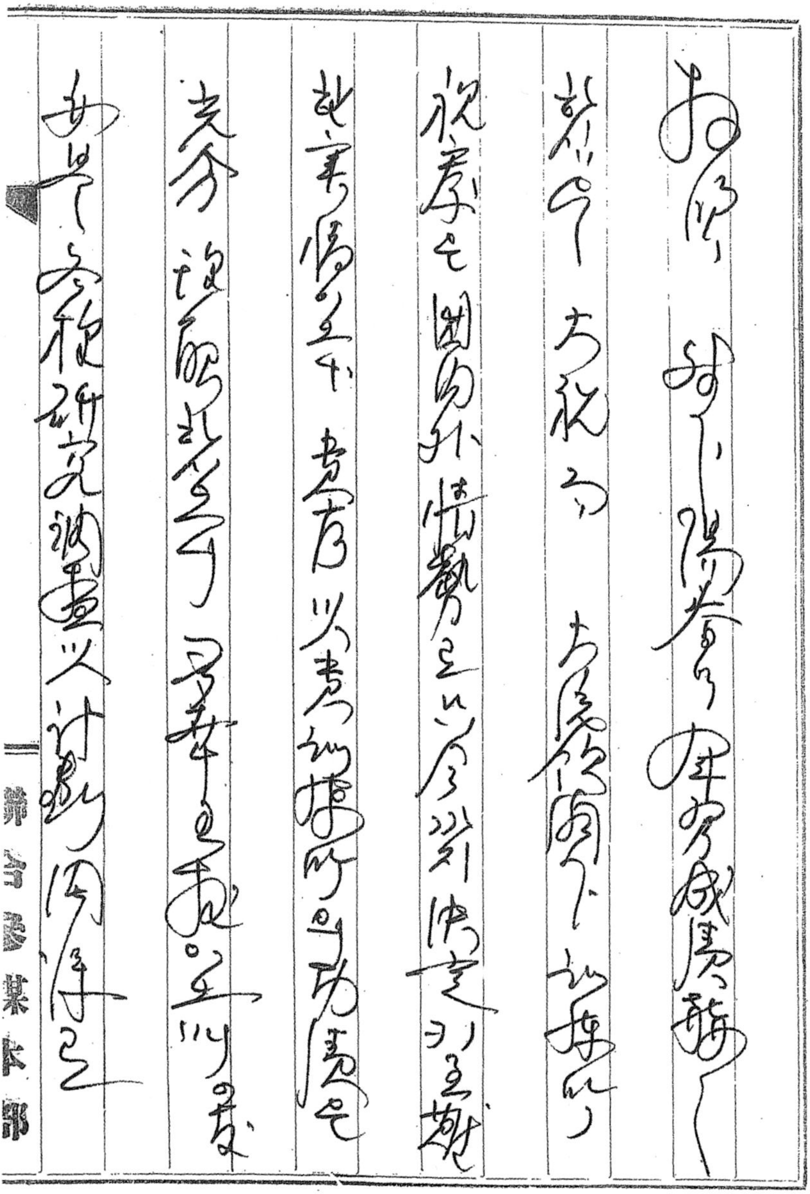

當日 石澤已爲諸制 大張되어 있으므로

寬大히 容恕하여 주시오

林[illegible]掛大[illegible] 全速[illegible][illegible] 代[illegible][illegible]

하오니 詳細[illegible][illegible]하신 [illegible][illegible] 當初

의 各種 NONSENSE 일가기에 [illegible]

苦笑나 하여 주시기 付託하오 (112)

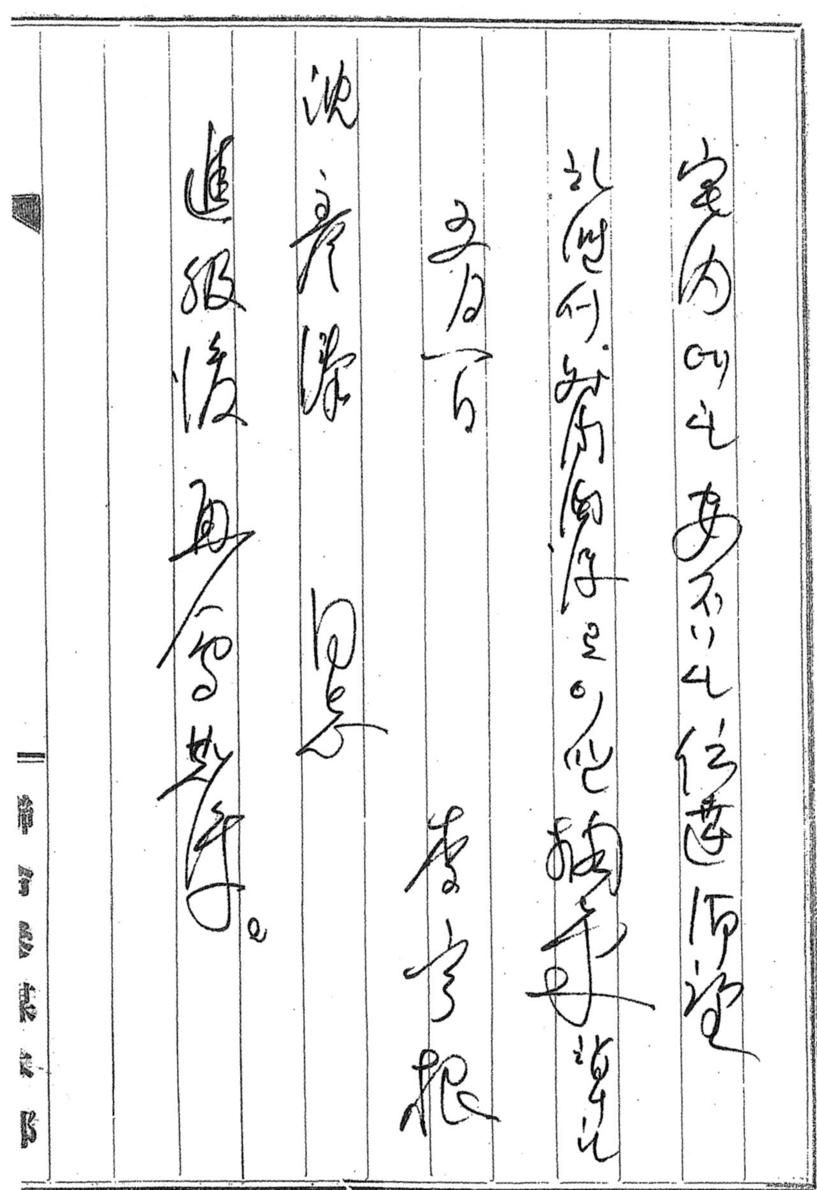

인사. 바야흐로 화창한 봄인데 군 업무 성적이 혁혁하심을 크게 축복하며 대통령 각하의 훈련소 시찰은, 국내외 정세로 지금까지 결정키 어려운 실정이오나 귀관과 귀 훈련소의 공적은 충분히 이해하시오니 다행입니다. 본관(本官, 본인-역주) 역시 각종 연구 조사 계획 관계로 당일 부득이 결석케 될 것 같사오니 아무쪼록 관대히 용서하여 주시오.

박현식 대령을 연락 차 대신 파견하오니 상세히 청취하실 창설 당초의 넌센스 이야기에 잠시 고소(苦笑, 쓴웃음-역주)나 하여 주시기 부탁하오며 댁내에다 안부나 전달해 주시기를 앙망하면서 시간 관계로 이만 각필합니다.

1954년 5월 1일 이형근(합동참모의장)

심언봉 동지

진급 후 재회 기대

軍團長專用箋

No.____

★ ★ ★

拜復 하옵니 萬秋에

貴體 健康하시고 貴宅 道에

[illegible] 之狀 貴照 太尉 金

錫九氏 以人 貴翰을 通하여 知悉

하오며 [illegible] 하니 生覺 하는 바 있사옵

惠念之情으로 하옵고 [illegible]

[illegible]

No.______

軍團長專用箋

★ ★ ★

이외에

其間 雜輩들이 作亂도 있어

其歸趨를 其時의 關心을 가지

고 監視할 있었으나 何如든

山은 山, 水은 水으로 放置

되어서 우리 指揮와 우리 民族

이 解, 華할것은 再論의 余地가

No.______ 軍團長專用箋 ★★★

없는 바입니다
學한 사람이라도 正義 情熱의
青年將校가 많어야 民族의
干城인 國軍이 그 重責을 完遂
할 수 있을 것이오니 우리는 어디까지
小邪道를 排除打破코 國軍
淨化 民族淨化를 爲하여

三.

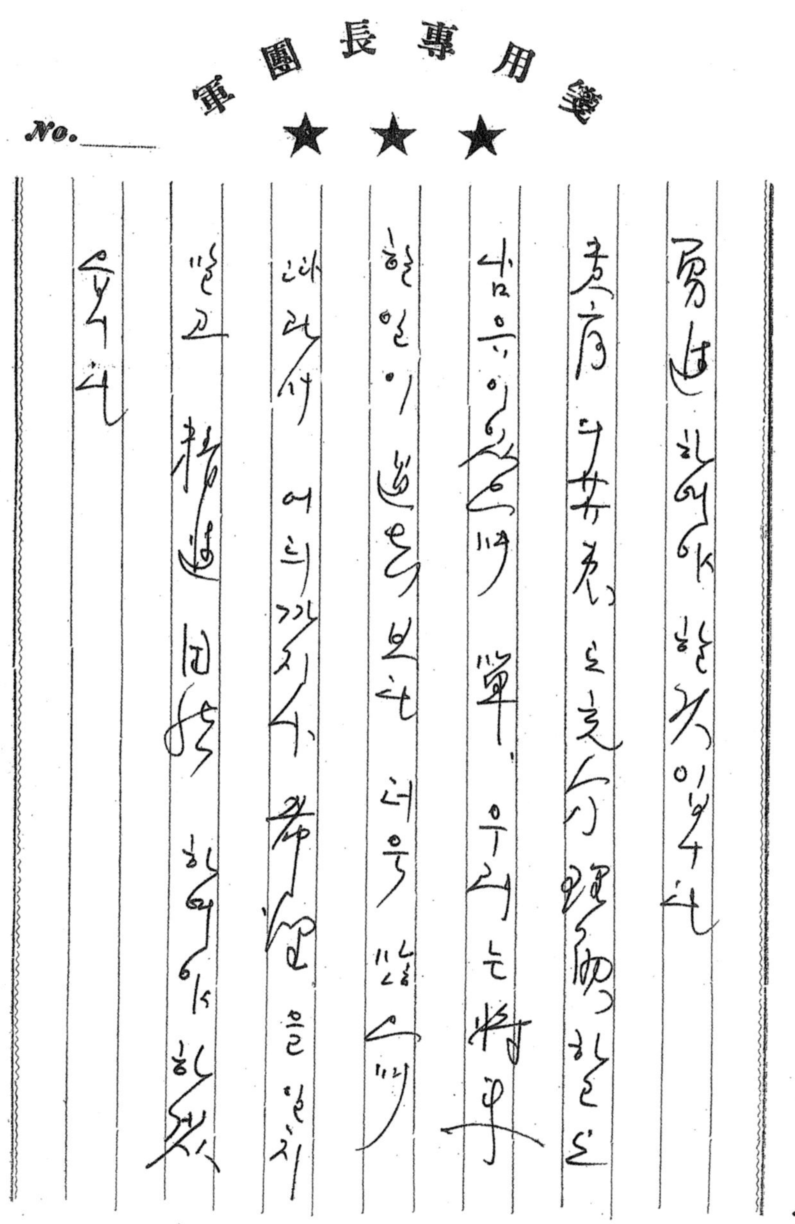

軍團長專用箋

★ ★ ★

No.

勇進하여야 할 것이옵니다

老骨의 英靈으로 支[illegible]할 수

남은 [illegible] 軍, 우리는 將卒

할 일이 過去보다 더욱 많을 때

그러나 어려운 가시나 希望을 잃지

말고 精進 團結하여야 하겠사

옵니다

4.

軍團長專用箋

No.______

★ ★ ★

할 만한 好山이는 奉仕도 이만 하여
두고 끝까지 健實한 前進을
擔當 公務를 秘密히 하시는
지금에 느낀 것은 一層 奮進의
責任感 있기를 堅持하면서
오늘은 忽忽 이만 擱筆하옵니다
宅內 諸節에게도 安否나 傳하여

5.

No.____

軍團長專用箋

★★★

주시오. 보내주신 장갑과 분은 實로

深謝합니다. 貴房의 厚意로서 接受함.

갑절을 갖이여 있어여 身安한 現地 있으니

當地도 春들 時節 이른 苦手 試食

하였어 如何 할 지 있을가

但 月過 現在 男에서

주좀 하기, 韓國事情을 알고

6.

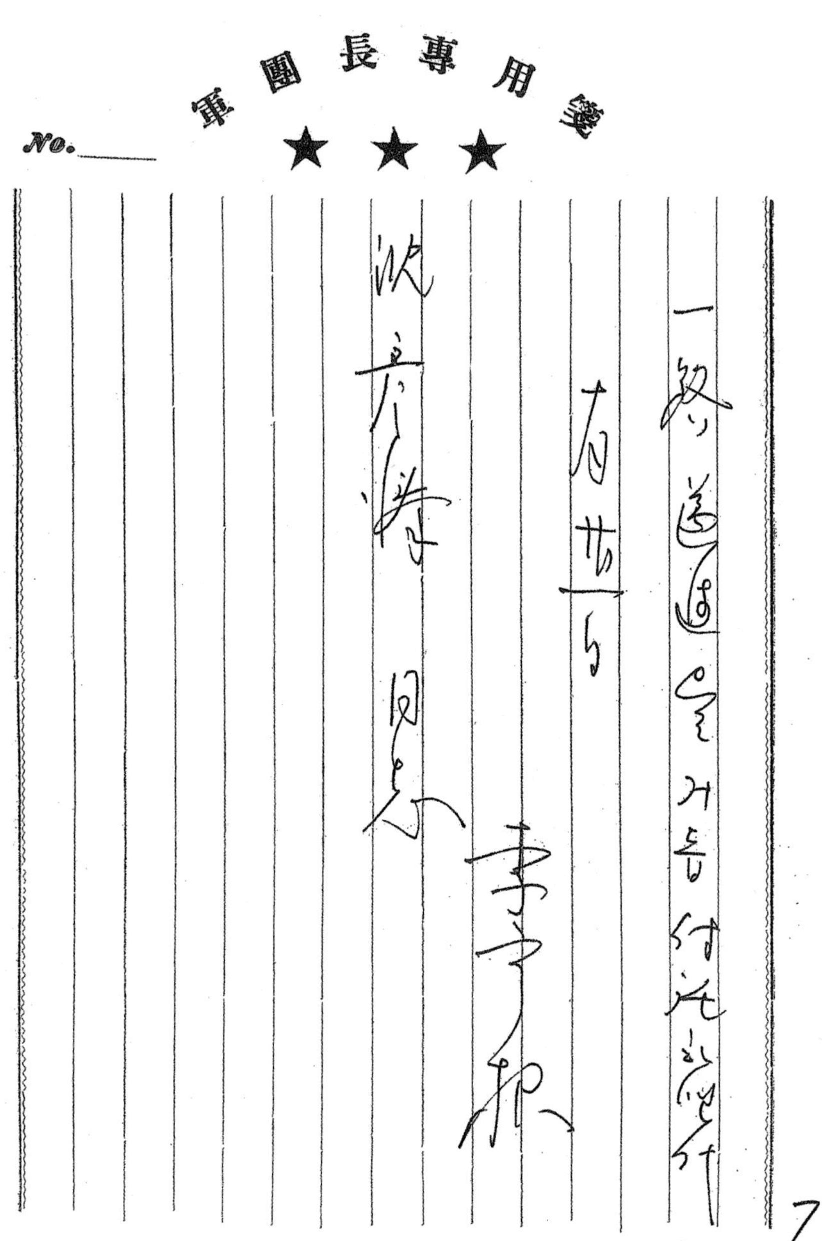
軍團長專用箋

No.______

인사. 바야흐로 국추(菊秋, 국화꽃이 피는 가을. 음력 9월-역주)에 귀하 몸 건강히 중책 완수에 정려(精勵, 부지런히 힘씀-역주)하고 있음을 귀하의 부관인 윤(尹) 대위, 김병구(金炳九) 씨 서한을 통하여 잘 알았고 실로 흔쾌히 생각하는 바입니다. 염려해 주신 덕택으로 소생도 역시 사기왕성하여 본 업무에 매진하고 있으니 다행이외다.

그간 잡배들의 작란도 있어 그 귀추를 흥미와 관심을 가지고 감축하고 있었으나 하여튼 정(正)은 정(正), 부정(不正)은 부정(不正)으로 결정되어야 우리 한국 우리 민족이 번영될 것은 재론의 여지가 없는 바입니다.

한 사람이라도 정의 정열의 청년 장교가 많아야 민족의 간성인 국군이 그 성책(聖責, 성스러운 책임-역주)을 완수할 수 있을 것임에 우리는 어디까지나 사악한 도를 배격 타파하고 국군 정화(淨化) 민족 정화를 위하여 용감히 전진해야 할 것입니다. 귀관의 병환도 충분히 이해하고도 남음이 있으며, 단 우리는 장래 할 일이 과거보다 더욱 많으며 따라서 어디까지나 희망을 잃지 말고 정진 단결하여야 하겠습니다.

할 말이 산처럼 있으나 사정상 이만하여 두고 끝까지 건실한 전진을 계속하며 필승을 기원합니다. 머지않아 - 늦었지만 - 귀관의 영예로운 진급의 희소식이 있기를 기대하면서 오늘은 바빠서 이만 각필[擱筆, 줄임-역주]합니다.

댁내 제절(諸節, 가족 모두-역주)께도 안부를 전하여 주시오. 보내주신 장갑과 분은 실로 깊이 감사하오며, 귀관의 후의(厚意)로서 감사히 받으나 가진 것이 없어 미안한 처지입니다.

이곳에서 생산한 명란[明卵, 명태 알-역주]이나 맛보심이 어떨겠습니까? 유유자적 현 임무에서 꾸준히 잡사(雜事, 자질그레한 일) 염려 말고 일로 매진을 거듭 부탁하면서

10월 21일 이형근

심언봉 동지

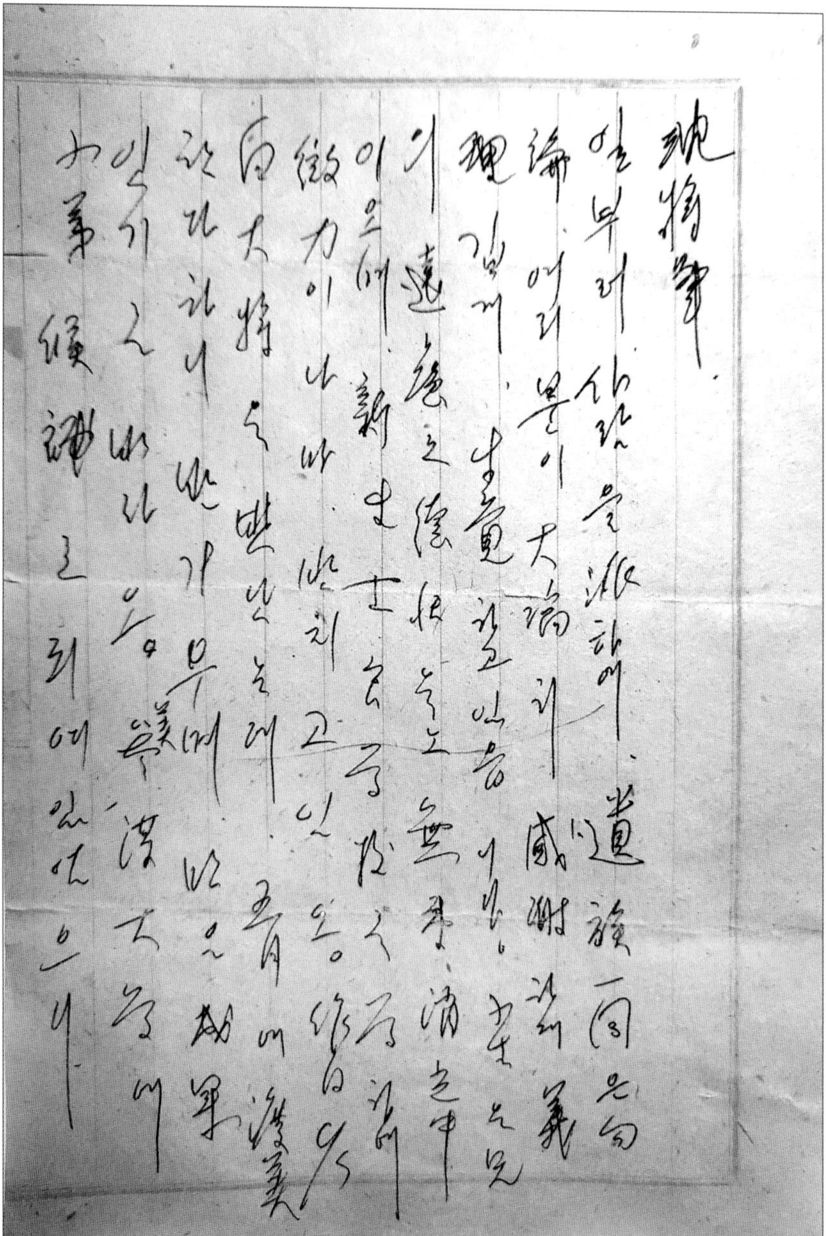

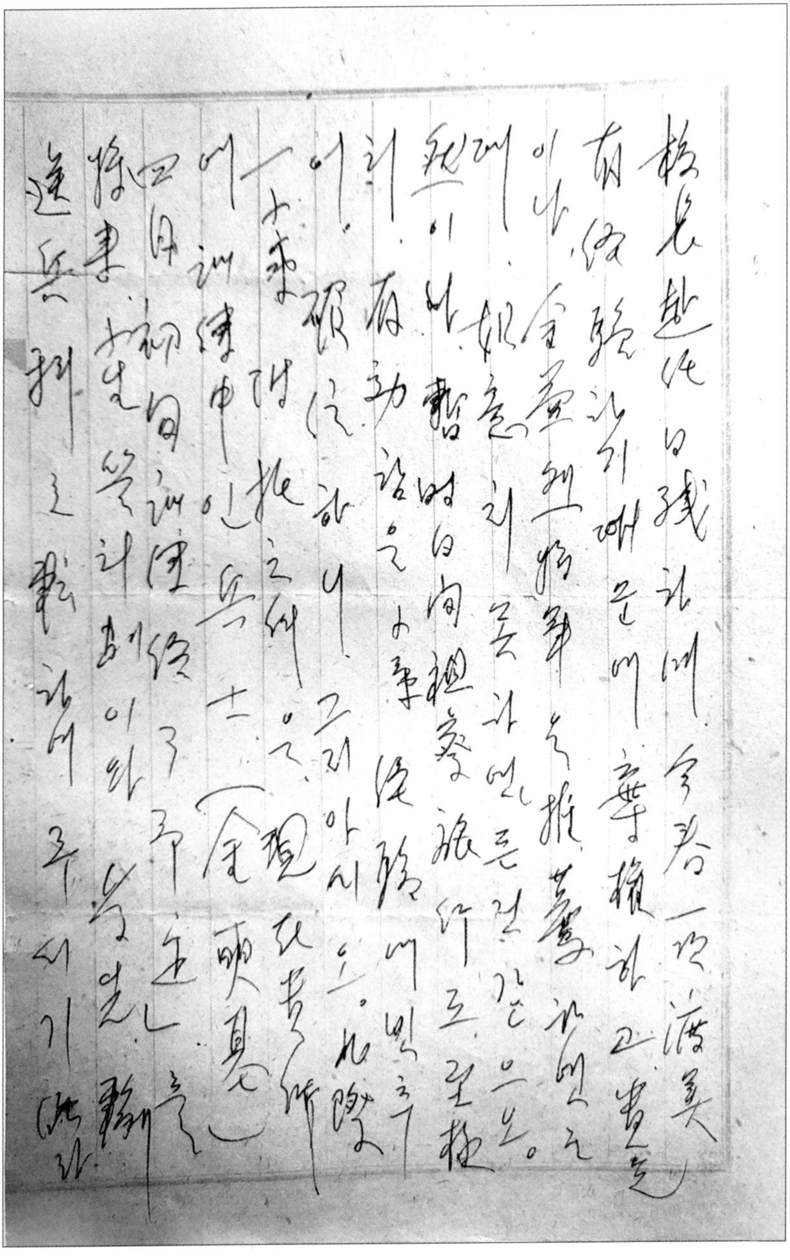

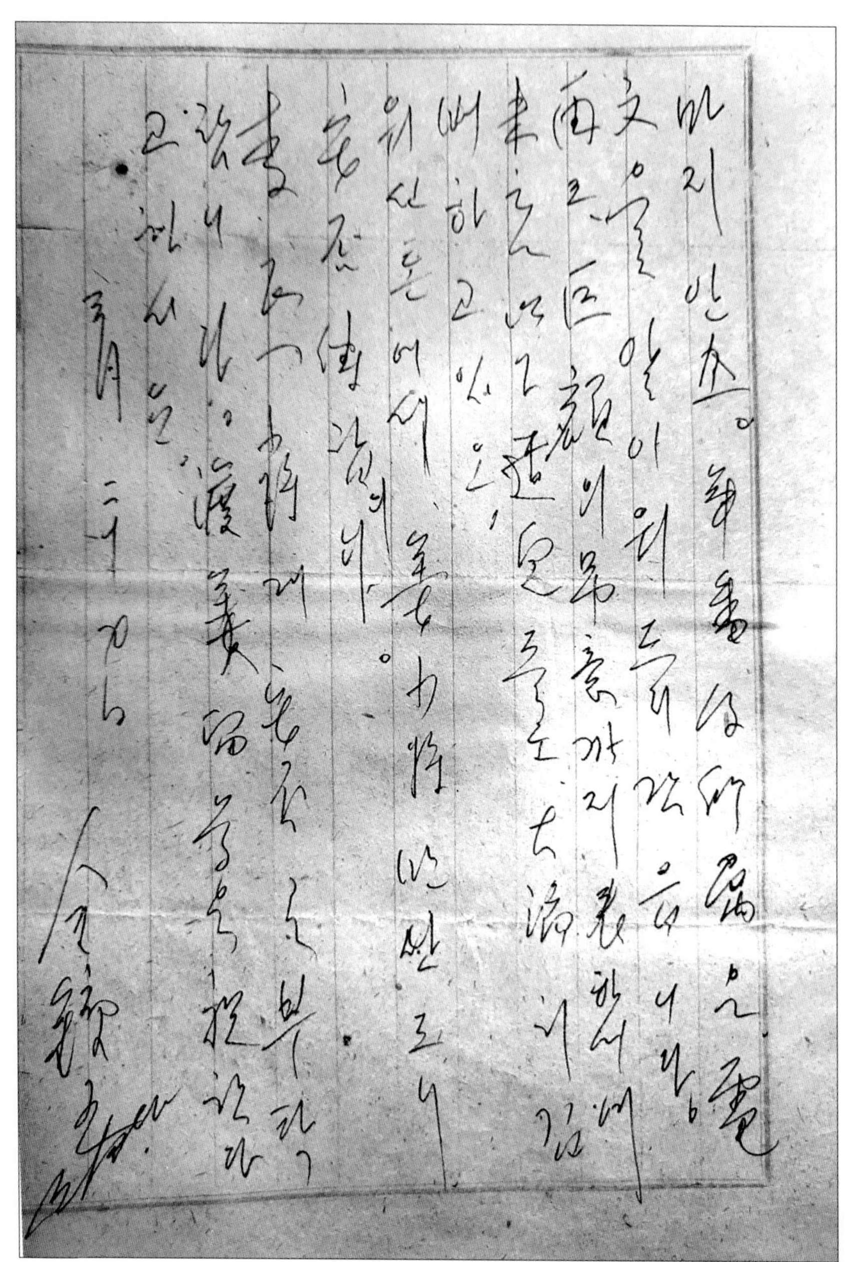

심 장군

일부러 사람을 파견해 주셔서, 유족 일동은 물론 여러 분들이 대단히 감사하고 의리(義理) 깊게 생각하고 있습니다. 소생은 형의 걱정해 주시는 덕택으로 잘 지내고 있으며, 신생 사관학교를 위하여 미력이나마 바치고 있소.

어제 C/S 백[백선엽-역주] 대장을 만났는데, 5월에 도미(渡美)한다고 하니 반가우며, 많은 성과가 있기를 바라오. 미국 참모대학에 제가 후보로 되어 있었으나, 교장으로 부임한 지 얼마 되지 않았고 올봄에 있었던 1차 도미(渡美)의 경험이 있기 때문에 기권[棄權, 포기-역주]하고 형이나 김익렬(金益烈) 장군을 추천하였는데, 뜻대로 되지 못했던 것 같으오. 그러나 잠시 며칠간의 시찰 여행도 지극히 유효함을 저의 경험에 비추어 확신하니 그리 아시오.

부탁했던 일은 현재 귀소[貴所, 훈련소-역주]에서 훈련 중인 병사(김석기, 金奭基)가 4월 초순에 훈련을 마치는 바, 장래 소생의 관할 소 C/S 수송병과(輸送兵科)로 옮겨 주시기 바라마지 않소. 군번과 소속은 전문(電文)으로 알려 드리겠습니다.

재삼 거액의 조의금까지 표하시어 미망인 가족 모두 대단히 기뻐하고 있소. 워싱톤(Washington)에서 강(姜) 소장(小將)을 만났더니 안부를 전했습니다. 이정일(李正一, 이성가 장군의 본명) 소장께 안부도 부탁합니다. 渡美 유학을 축하한다고 하시요.

1953년 3월 29일

김종오(金鐘五, 육군사관학교 교장)

軍團長專用箋

★ ★

沈兄

惠書 感謝히 拜見하였읍니다.

其后 健康 回復하시여 所務에 健祥하시니 此亦 萬幸이오며 渡美 學術에도 勝悅하시었으니 堂遠念之 懷念으로 陣中 日常에 別無異常하오며 東海前線 全般, 戰況 態勢 緩和되어 萬遺

軍團長專用箋

中이올시다。公私間은 莫論

고 兄의 友誼에 恒常 感謝하오

있을 때 家親을 모시어 주신 兄

의 遺族들과 함께 感謝하고 있읍니다。

就伏白 懸案의 兄의 進級件

은 大將 李大將, 白大將等으로 이

若干 意思들이 있으나 今般은 無違

實現되도록 確信되며 微力

軍團長專用箋

이나마, 故丁大將閣下께 [illegible]

마다 [illegible]은 [illegible] 없습니다,

[illegible] 健康하신 것과, 一時 [illegible]

[illegible]의 喜消息이 있을 [illegible]

[illegible]이다.

四月 二十八日

金鍾五 拜

沈將軍

심형

보내주신 서한을 감사히 읽어보았습니다. 그 후 건강이 향상되시어 맡은 바 업무에 충실하시다니 만 번 다행이오며 미국행 준비에도 분망하시겠소.

소생은 염려 덕분으로 진중(陣中) 일상에 별 이상 없으며, 동해 전선 전반의 임전태세 확립에 매진 중이올시다. 공사 간을 막론하고 형의 우의에 항상 감사하고 있으며 가친[家親, 아버지-역주]으로부터 늘 형의 찬사를 듣고 있습니다.

아뢸 말씀은 현안인 형의 진급에 정(丁) 대장, 이(李) 대장, 백(白) 대장 등의 공통된 의사로서는 이번에는 무난히 실현되는 듯 확신되며 미력이나마 C/S(연합참모본부) 정(丁) 대장 각하와 상면할 때마다 진언[進言, 자기 의견을 말함-역주]하고 있습니다. 내내 건강하실 것과 금세 영예로운 진급의 희소식이 있사옵기를 축원하나이다.

1954년 4월 28일 김종오 배(1군단장)

심 장군

就任으로서 글을 한 말씀이 늦었음이
아마 가을이 되었는가 합니다
貴省에서도 安寧하시며 宅內도 平安
하시온지요. 弟도 赴任以後
無事하오며 部隊移動과 訓練準備等
할 일 많습니다.
前日 舍弟의 親喪이 있었을 時
에 兄의 為嘱한 友情에 無限
感謝하였습니다. 따라서 再次 感謝
의 말씀을 드리옵니다
앞으로 平安하시며 隸下 各部隊
도 萬事 잘 되옵기를 빌며
餘不備禮 하옵니다

八月十五日

박병권

沈兄 座下

조석으로 서늘한 바람이 불어오니 아마도 가을이 되었는가 합니다.

그 간에 안녕하시며 댁내도 평안 하시온지요? 교재 부임 이후 무사하오며 부대이동 각 훈련 준비를 하고 있습니다. 전일에 교재의 친상[親喪, 부모님 상사]이 있었을 때에는 형의 고결한 우정에 무한 감사하였습니다. 따라서 재차 감사의 말씀을 드리옵니다.

앞으로 평안하시며 예하 각 부대도 선투(善鬪)있기를 빌며 인사를 다 갖추지 못합니다.

1953년 8월 15일 박병권(5사단장)

심형 좌하

惠書 拜讀하오며 其間 藥石의
効 있어 많은 差度가 계시다니 其以上
기쁠 바 없읍니다. 　　貴方面
下 以後 任務 完遂에 專心 努力은
하고 있으나 東來 無能한 所以로 如意
期待하심을 바에 副合치 못하여 많은
죄될 바 없읍니다.
院長來院時 辭任事에 對하여도
卽時 善處 書面을 하였사오니
過念치 마시옵소.
次後 餘暇를 얻어 問安 드리기로 하고
爲先 早速히 完快하심을 빌며
余不備、禮 하옵니다.

十月 二十二日

[illegible]

沈兄 座下

편지 감사하오며 그간 약석[藥石, 여러 약재로 치료함]이 있어 많은 차도가 계시다니 그 이상 반가울 바 없습니다. 교재 남하 이후 임무 완수에 전심 노력은 하고 있으나, 본래 무능한 탓으로 뜻과 같이 기대하시는 바에 부합치 못하여 마음 졸이는 바입니다.

원장이 부대를 방문하여 중요 일에 대하여는 즉시 조치하였사오니 과히 염려치 마십시오. 차후 여가를 얻어 문안드리기로 하고 우선 조속히 완치하시기를 빌며 이만 줄입니다.

1953년 12월 22일 박병권(5사단장)

심형 좌하

謹茲 陛下 陽春佳節에
尊體錦安과 健康을 頌하와 마지
않읍니다
就白 過般 北巡視時에는 貴我의 運
營狀況을 直接見하게 될 機會를 얻은 이
榮光으로는 生覺하는 바이며 其時에는
公私之般으로도 많은 厚待와 好意를 베푸러
주신데 對하여 衷心 謝意를 表하와 마
지않읍니다

現時局下 我軍增強途上에 있어서 將兵敎育이란 가장 重要한 困難한 業務로 運營함에 있어서 諸般隘路와 惡條件을 克服하여가면서 將兵訓練에 余念없이 精進하는 귀신 校長을 爲始하여 諸敎官들의 精氣旺盛한 모습과 師弟一体가 되여 各自의 職任遂行에 邁進하고 있음을 眼前에 보고 建軍途上에 있어서 一大慶事임을 믿으며

其功勞는 吾人이 讚揚하는 바이옵니다
[illegible] 實情을 알아
隘路들을 解決하여 드리며 뜻을 돌리
지 못하였음을 遺憾으로 生覺하며 巡視
時에 聽取하온 要望과 請願改善事
項은 關係當局으로 하여금 迅速善處하도
록 措置中이오니 諒察하심과 아울
러 앞으로 運營制度에 더욱 精進
하시며 튼튼한 土台를 構築하기 表

22

心으로 바라는 바 업니다
其時 惠送한 人蔘은 大端 感佩
無量하오며 길이 두었다가 有効하
게 使用하겠읍니다
끝으로 軍務多端하옵신 此際에
自重自愛하시와 더욱 精勵있으
시기 바라마지 않습니다

檀紀四二八七年 三月 二十八

23

國防部長官 孫元一

陸軍第二訓練所長

沈彥俸 准將 閣下

24

바야흐로 봄입니다. 존체의 안녕과 건투를 기원해 마지않습니다.

아뢰올 말씀은 지난 번 귀소[貴所, 훈련소] 순시 때에 귀소의 운영상황을 직접 견문할 기회를 얻어 영광으로 생각하는 바이며, 그 때는 공적 사적으로 많은 후대와 호의를 베풀어 주신데 대하여 충심으로 감사의 뜻을 표하여 마지않습니다.

현 시국 하 국군 증강 도상에 있어서 신병 교육이라는 가장 중요하고 어려운 업무를 운영함에 있어서, 제반 애로의 악 조건을 극복해 가면서 신병 훈련에 여념 없이 정진하고 계신 귀관을 위시하여 여러 교관들의 정기 왕성한 모습과 사제(師弟) 일체가 되어 각자의 임무 수행에 매진하고 있음을 눈앞에서 보고, 건군 도상에 있어서 일대 경사를 믿으며 그 공로를 높이 찬양하는 바입니다.

귀임 후 일찍이 귀소[貴所, 육군 제2훈련소]의 실정을 알아 애로사항들을 해결하여 드리며, 뜻을 돌리지 못하였음을 유감으로 생각하며 순시 때에 청취한 귀소(훈련소)의 제반 개선 사항은 관계관으로 하여금 신속히 선처하도록 조치 중이오니 양해하심과 아울러 귀소 운영 발전에 더욱 정진하시며 튼튼한 토대를 구축하시기 충심으로 바라는 바입니다.

그때 주신 인삼은 대단히 감개무량하오며 길이 두었다가 유효하게 사용하겠습니다. 끝으로 군무(軍務)로 바쁘신 이때에 자중자애하시어 더욱 정려[精勵, 힘을 다해 노력함] 있으시기를 바라마지 않습니다.

단기 4287년[1954] 2월 28일

국방부장관 손원일

육군 제2훈련소장 심언봉 준장 귀하

謹啓

國事多難하온 此際에 貴下께옵서는 寒冷之에 晝夜를 막론하시고 苦勞를 많이 하시었지요 貴下께 尊敬하옵신 德分으로 國會副議長에 當選되어 活躍에 重責을 가지게 되여 現難局에 仕 國勢에 이처럼 三千萬 同胞가 期待하는 政務에 그로 많이 없음을 憂慮되고 있읍니다

本人의 秘書로 있는 張益昌君에게 軍服着衣用을 許服 貴下께서 特許 再度하시어 使用中이온바 期限이 今月末日이라 하여 張君을 直接 보내오니 하옵는 事情을 本人 警備隊令 出張을 觀하시고 貴下께 보시와 軍事를 收하시고 張君에 軍服着用期를 明日 延期하시와 可能限 今日中

國會副議長室用箋

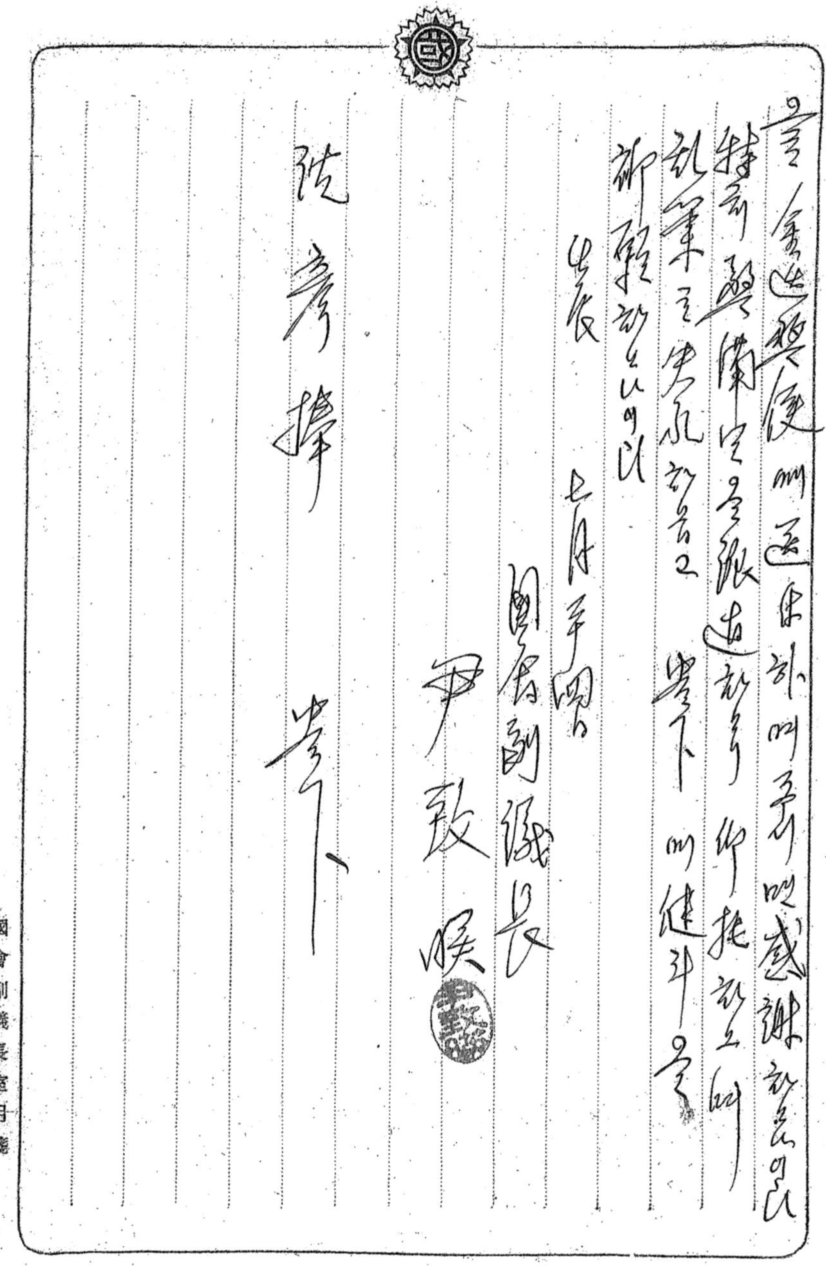

을 金特使께 送來하여 주시어 感謝하옵니다
特히 [illegible]
[illegible]
[illegible]

閣下 七月 [illegible]

國會副議長
尹致暎

[illegible] 閣下

國會副議長室用箋

인사드립니다. 국사 다난하오신 이때에 귀하께옵서는 군기 확립의 책임자로 얼마나 수고 많이 하시는지요. 귀하의 현후 하옵신 덕분으로 국회부의장에 당선되어 정무(政務)의 중책을 가지게 되어 현 난국(難局)면에선 국세(國勢)에 있어 삼천만 동포가 기대하는 정무에 어그러짐이 없을까 우려되나이다.

본인의 비서(秘書)로 있는 장익창(張益昌) 군에게 〈군복착용증〉을 발급, 귀하께서 특히 선처하시어 사용 중이던 바 기한이 7월 24일이라 하여 장(張)군을 직접 보내고자 하였는데 사정상 본인 경비 경찰관 김 순경을 친히 귀하에게 보내오니 공사다망 하시오나 장(張)군에게 〈군복착용증〉 기일을 연기하여 가능한 오늘 중으로 김 순경 편에 보내주시면 감사하겠습니다.

특히 경비병을 파견하오니 앙탁[仰託, 우러러 청탁] 하오며 난필로 실례하옵고 귀하의 건투를 기원하나이다.

임진(1952) 7월 24일 국회부의장 윤치영

심언봉 귀하

謹啓

國家超非常時에 龐大한 國軍 增强에 晝夜 奮鬪하시는 閣下의 勞苦에 衷心으로 敬意를 表하나이다

今般 閣下의 隨念과 끊임없는 鞭撻을 입어 當監室 隸下에 五個勤務隊를 創設하게 되온바

이에 光復된 人員을 先鋒에서
光復하도록 補充指示 到五十名 立
를 要領하여 當時 將校를 派
遣하옵고 積極 善處하시와
後方 補給 物資 調弁에 從事
하옵시고 有能한 士兵을 選
拔하도록 하여 주시기를 仰請
하옵나이다.
東 閣下 二月 訓練時

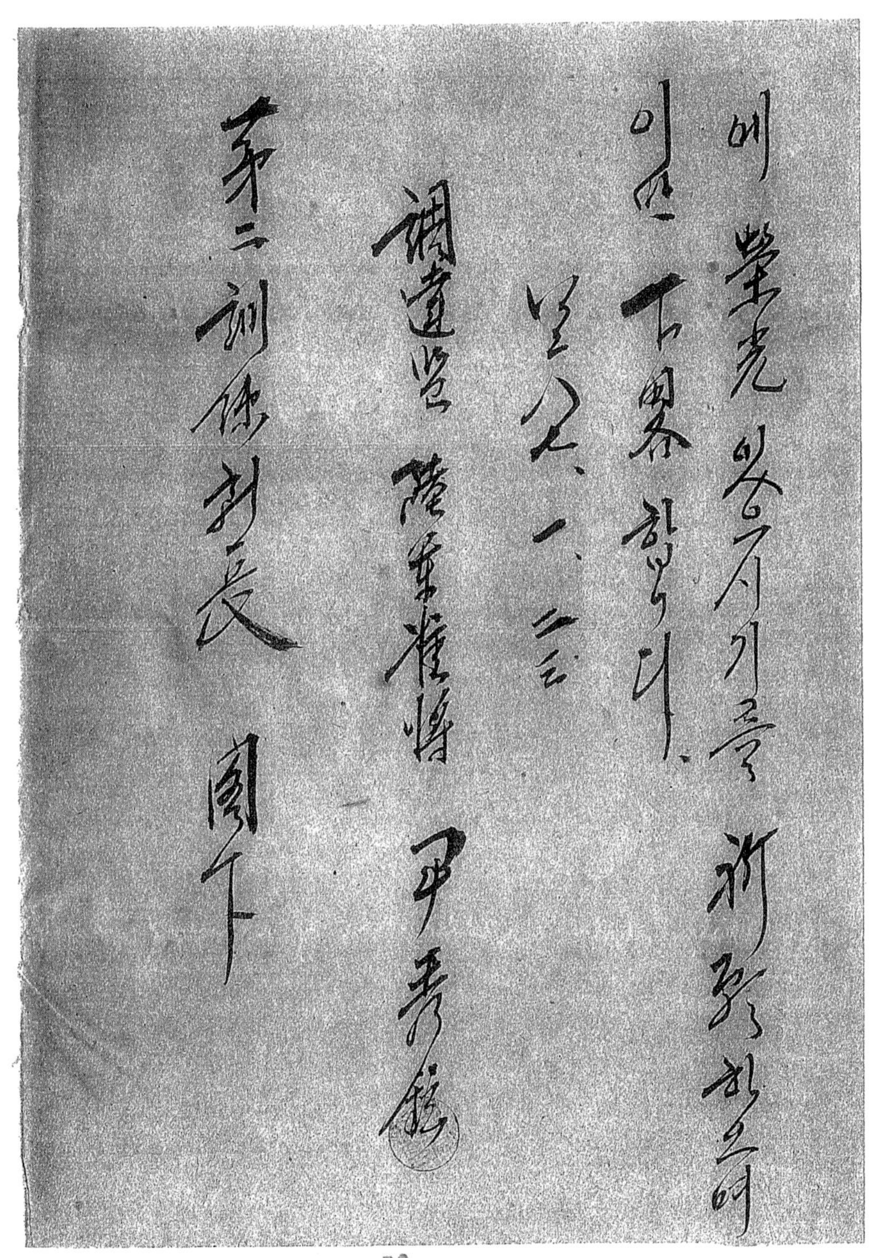

에 榮光 있으시기를 祈求하오며

이만 下界 합니다.

四八. 一. 二三

調遣將 陸軍准將 尹秀鏞

第二訓練所長 閣下

아룁니다[謹啓].

국가 초비상 시에 방대한 국군 증강에 주야 분투하시는 각하의 노고에 충심으로 경의를 표하는 바입니다.

금번 각하의 염려와 끊임없는 편달을 입어 당감실[當監室, 국군 조달감실] 예하에 5개 근무대를 창설하게 되온 바, 이에 충당될 인원을 귀소에서 충원하도록 보충지시 제54호를 수령하여 당감실 장교를 파견하오니 적극 선처하시어 후방 보급물자 조변[調弁, 양식 조달]에 종사 할 수 있는 유능한 사병을 선발토록 하여 주시기를 앙청(仰請) 하옵니다.

내내 각하와 그리고 훈련소에 영광 있으시기를 기원하오며 이만 하략 합니다.

4287(1954). 1.23 조달감 육군준장 윤수현

제2훈련소장 각하

天高馬肥之節

丹楓이 짙어지는 節에 玉體

安康 하시옵니까.

貴하신 書面 感謝히 拜見

하였읍니다.

極히 짧은 期間이 였으나

先進民主國家의 視察에서

많은 것을 보시와 兵學敎育

함에 크게 도움이 될것이며

訓練所의 發展 또한 顯著

할것이라 生覺합니다.

陸軍准將 朴 基 丙

30

休戰調印以來 自稱中立國家
監視委의 非人道的 蠻行에
無辜와 民族의 怨聲을 높이고
있는 때에 戰線部隊들로서
는 民族의 宿願達成에 最
善을 다 하려 합니다.
新年 雜感의 끝임없는 信念
으로서 部隊의 全將兵 一心同體
가 되어 部隊發展에 全力을
다 - 하고 있읍니다.
政府도 還都하였으니 좋은 機會

陸軍准將 朴 基 丙

31

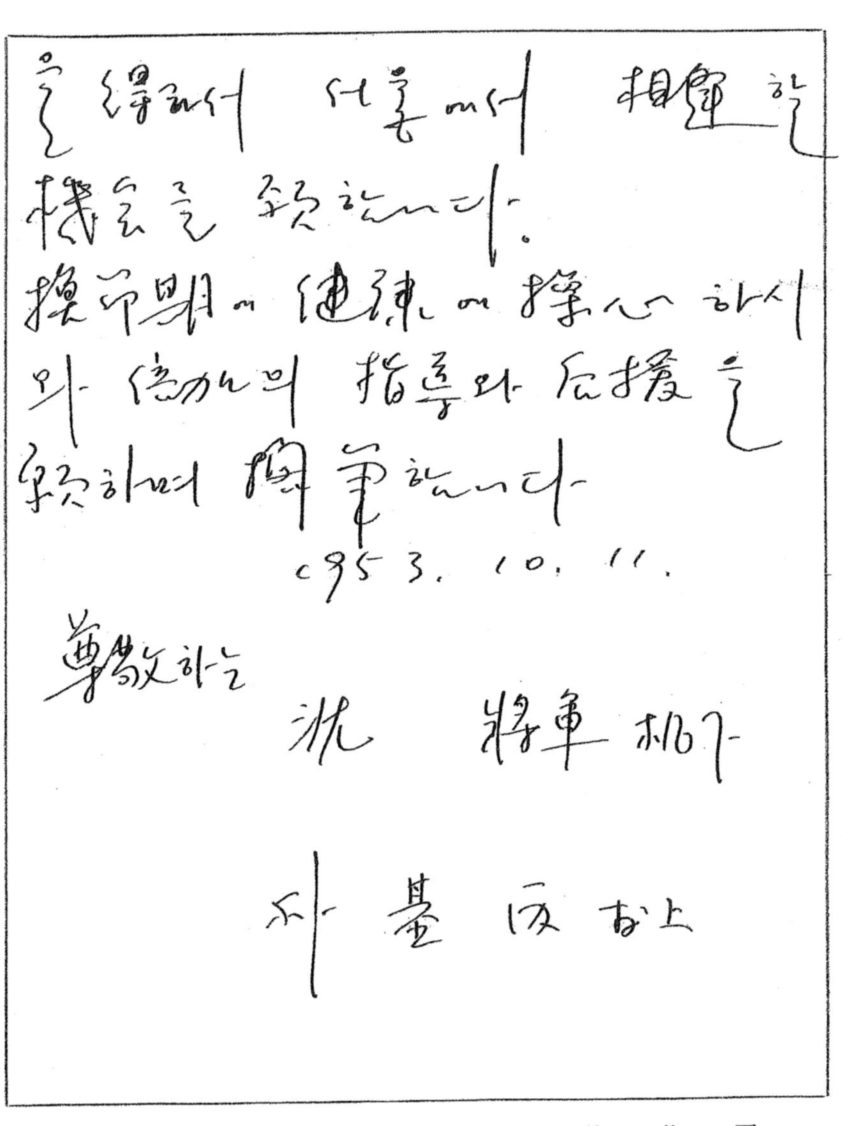

을 得해서 서울에서 相逢할
機會를 願합니다.
換節期에 健康에 操心하시
와 倍加의 指導와 后援을
願하며 閣筆합니다.
1953. 10. 11.
尊敬하는
沈 將軍 机下
朴 基 丙 拜上

陸軍准將 朴 基 丙

천고마비의 계절

단풍이 짙어지는 가절(佳節, 좋은 계절)에 옥체 안강(安康) 하시옵니까?

귀하신 선물 감사히 받았습니다. 극히 짧은 기간이었으나 선진 민주국가의 시찰에서 많은 것을 보시어 병원(兵員, 병사) 육성에 크게 도움이 될 것이며, 훈련소의 발전 또한 현저할 것이라 생각합니다.

휴전조인 이래 자칭 중립국가 인도(印度) 군의 비인도적 만행에 세론(世論)과 민족의 원성(怨聲)을 높이고 있는 때에, 전선(戰線) 부대장으로서도 민족의 숙원 달성에 최선을 다하고자 합니다.

형님의 끊임없으신 하념(下念, 아랫사람을 염려함)으로 부대의 전 장병은 일심동체가 되어 부대발전에 전력을 다하고 있습니다. 정부도 환도하였으니 좋은 기회를 얻어서 서울에서 상봉할 기회를 원합니다. 환절기에 건강에 조심하시와 배가의 지도와 후원을 원하며 이만 줄입니다.

1953. 10.11 존경하는 심장군 궤하(机下)

박기병 배상

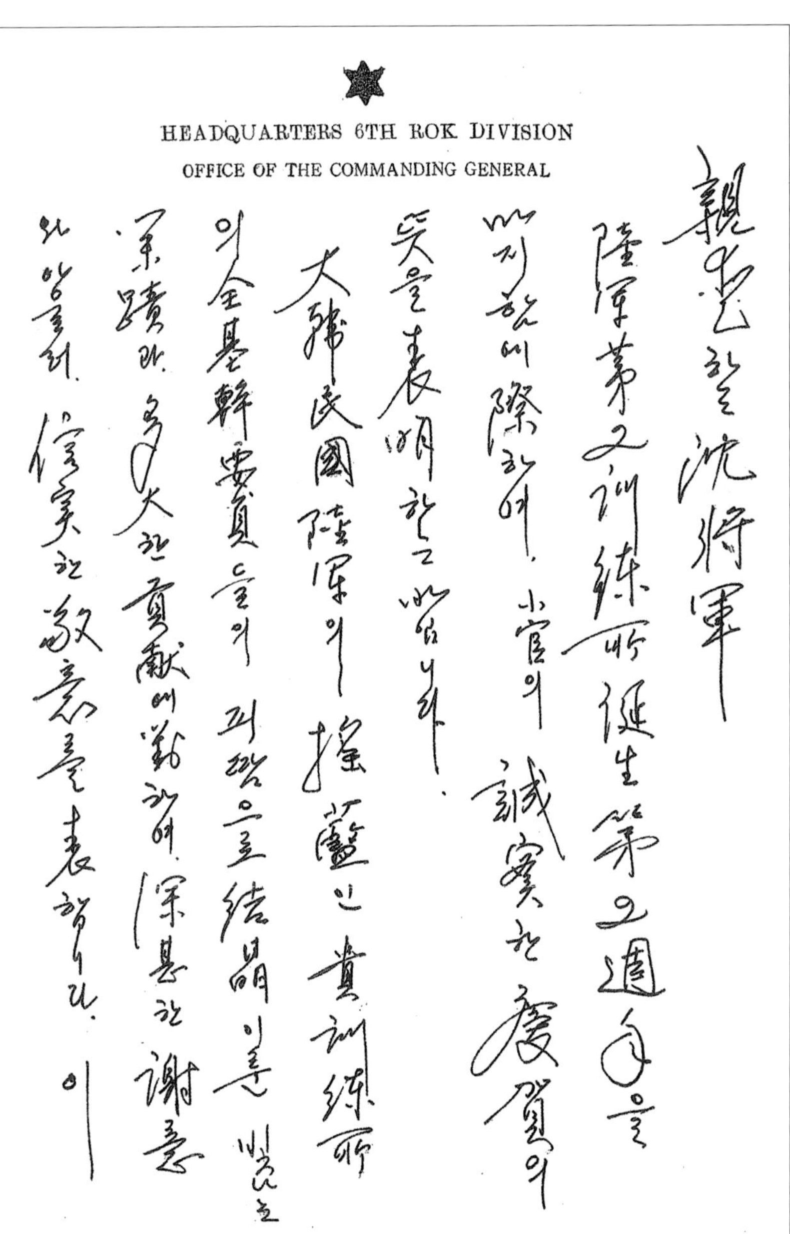

HEADQUARTERS 6TH ROK DIVISION

OFFICE OF THE COMMANDING GENERAL

親愛하는 沈將軍

陸軍第二訓練所 誕生 第二週年을 맞이함에 際하여, 小官의 誠實한 慶賀의 뜻을 表明하는 바입니다.

大韓民國 陸軍의 揺籃인 貴訓練所의 全基幹要員들의 피땀으로 結晶이룬 빛나는 業績과, 多大한 貢獻에 對하여, 深甚한 謝意와 앞으로의 信實한 敬意를 表합니다. 이

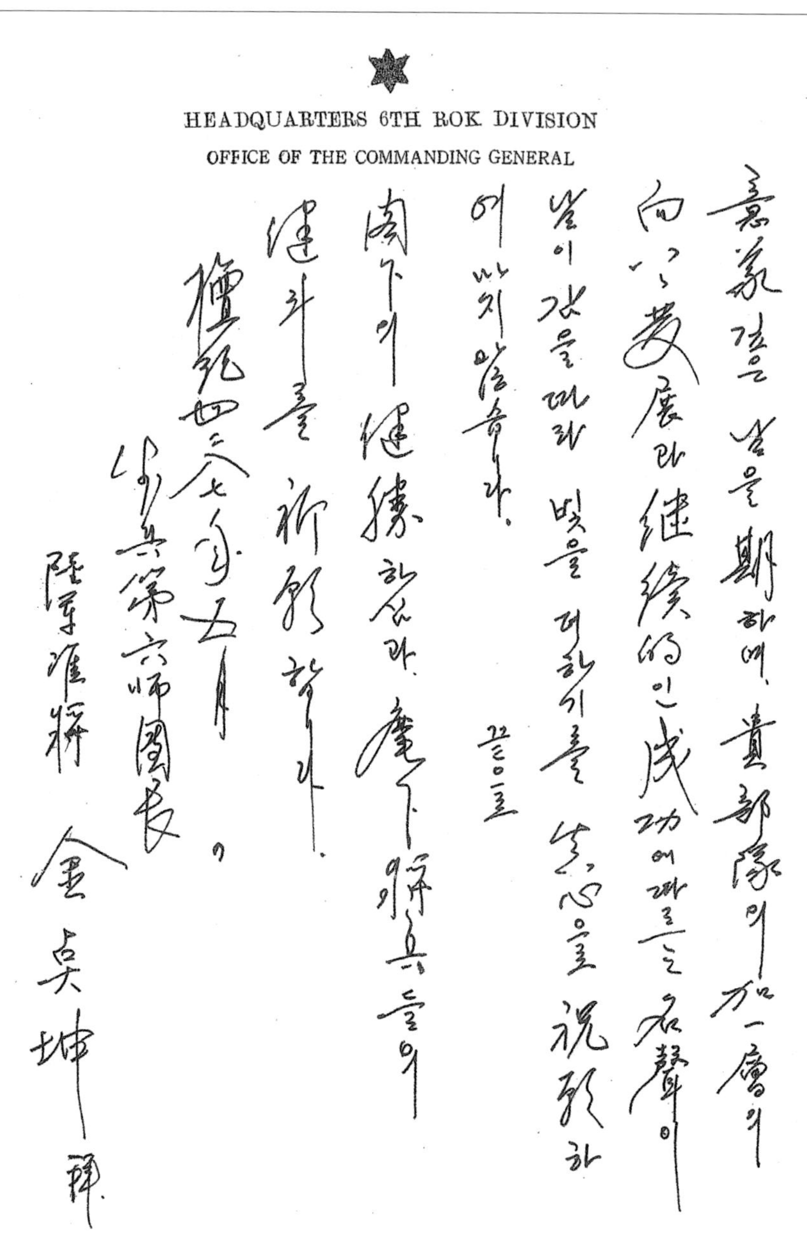

HEADQUARTERS 6TH ROK DIVISION

OFFICE OF THE COMMANDING GENERAL

喜報같은 날을 期하여, 貴部隊의 加一層의
向上發展과 継續的인 成功에 따르는 名聲이
날이 감을 따라 빛을 더하기를 衷心으로 祝願하
여 마지않습니다.
끝으로
閣下의 健勝하심과 麾下將兵들의
健斗를 祈願합니다.

檀紀四二八七年 五月

陸軍第六師團長

陸軍准將 金鍾坤 拜.

친애하는 심장군

육군 제2훈련소 탄생 2주년을 맞이함에 즈음하여 소관(小官)의 성실한 경하(慶賀)의 뜻을 표명하는 바입니다.

대한민국 육군의 요람인 귀 훈련소의 전(全) 기간 요원들의 피땀으로 결정을 이룬 빛나는 업적과 다대한 공헌에 대하여 심심한 사의와 아울러 신실(信實)한 경의를 표합니다. 이 의의(意義) 깊은 날을 기하여 귀 부대의 가(加) 일층의 향상 발전과 계속적인 성공에 따르는 명성이 날이 감에 따라 더하기를 진심으로 축원하여 마지않습니다.

끝으로 각하의 건승하심과 휘하 장병들의 건투를 기원합니다.

단기 4287년[1954] 5월

보병 제6사단장

육군준장 김점곤 배

陸軍作戰敎育局長
G—3 ROKA

謹復.
書翰 深謝하나이다.
閣下의 病勢가 急速度로 好展
한것을 衷心으로 欣快히 生覺하
는바입니다. 這般 大邱에서 進
言한 바와같이 諸子에 放心하실
子弟 治療에 專心하시기 懇切
伏望하는바입니다. 閣下 微恙視
新編團訓에서는 不肖 小生이 責任지
고 推進하겠사오니 放心하옵소서、

№383 陸本印刷所 4286.2.3 500枚

陸軍作戰敎育局長
G—3 ROKA

今年度 渡美視察은、今年十月
以來 十四名이 美陸軍省에 派遣
되어 있는바 今年八月頃에 正確한
人名과 視察內容을 具申하게되어
있습니다. 總參謀長께서는 八月
中旬에 가실 것을 希望하고 계시나
小生判斷은 어느 今年末이나
或은 新年度에 出發하시게될 듯
하오며. 沈將軍께서도 明年
봄에 暖好한 日氣에 가심이 좋을

№.383 陸本印刷所 4286.2.3 500枚

陸軍作戰敎育局長

G—3 ROKA

兵生 [illegible]하오니, 그리 아시고 治療에
專心하옵소서. 健康이 不良하
면 가시지 않은 것이 좋다는 議論이 나지
인도록 充分 攝心하옵소서.
小生도 速務고저 努力하겠사오나
八月初에 副官은 [illegible]에게 一次 派遣
하여주시면 좋겠읍니다. 그리고, 餘
暇에 C/S에게 連絡하시어 後[illegible]
祝[illegible]을 進言해 주심이 如何할
兵生 [illegible]하옵니다.

No.383 陸本印刷所 4286.2.3 500枚

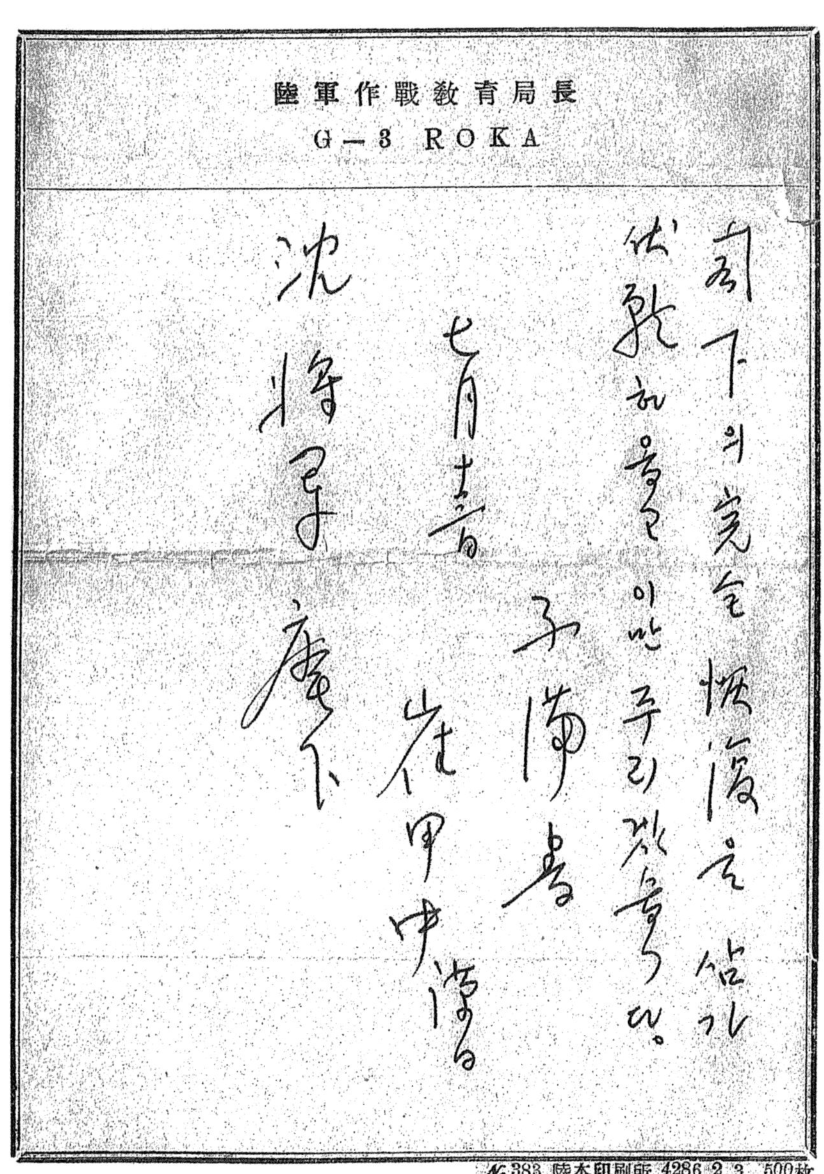

陸軍作戰敎育局長

G－3 ROKA

閣下의 完全恢復은 삼가

伏祝하옵고 이만 주리겠읍니다.

不備書

七月十三日

在甲中營

沈將軍 麾下

№.383 陸本印刷所 4286.2.3 500枚

인사.

인사말 생략합니다. 각하의 병세가 급속도로 호전한 것을 충심으로 흔쾌히 생각하는 바입니다.

지나 번 대구에서 진언(進言)하온 바와 같이, 모든 일을 잊으시고 사후 치료에 전심하시기 간절히 복망[伏望, 엎드려 바람-역주]하는 바입니다. 각하의 미국 시찰에 관해서는 소생이 책임지고 추진하겠사오니 염려 마옵소서.

금년도 미국 시찰은 금년 11월 이후, 14명이 미 육군성에 인가되어 있는바 금년 8월경에 정확한 인명과 시찰 내용을 구신[具申, 갖추어 신청-역주]하게 되어 있습니다. 총참모장께서는 8월 중순에 가실 것을 희망하고 계시나 소생 판단으로서는 금년 말이나 혹은 신년도에 출발하시게 될 듯하오며, 심 장군께서도 명년 봄에 난호[暖好, 따뜻한-역주] 날씨에 가는 것이 좋을 듯 생각하오니, 그리 아시고 치료에 전심하옵소서.

건강이 불량하면 가시지 않는 것이 좋다는 결론이 나지 않도록 충분 조심하옵소서. 소생도 연락코저 노력하겠사오나 8월 초에 부관을 소생에게 1차 파견해 주시면 좋겠습니다. 그리고 여가 시에 C/S(연합참모본부)에 편지를 보내어 미국 시찰 희망을 진언(進言)해 놓으심이 좋을 듯 생각하옵니다.

각하의 완전 회복을 삼가 복원(伏願)하옵고 이만 줄이겠습니다.

불비서[不備書, 다 갖추지 못합니다-역주]

1954년 7월 13일 최갑중 근백(육군작전교육국장)

심 장군 좌하

檀紀四二八六年 一月十四日
陸軍本部
法務監 陸軍准將 孫聖兼

沈彥棒 將軍 閣下

謹啓者 寒하온바
將軍께서는 身患으로 入院加
療中이시라는 말을 듣고 驚愕하
고 있사옵니다. 그간 經過良好하
시와 近日 快癒하신다 하오니
千萬多幸으로 欣躍하여 마
지 않습니다. 小生도 其實은 十二
月 以來 病으로 呻吟中 寒氣로
依漸으로 漸次 回復되는 樣
이오니 ... 思料

檀紀四二八六年 月 日
陸軍本部
法務監 陸軍准將 孫聖兼

貴下

하옵니다. 今日 是 軍事關係
로 病床에 계시는 將軍의 心慮
를 괴롭히게 되어 惶悚하오니
오며 小生의 不敏을 自責하
는 바이옵니다. 寬容하여주시옵기를 伏
望하오며 難治하신 御病에는 不拘
하시고 快諾 善處하여주시옵기를 懇
廣 遠謀하심을 바라옵니다.
將軍의 快癒를 神明께 祈念
하오며 略筆 厚情을 感謝
하옵나이다.

敬白

단기 4287년[1954]1월 11일
육군본부 법무감 육군준장 손성겸

심언봉 장군 각하

인사. 뵙지 못하던 차에 장군께서는 입원 가료 중에 계신다하오니 경악하고 있사온 바, 그 후 경과 양호하시어 날로 쾌유 하신다 하오니 천만다행으로 흔하[欣賀, 기쁘고 축하함-역주]하여 마지 않습니다. 소생도 사실은 12장 궤양으로 신음 중, 생각해 주신 덕택으로 점차 회복되는 모양이오니 다행으로 생각하는 바입니다.

전날에는 개인적인 일로 병석에 계시는 장군의 심려를 괴롭히게 되어 황송하기 그지없으며, 소생의 불민[不敏, 어리석음-역주]을 자책하는 바이오니 관서[寬恕, 널리 용서-역주]하여 주시기를 빌며, 난삽한 앙탁[仰託, 부탁-역주]에도 불구하시고 쾌락 선처하여 주시어 감격할 따름이옵나이다.

장군의 쾌유를 신명[神明, 하늘과 땅의 신령-역주]에게 기원하오며 이만 줄이고, 후덕한 정에 깊이 감사하옵나이다.

경백[敬白, 공경하면서 아룀-역주].

國防部第一局長專用箋

業務連絡

4286 年 9月 6 日

앞; 沈彦奉 將軍

酷暑 하옵신

日間 業務에 얼마나 바쁘십니까

同胞 結婚式에는 格別히 後援을 하여주셔서

대단 感謝할 따름이옵니다

說揉은 다름아니라 貴方에 服務中이

였든 康男 中佐의 不祥事에 對하여

는 貴下의 受難을 같이 同情하며 慰安

의 말씀을 드리는 바입니다 그런데 當局

는 應當 自身의 過誤로 그리 되었으며

天罰을 받아도 可하리니와 좋은 [illegible]

國防部第一局長

陸軍少將 李 俊 植

國防部第一局長專用箋

業務連絡　　　　428 年　月　日

앞 ;

이번 부군은 喪하셨읍니까 조위할 때에
依하면 일주는 假葬하였다가 靈柩로
하였다 하며 故人과 其父母의 心境에 섭섭
하시겠읍니다 공군 葬儀式으로 하여주시기
또 本人의 生時에 愛持하였던 佩物及 遺物 一切
를 親家에 돌려 주시도록 하여주셨으면 이
좋을 것 같습니다
末尾 健斗로도 빌며
가는 사람은 위하여 國家에 바쳐 其외 民生하
는 곳 封便에 알려주시기 바랍니다

國防部第一局長
陸軍少將 李 俊 植

4286년[1953] 7월 5일

심언봉 장군 앞

인사 생략하옵고, 나날이 업무에 얼마나 바쁘십니까?

일전의 결혼식에는 각별히 후원을 하여 주셔서 다만 감사할 따름이올시다.

아뢰올 말씀은 다름이 아니오라 귀 (훈련)소에 복무 중이었던 강창남(康昌男) 중령의 불상사에 대하여, 귀하의 수난(受難)을 깊이 동정하며 위안의 말씀을 드리는 바입니다.

그런데 당사자는 응당 자신의 과오로 그리 되었으며 천벌을 받아도 마땅하려니와 죽은 처(妻)야 무슨 죄가 있겠습니까? 들리는 바에 의하면 가장[假葬, 임시 매장-역주]하였다니 영구[靈柩, 관-역주]라도 마련하여 고인과 그 부모의 심경에 섭섭지나 않도록 장례식을 하여 주시며, 또 본인이 생시에 소지하고 있었던 패물과 유물 일체를 친가(親家)에 돌려주시도록 하여 주심이 좋을 것 같습니다.

내내 건투를 빕니다. 가는 사람은 사망자의 동생이며 弟의 거주하는 곳 건너편에 삽니다. 잘 부탁합니다.

국방부제1국장 육군소장 이준식

謹啓 歸國後 消息 遲延되옵하와 惶悚하옵

다. 貴 訓練所長께 就任하시였음이 千萬

感謝이라는 말입니다. 또는 民의 絶不能 兵

務으로 大過 없이 執務中이오니 放念 仰望

합니다.

國防部는 現在 付託으로 異動 都中이며 또한

長官 更迭로 因하여 不穩한 狀態입니다. 新長

官 方針下 國務會議 決議로 되었고 또한 國會

側 法으로 提起되었고 해서 今般 [illegible] 別

參謀總長 錄用 方針으로 手動되옵 長으로 國防部

陸軍의 合同 內 對策 要望 國會로 組織하와

近日 閣下로 進拜하오려 하오나 諸般 狀

況 刷新 等 國家 重要 要 해주시 을 바랍

니다. 新長官의 方針은 [illegible] 要

謹請 政府에 重要 請請하옵오니 張力히

推進 시키겠다는 意思를 굳게 하고 계신 때로

將兵은 解決策을 提案해주시기를 바랍니다

國內外 情勢 複雜하여 世態의 우리 길을

닦대로 되지 안는 世上이온바 아무쪼록 自重自

愛하시며 聖히 敢斗 精進하시기를 바라

바라옵니다 끝으로 閣下의 健康을 祈

願하오며 이만 꿋고 後日로 미루겠나이다

敬具

七月 四日

鄭來赫 拜

沈彦俸 將軍 閣下

인사. 귀국 후 1차로 상봉치 못하여 섭섭합니다. 제2훈련소장에 취임하시었으니 우선 위안이 되는 바입니다. 저는 형의 절대적인 후원으로 큰 실수 없이 근무 중이오니 안심하시기 바랍니다.

국방부는 현재 서울로 환도 중이며 또한 장관 경질로 인하여 평온 상태입니다 새로운 장관의 방침 하에 국무회의 의결도 있었고 또한 국회 측 주의 환기도 있었고 해서 금번 제5국 부국장 현석락 대령을 위원장으로 국방부 및 육군의 합동대책위원단을 조직하여 가까운 시일 내로 각하를 진배[進拜, 어른께 인사-역주]하올 것인바, 제반 근본적 쇄신책에 관하여 선도[善導, 올바른 이끎-역주]해 주실 것을 바라는 바입니다.

새로운 장관의 방침은 주로 군(軍) 당국에 요청할 사항과 정부에 요청할 사항으로 강력히 추진시키겠다는 결의를 굳게 하고 계신바 기탄[忌憚, 어렵게 여겨 꺼림-역주] 없는 해결책을 제시해 주시기를 바랍니다.

국내외 정세가 복잡해서 세태의 움직임도 뜻대로 되지 않는 세상이온바 아무쪼록 자중자애 하시어 묵묵히 감투[敢鬪, 용감히 싸움-역주] 정진하시기를 바라마지 않습니다. 끝으로 형님의 건강을 기원하오며 이만 그치고 후일로 미루겠나이다.

경구[敬具, 삼가 아룀-역주] 7월 4일

정진완 배(국방부)

심언봉 장군 각하

謹啓 上京后消息이 오저 未安합니다 健康은 一路
增進途上에 있으신지요. 생활周辺에는 개나리 꽃이
滿発입니다. 論山에서도 相當히 무더움으로 길만한
今日 候가 되었으리라 生覺됩니다 就而 永淵消
動이 아버지로부터 書信으로 連絡이 있었으리라 믿읍
니다 마는 兄의 懸案中의 問題는 去般 次合
同參謀會議時 丁將軍께 强力히 要請한바 丁將
軍도 最短時日內에 最大의 努力을 기울일것을
確約하였다합니다 恒常 兄에게 이 消息을 傳
하여야 하겠다하고 本人이 數三次 減之하고 있어 周知
하신바와 如히 機構創設로 因한 諸般問題에 消
沒하고 있어 즈음처럼 書信連絡을 謹時間余裕
로 드리지 못하는 것 같지 生覺되기에 弟가 于先代身
兼上 消息을 伝하는 바입니다 推察컨대 兄의 復
業는 께에 解決되기는 무엇보다 多幸한 일이나
如何히 될것인지 丁의 努力 如何에 달려 있을 것으로
生覺됩니다 그러나 本人이 確答한 以上에야 絶對로 믿음.
時日을 끌리라고는 生覺되지 않습니다 兄의 이
問題에 関하여 過히 焦燥히 걱정하시기를 바라지 않습
니다 弟는 家族때부터 無故히 消日中이오며
다만 하루 速히 軍에 復帰함을 願하고 있을 따름
니다 아무쪼록 悠々自適하는 心情으로 앞날을 開拓
해나가시고 健康과 主義로 精進해주심을 바라며
이만 失礼하겠읍니다

四月五日

弟 鄭震 晩拜

沈彦俸 將軍 麾下

인사. 상경 후 소식이 늦어져서 미안합니다. 건강은 일로 증진 도상에 있으신지? 서울 주변에는 개나리꽃이 만발입니다. 논산에서도 상당히 무더움을 느낄 만한 기후가 되었으리라 생각됩니다.

아뢸 것은 영락동 동일(動一)이 아버지로부터 서신으로 연락이 있었으리라 믿습니다마는, 형의 현안 중의 문제는 지난 번 제1차 합동참모회의 시에, 정일권 장군에게 강력히 요청한바 정 장군도 최단 시일 내에 최대의 노력을 기울일 것을 확약하였다고 합니다. 항상 형에게 이 소식을 전해야 하겠다하고 본인이 수삼 차 설언[洩言, 발설-역주] 하고 있어, 주지하신 바와 같이 기구 창설로 인해 제반 문제에 골몰하고 있어 좀처럼 서신 연락을 할 시간 여유를 얻지 못하는 것 같이 생각되기에 제(弟)가 우선 대신 서상[敍上, 앞에서 서술한 것-역주] 소식을 전하는 바입니다.

미루어 짐작하건대 형의 도미 전에 해결되면 무엇보다 다행한 일이나 어떻게 될 것인지 정일권 장군의 노력 여하에 달려 있을 것으로 생각됩니다. 그러나 본인이 확답한 이상에야 절대로 긴 시간을 끌리라고는 생각되지 않습니다. 형의 이 문제에 관해 과히 초조히 걱정 마시기를 바라마지 않습니다.

제(弟)는 가족과 더불어 무고하게 소일 중이오며 다만 하루 속히 군(軍)에 복귀함을 원하고 있을 따름입니다. 아무쪼록 유유자적하는 심정으로 앞날을 개척해 가시고 건강 제일주의로 정진해 주심을 바라며 이만 실례하겠습니다.

1954년 4월 5일 정진완 배

심언봉 장군 휘하

拜復 兄의 病床에서의 惠書를 拜讀하옵새 눈시울
이 뜨거워짐을 느꼈읍니다. 兄이 入院中이라는 消息은 實은
全혀 不知中이었는바 昨夜(三日) 서울 永樂洞 李中將宅
에서 李中將, 李英根 長男(金基老氏 딸) 結婚中
金基老氏로부터 듣고 李中將을 비롯해서 모두 매우 大
端히 근심하였읍니다. 그러자 兄의 親書를 받고 또한
派送하신 분으로부터 經過를 듣고 보니 더욱 근심이
커집니다. 胃手術까지 하였다는데는 무어라 말할 바를
모르겠읍니다. 韓國運動陣에서 果然 胃手術로
잘 뛰는 力量을 가지고 있을 것인지 없이나 手術經過가
好轉中이라는 것을 듣고 一便 安心은 하였읍니다마는…

46

人間의 活動의 有形한 土台는 身体이오니 더욱이 健
康한 身体일 것이온 則 (1) 萬事는 除하고 우선 兄의
健康이 하로速히 完全 恢復될 것만이 唯一의 祈願
事입니다. 長期間 退院된 不遇한 環境으로 兄의
健康 恢復 同時에 어지간히 煩惱될 것이오니 또한
그러하기로 바라마지 않읍니다. 또 多難年中에서
의 쓰라림을 맛보던 渦中이오나 應用 百倍人間의 根
本이온 허지々한 그 以上 앞으로의 將來에 對해 準備할
時. 단々하오니다. 부디 徹底히 治療하시고 再起活躍
할 날을 바라마지 않읍니다. 時間 關係上 以上 簡單히 우
선 安否만 伝하옵니다

一月四日

弟 鄭震晥 拜

沈彦俸 大兄 座下

47

인사. 형이 병석에서 보내준 편지를 읽었으며, 눈시울이 뜨거워짐을 느꼈나이다. 형이 입원 중이라는 소식은 사실 전혀 알지 못하고 있었던 바, 지난밤(3일) 서울 영락동 이 중장(李中將) 댁에서 이 중장, 이영근 처남, 김성광 씨 및 소생이 한담을 나누던 중에 김성광 씨로부터 듣고 이 중장을 비롯해 소생과 일동은 대단히 근심을 한 바 있습니다. 그러자 형의 친서를 받고 또한 파송하신 사병(士兵)으로부터 경위를 듣고 보니, 더욱 근심이 커집니다.

위(胃) 수술까지 하였다는 데는 무어라 말할 바를 모르겠습니다. 한국의 료진에서 과연 위(胃) 수술을 할 만한 역량을 갖추고 있을 것인지. 그러나 수술 경과가 호전 중이라는 것을 듣고 한편으로 안심은 했습니다마는, 인간 활동의 유형적 토대는 신체이오며 더욱이 건강한 신체일 것이온즉 만사 제쳐두고 우선 형의 건강이 하루 속히 완전 회복될 것만이 유일의 기원하는 일입니다.

장기간 계속되는 불우한 환경도 형의 건강 회복과 동시에 머지않아 종식될 것이오며 또한 그러하기를 바라마지 않습니다.

소생도 생애 도중에 있어서의 쓰라림을 받고 있는 와중이오나 용기 백배 인간의 근본이 무너지지 않는 이상 앞으로 장래에 대하여 준비할 마음 단단하옵나이다. 부디 철저히 치료하시고 재기 활약할 날을 바라마지 않습니다. 시간 관계상 이상 간단히 우선 안부만 전하옵나이다.

1954년 1월 4일 제(弟) 정진완 배

심언봉 대형(大兄) 좌하

敬愛하는
沈彦俸將軍

貴官의 榮譽의 進級을 衷心으로 祝賀합니다.

우리 國軍이 建設期에 있어서 貴官이 傾注한 粉骨의 勞苦와 그리고 이번 動亂을 當하여 貴官의 血汗으로서 쌓은 不滅의 功勳에 對한 우리나라와 겨레의 치하와 報答이 곧 이번의 榮譽의 進級을 具體化된 것이라고 믿는 바입니다.

陸軍參謀總長으로서 다음 貴官의 進級을 全將兵을 代身하여 祝福드리는 同時에 進級發令을 通하여 表示된 우리 國軍과 그 一員으로서의 貴官에 對한 國民의 無限한 期待에

對하여 앞으로 貴官의 名譽와 나아가 우리 國軍의 不滅의 功勳을 더욱 期必코 우리는 鐵石같이 團結하여 默默히 우리에게 附與된 任務完遂에 가一層의 奮鬪와 努力을 懇切히 바라마지 않는 바입니다. 特히 本官 直接 訪問하여 親히 階級章을 달아드리는 것을 願하나 本部의 事情을 因하여 如意치 못함을 未安히 生覺하면서 階級章 一組를 送付하오니 上空의 별과 더부러 貴官의 雙肩에서 榮光의 빛이 나타날 것을 確信하는 바입니다.

貴官의 健康과 武運을 빌면서

檀紀四二八四年五月二十九.

陸軍參謀總長
陸軍大將 丁一權

경애하는 심언봉 장군

귀관의 영예의 진급을 충심으로 축하합니다. 우리 국군의 건설기에 있어서 귀관이 경주한 분골의 노고와 그리고 이번 동란(動亂)을 당하여 귀관의 혈한[血汗, 피와 땀-역주]으로써 쌓은 불멸의 공훈에 대한 우리나라와 겨레의 하나의 보답이 곧 이번의 진급으로 구체화 된 것이라고 믿는 바입니다.

육군참모총장으로서 다시금 귀관의 진급을 전 장병을 대신하여 축하드리는 동시에 진급 발령을 통하여 표시된 우리 국군과 그 일원으로서의 귀관에 대한 국민의 무한한 기대에 대하여 앞으로 귀관의 명예와 나아가 우리 국군의 불멸의 공훈을 걸어 기필코 우리는 철석같이 단결하여 묵묵히 우리에게 부여된 임무완수에 가(加) 일층의 분투가 있기를 간절히 바라마지 않는 바입니다.

특히 본관이 직접 방문하여 친히 계급장을 달아 올리는 것을 원하나 본부의 사정으로 인하여 여의치 못함을 미안하게 생각하면서 계급장 일조[一組, 1set-역주]를 송부하오니 하늘의 별과 더불어 귀관의 양 어깨 위에서 영광의 빛이 나타날 것을 확신하는 바입니다.

단기 4287년[1954년] 5월 29일

육군참모총장 육군대장 정일권

심언봉 장군의 발자취

군 번 : 110022	기 수 : 軍英반	
생년월일 : 1922년(단기4255년) 10월 24일		
입 대 일 : 1946년(단기4279년) 1월 15일		
본 적 : 충남 아산	신 장 : 165cm 몸무게 : 57kg	
최종학력 : 고려대학교 경제학과(1940~1943년)		

주 요 경 력	
1943(단기4276년)	일본군 포병 소위로 임관
1945. 8.15	해방과 동시 일본군 소위로 전역
1946. 1월 1946. 9월 1947. 1월 1947. 9월	대한민국 육군소위 임관 중위 진급 대위 진급 소령 진급 ☞1 해방 이후 창군 과정
1947. 9.20 ~1949. 6.15	제7연대 전입, 제7연대장(1년6월) ☞2 6•25 전쟁 이전 공비토벌작전
1949. 3.1	대령 진급
1949. 6.20 ~1950. 2.6	8사단 참모장(8개월) ☞3 8사단 창설 과정
1950. 2.6 ~1950. 6.10	육군 병기학교장 *1950. 4.17~5.7 제2차 고급간부보습생 보병교 파견(1개월) *1950. 5.8~6.3 육군참모학교 수료(1개월)

주 요 경 력	
1950. 6.10 ~1950. 10.26	육군본부 병기감 *1950. 8.31 육군본부 병기단장 겸무 ☞ 4 6•25 전쟁 전후 병기병과 활동사항
1950. 10.26 ~1951. 5.22	3군단 참모장 (8개월) *1950. 11.8 준장 진급 ☞ 5 현리지구 전투 상황
1951. 6.15 ~1951. 7.22	육군보병학교 전입 육군보병학교 교장대리 겸 교수부장 ☞ 6 6•25 전쟁 중 보병학교 활동사항
1951. 7.22 ~1952. 1.20	국방부 본부 병기행정본부장(6개월)
1952. 1.20 ~1952. 9.10	헌병사령관 (8개월) ☞ 7 6•25 전쟁 이후 헌병병과 활동사항
1952. 10.20 ~1953. 6.15.	제2훈련소 부소장
1953. 6.15	제2훈련소 소장(~1954.6.5.) *1953. 7.15 충남지구위수사령관 임명(~1954.6.5.) *1953. 9.20~29 휴가, 12.18~27 병가, 54. 1.1~31 병가 *1954. 5.3 공로표창장 수여, 육군총참모장 *1954. 5.26. 임시 계급부여 임)육군소장
1954. 12.20	임시진급 육군중장

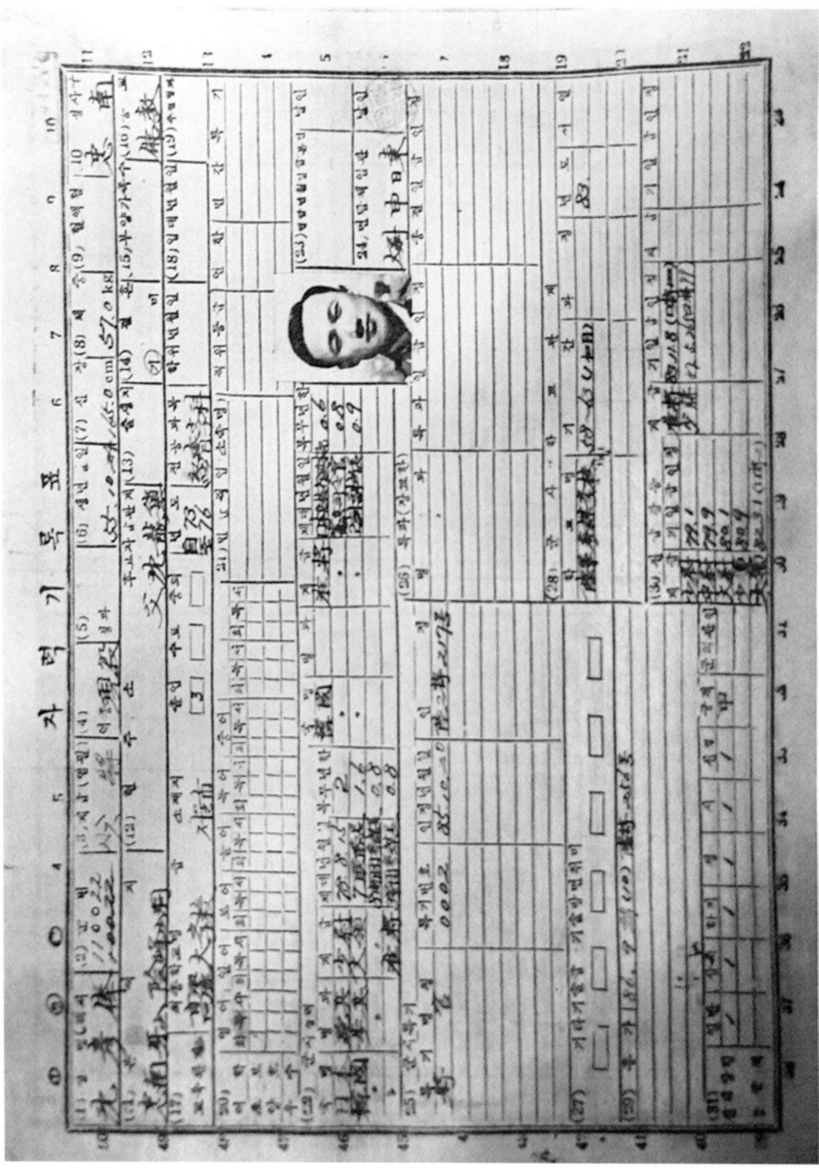

자 력 기 록 표

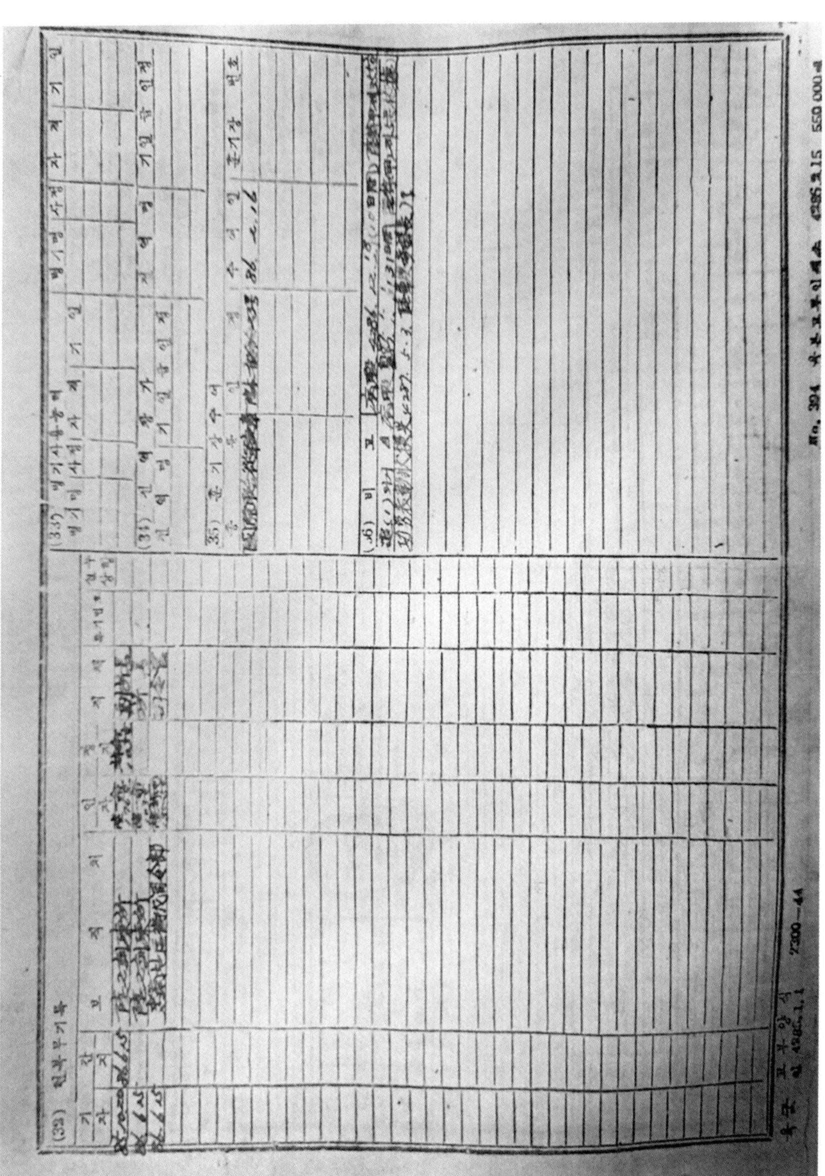

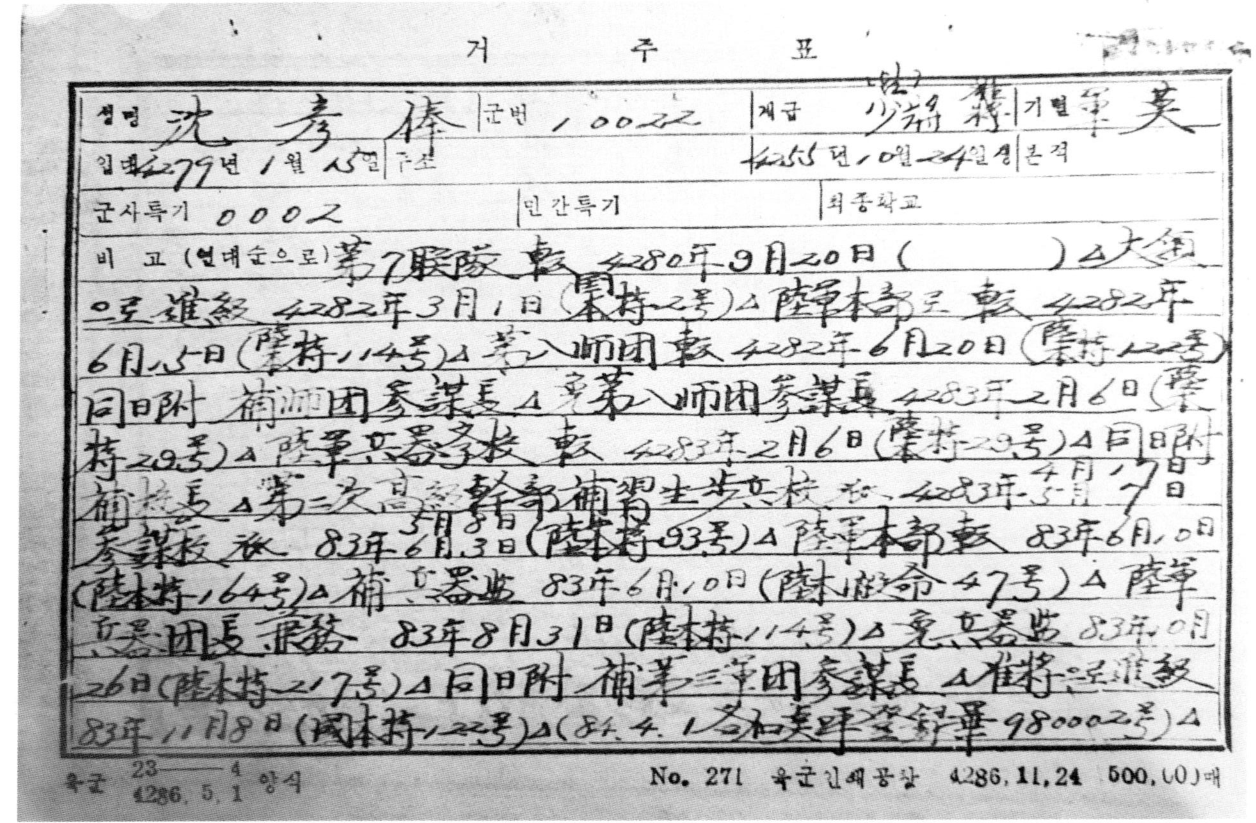

거 주 표

성명 沈彥俸	군번 10022	계급 少將	기별 軍英
입대 4279년 1월 15일	구분	4255년 10월 24일생	본적
군사특기 0002	민간특기	최종학교	

비 고 (연대순으로) 第7聯隊 轉 4280年 9月 20日 (   ) △大領
으로 進級 4282年 3月 1日 (本特 2號) △陸軍本部로 轉 4282年
6月 15日 (陸特 114號) △第八師團 轉 4282年 6月 20日 (陸特 122號)
同日附 補師團參謀長 △免第八師團參謀長 4283年 2月 6日 (陸
特 29號) △陸軍兵器學校 轉 4283年 2月 6日 (陸特 29號) △同日附
補校長 △第二次高級幹部補習生步兵校 4283年 4月 17日
參謀校 83年 6月 3日 (陸本特 93號) △陸軍本部 轉 83年 6月 10日
(陸本特 164號) △補兵器監 83年 6月 10日 (陸本命令 47號) △陸軍
兵器團長 兼務 83年 8月 31日 (陸本特 114號) △免兵器監 83年 10月
26日 (陸本特 217號) △同日附 補第三軍團參謀長 △准將으로 進級
83年 11月 8日 (國本特 122號) △(84. 4. 1 各和美呼登錄 98000號) △

육군 23—4 4286. 5. 1 양식 No. 271 육군인쇄공장 4286. 11. 24 500,000매

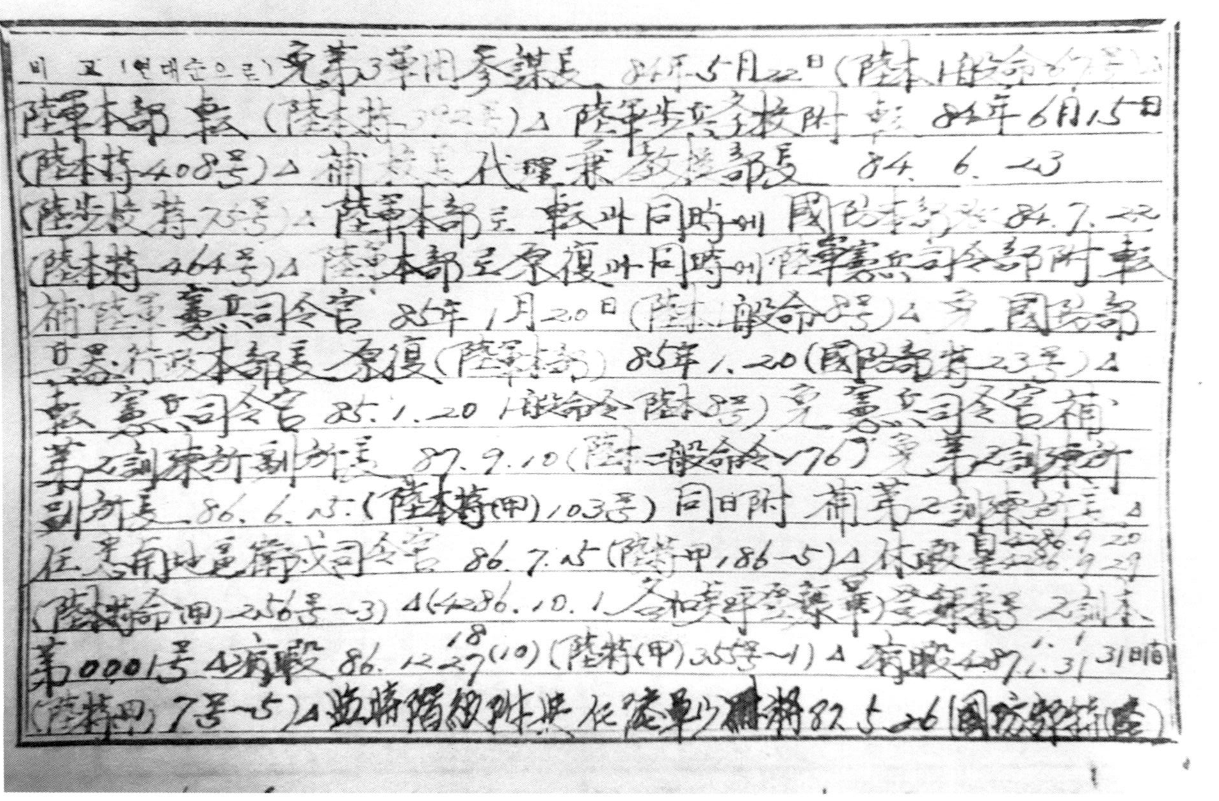

비 고 (연대순으로) 免第3軍團參謀長 84年5月22日 (陸本一般命令 [illegible]號) [illegible]
陸軍本部 轉 (陸本特 [illegible]號) △ 陸軍步兵學校附 轉 84年6月15日
(陸本特 408號) △ 補 校長 代理 兼 教務部長 84. 6. 23
(陸步校特 75號) △ 陸軍本部로 轉과 同時에 國防部 [illegible] 84. 7. 22
(陸本特 264號) △ 陸軍本部로 原復과 同時에 陸軍憲兵司令部附 轉
補 陸軍憲兵司令官 85年 1月 20日 (陸本一般命令 [illegible]號) △ 免 國防部
兵器行政本部長 原復 (陸軍本部) 85年 1. 20 (國防部特 23號) △
轉 憲兵司令官 85. 1. 20 (一般命令 陸本 [illegible]號) 免 憲兵司令官 補
第二訓練所 副所長 87. 9. 10 (陸本一般命令 176) 免 第二訓練所
副所長 86. 6. 15 (陸本特(甲) 103號) 同日附 補 第二訓練所長 △
任 慶南地區警備司令官 86. 7. 15 (陸特甲 186-5) △ 休職 [illegible] 86. 9. 20 86. 9. 29
(陸特命(甲) 256號-3) △ (4286. 10. 1 [illegible]) [illegible] 第二訓練
第0001號 △ 停職 86. 12. 27 (18) (10) (陸特(甲) 35號-1) △ 復職 4287. 1. 31 (31日間)
(陸特甲 7號-5) △ 准將 階級 附與 任 陸軍少將 87. 5. 26 國防部特令

거 주 표

성명 沈彦棒	군번 10022	계급 少將	기별
입대 년 월 일	주소	년 월 일생	본적
군사특	민간특기	최종학교	

비 고 (연대순으로) 제99號) 任 第2訓所長 陸本附 82.6.1 (陸1命129號) 任
임명되었고 총반지구 위생사령관는 87.6.5 (육특명 542) [illegible] (고)
아니지고 조창로 87.12.20부 (육특명 266호) [illegible]

육군 23——4 4286 5.1 (식)　No. 271 육군인쇄공창 4286.11.24 500,000매

沈彦俸 장군

1922년 10월 14일 충청남도 아산군에서 출생
1954년 12월 19일 충청남도 대전에서 사망
국립대전현충원 장군제1묘역 41호 안장

경기고등학교 졸업
보성전문학교 상과 졸업(고려대학교 상과대학 학사)
통위부 보병학교 수료
조선경비보병학교 수료
대한민국 육군보병학교 1기 수료
1945년 군사영어학교 졸업(육군사관학교 전신)
1946년 소위 임관
1946년 국방경비대 제6연대장(중위)
1947년 국내경비부 제7연대장(소령)
1948년 육군병기학교 교장(중령)
1950년 병기감(대령), 한국전쟁 김포반도 전투 참전
1951년 제3군단 참모장, 군사법원 중앙고등 재판장(준장)
1952년 헌병사령관(준장)
1953년 충청도 위수 사령관(준장)
1953년 5월 9일 ~ 1954년 6월 5일 제3대 논산제2훈련소장(준장)
이후 육군 소장으로 진급
최종계급 대한민국 육군 중장(사후 중장 추서)

〈가계도〉

세대	이름
14대조	심달원
13대조	심 전
12대조	심우준
11대조	심 해
10대조	심광엽
9대조	심 두
8대조	심득항
7대조	심 원
6대조	심명석
5대조	심 택
고조부	심동현
증조부	심선경

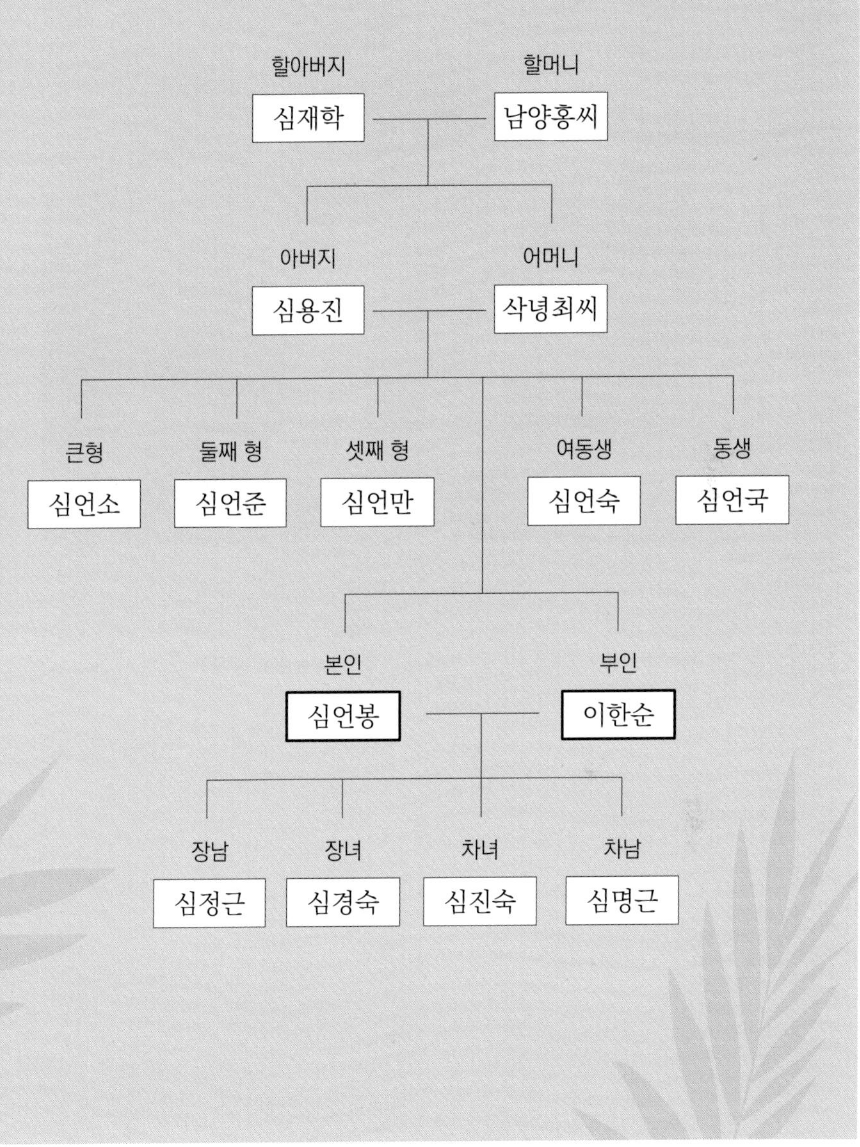
할아버지
심재학
할머니
남양홍씨
아버지
심용진
어머니
삭녕최씨
큰형
심언소
둘째 형
심언준
셋째 형
심언만
여동생
심언숙
동생
심언국
본인
심언봉
부인
이한순
장남
심정근
장녀
심경숙
차녀
심진숙
차남
심명근

4. 장군의 사진 모음

대가족 사진

가운데 앉아 계신 증조할머니 우측 옆으로 할아버지 할머니 옆에 고명 딸 고모가 서있는데 유감스럽게도 얼굴이 흐릿하여 보이지 않는다. 할머니 앞의 손자는 태근(둘째 집), 할아버지 뒤의 큰형 언소부터 좌측부터 순서대로 네 형제가 서있다. 큰 형수와 새댁으로 보이는 셋째 형수 뒤로 교복을 입은 장군과 셋째 형이 보이고 장손 세근이 좌측 앞에 서있다. 잔설이 보이는 것을 보니 구정 무렵 사진으로 추측된다.

증조할머니 산소에서. 할아버지 친구 두 분은 낯이 익는데 존함은 떠오르지 않는다. 장군 아들을 바라보는 할아버지 눈에서 꿀이 떨어질 것 같다. 장군은 건너편 산자락의 무엇을 보고 있는가?

오형제와 장손

좌측부터 장손 세근 교복을 입고 있다. 모자를 쓰고 한껏 멋을 내고 있는 둘째 형 언준 장갑까지 들고 있다. 다음 큰 형. 옆의 셋째 형이 눈길을 끌고 다섯째 막내 언국 동생은 바지저고리에 조끼를 입고 워커를 신고 있다. 두루마기를 입을 나이가 들지 않았나보다. 장군은 군복에 시계를 차고 두 손을 가지런히 모으고 있다. 근래에 보기 드문 사진이라 하겠다.

장군은 뒷짐을 지고 서있고 넷째 숙모는 의자에 앉아 있다. 흰 치마저고리를 입은 숙모님 표정이 온화하고 장군도 온유해 보인다. 거의 사생활이 없으신 두 분께서 모처럼 시간을 내어 사진을 찍고 있는 매우 귀한 사진이다.

포켓에 손을 넣은 채 망중한(忙中閑). 역시 환하게 웃는 얼굴이다. 억지로 꾸민 웃음으로 보이지 않는다. 이 사진의 표정이 자연스러워 이 사진을 표지사진으로 넣기로 합의를 보았다. 아주 세련되게 나온 장군의 사진은 거의 트레이드마크처럼 자주 쓰여 나는 이 사진을 추천했다. 뒤의 지붕은 벙커로 보이는데 철조망으로 얼기설기 이어져 있고 옆의 돌담도 바로 무너질 것 같으나 장군의 해맑은 표정 앞에서는 그 어떤 고난도 깃들 여지가 없겠다. 어깨에 별 하나가 달려 있는 군복도 투박해 보이는데 그것이 이 사진이 살아나는 포인트이다. 세익스피어가 그랬던가. 장미꽃을 호박꽃으로 불러도 장미는 여전히 아름다울지니라고.

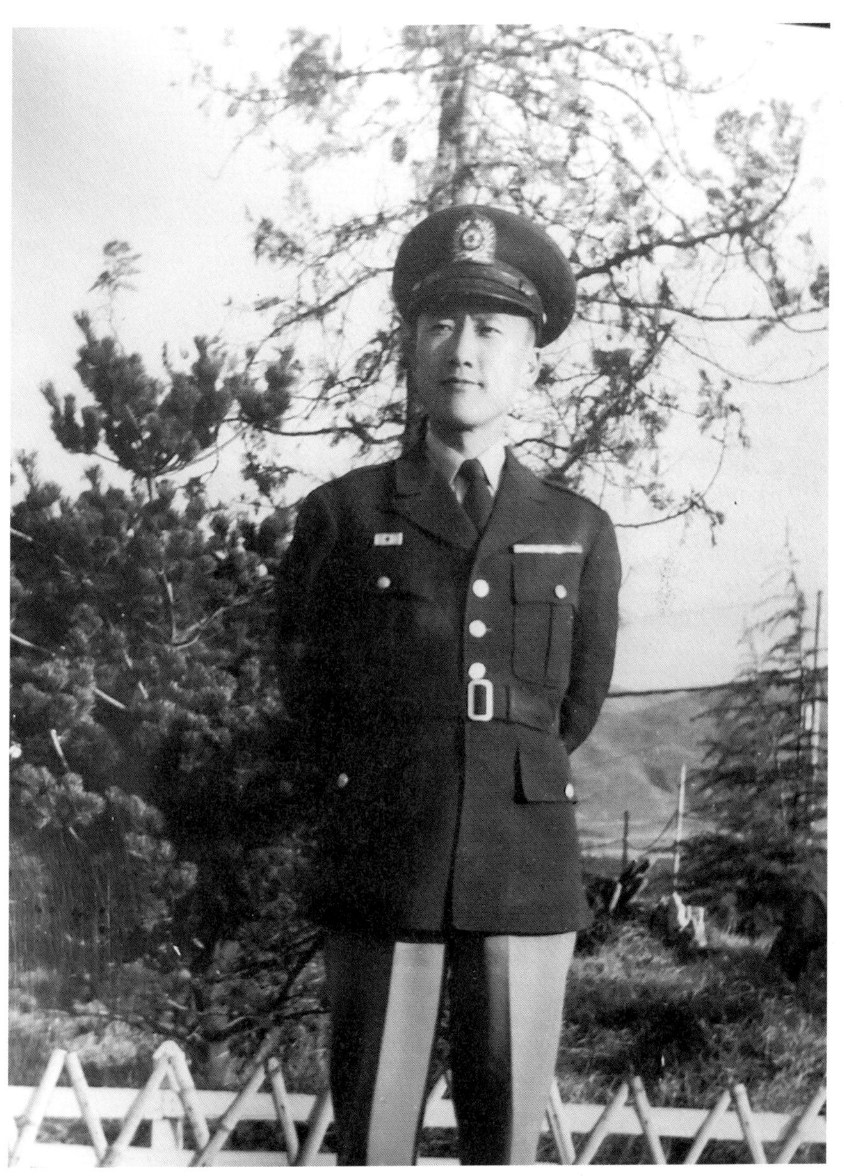

뒷짐 지고 입을 꾹 다물고 먼 미래를 꿈꾸는 표정이다.

측면사진으로 옆의 능수버들이 물오르는 봄기운을 자아내는데 장군은 무엇을 그리 골몰하는가? 장군의 시선이 쫓는 향방이 궁금하구나!

아이리스(붓꽃)를 들여다보는 장군의 표정이 맑은데, 모자를 쓴 얼굴에 그림자가 진 것을 보니 오후 한 때인 것으로 보인다.

논산 훈련소 관사 현관에서 바른손에 안경과 왼손에 지휘봉을 든 채 밝게 웃고 있다.
건축양식이 일제강점기가 지난 지 얼마 안 되었음을 나타낸다.

미8군사령관 밴플리트 대장과 함께 거수경례하는 장군

연병장의 사열단이 가파르게 보인다. 미군장성과 함께.

이종찬 참모총장과 또 한 장군 사이에 장군은 부동자세로 서있고 이종찬 장군은 무슨 말을 하려는 찰나인지 시선을 돌려 단상으로 곧 나가려는 포즈로 보인다. 할 말이 목에 찬 그런 느낌이다. 뒤편에 키가 큰 장교는 헌병사령부 부사령관인 서종철 대령(제20대 국방부장관)이다.

장군을 비롯한 지휘관들 간부들의 기록사진으로 보인다. 장군 옆의 팔짱을 낀 분은 당시 훈련소 소장이었던 이성가 장군으로 보이고 좌천되어 부소장 자리에 앉아 있는 장군은 두 손을 모으고 말없이 포즈를 취하고 있다.

헌병사령관 시절 9사단을 순시하고 9사단장 및 사단 헌병들과 함께 찍은 사진으로 보인다. 뒷산의 잔설이 녹지 않은 것을 보니 혹한의 겨울을 시사하고 있다. 가죽잠바와 트렌치코트가 당시 눈에 띈다.

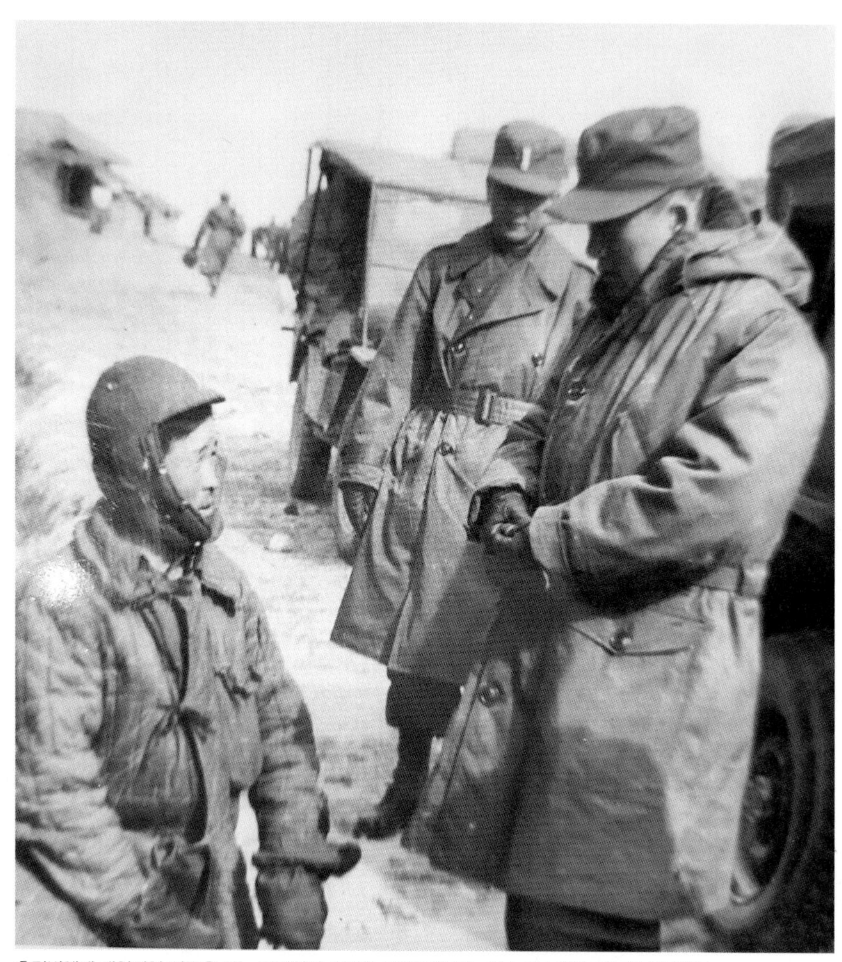

훈련병에게 개인적인 질문을 하는 장면인데 순박한 외양의 병사는 무슨 하소연을 하는지 궁금하다.

관촉사 사진은 참모들과 회식 후 관촉사에 들러 한담을 나눈 후 기념촬영을 한 것으로 보인다. 연무대 연병장의 고된 일과를 벗어나 잠시 사찰을 찾아 동중정(動中靜)의 여유를 누리고 다.

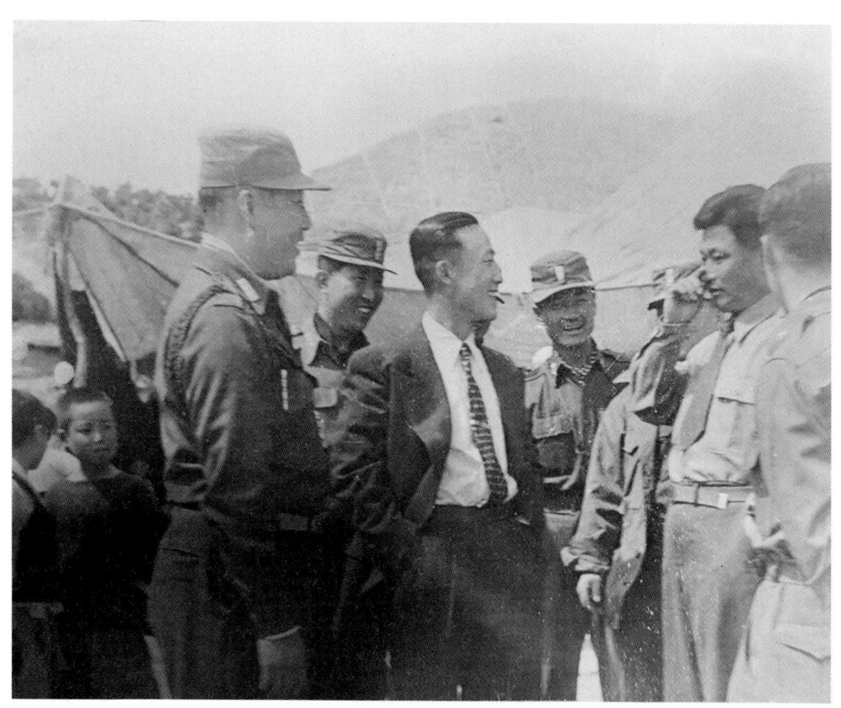

드물게 보는 장군의 신사복 차림인데 여기서도 부하들과 유쾌하게 웃고 있다.

손원일 국방부 장관 시찰. 겨울이라 장관은 코트를 입고 방한모를 썼다. 장군이하 군 간부들은 잠바를 입고 부지런히 발걸음을 쫓고 있다.

평상복의 국방부 장관이 여군과 이야기를 하는 장면. 앳된 여군에게 여러 가지 질문을 하는 모양인데 국방부 장관의 자세가 사뭇 위압적이다. 장군은 우측 가에서 팔짱을 가볍게 끼고 한 보 떨어져 서있고 옆의 동료도 전방의 카메라를 주시하고 옆의 진행은 관여하지 않는 듯한 태도이다.

육군대학 총장 이응준 중장과 함께 도미하여 40일 동안 미군의 각 교육기관을 시찰하고 있는 중이다.

군가족의 야유회 같은데 소녀는 철없이 웃고 있고 장군은 파이프 담배에 불을 붙이느라 여념이 없다. 면회 온 부인의 흰 치마저고리와 틀어 올린 머리, 술병과 양은그릇으로 보이는 소품들이 풍속도를 보는 듯하다. 넉넉하지 못한 시대의 한 단면이다.

야외 어느 곳에 요인의 사열로 보인다.

꽃 속에서 사진을 찍고 있는 장군의 마음속 감흥이 어땠을까?
감정을 나타나지 않은 사진이 더욱 보는 후손으로 하여금 장군의 내면이 얼마나 아름다움과 선을 지양한 분인가 하는 생각이 든다. 엄격한 자제를 한 표정 속에 벚꽃을 지나치지 않고 한 컷 하고 가는 장군의 지휘봉이 한껏 경쾌했으리라.

장군의 순간적 표정에서 이육사(李陸史) 시인의 「절정(絶頂)」에 등장하는 초인의 내면을 묘사한 "강철로 된 무지개"가 피어 오르는 것 같다. 꼿꼿한 장군의 침묵의 포효를 보라!

정일권 대장의 영접 장군 뒤로 공보 기자가 사진을 찍고 있다. 박물관에서나 볼 수 있는 구형 사진기가 눈에 띈다.

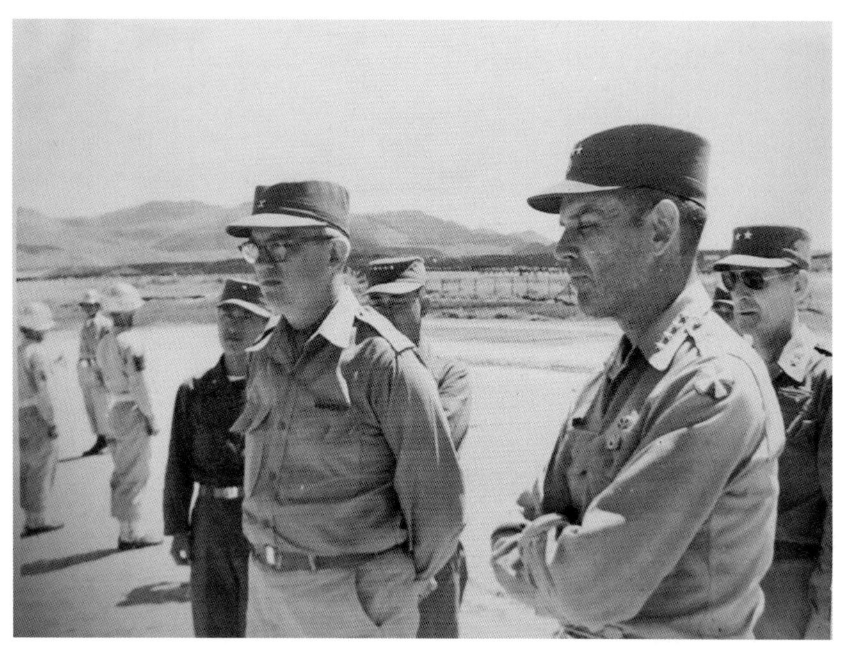

미 8군 사령관과 동료. 장군은 뚱한 미군 동료 뒤에 살짝 가린 채로 고개를 갸우뚱 하고 가볍게 주먹을 쥐고 서있다. 뭔가 석연찮은 그런 분위기다. 뒤의 Maxwell-Taylor 미8군 사령관은 눈을 지그시 감고 있다.

민간인 집 같은데 좌측부터 프란체스카 여사, 일본인으로 보이는 고을 유지(?), 이승만 대통령, Maxwell-Taylor 미 8군 사령관, 백선엽 장군이 보이고 우측 가에 심언봉 장군이 가벼운 미소를 띈채 부동자세로 서있다.

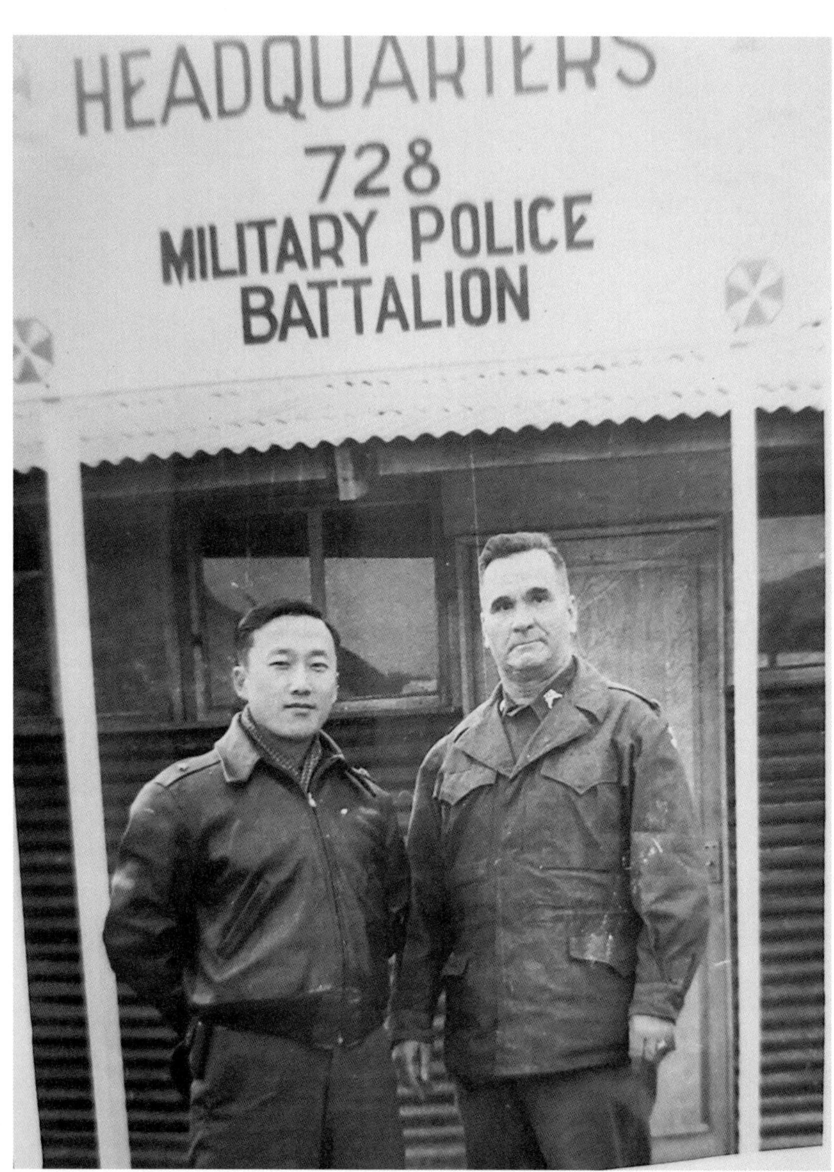

728 헌병대대 방문기념 사진인데 장군의 삼촌뻘쯤 되는 대대장으로 보이는 미군 헌병대장과의 사진이다. 군복이나 장식이 소박하나 두 손을 뒤로 모아 열중쉬어 자세를 취한 장군의 홍안(紅顔)이 눈에 들어온다. 용광로 같은 충정을 담은 채로 무구(無垢)한 표정을 짓고 있다.

이 사진을 보는 순간 와디럼 사구(砂丘)에서 모로 누운 로렌스 대위(Lorence of Arabia: 1888.8.16.-1935.5.19.)가 겹쳐 떠올랐다. 황량한 야산의 언덕배기에 비스듬히 누워 장군은 어떤 세상을 꿈꾸었을까?
라이프 잡지에 나올 만한 사진으로 부족하지 않을 이 사진 속 장소가 어딘지 모르겠으나 아마 야전 훈련 도중 망중한의 찰나. 모로 누운 뒷켠의 사진병은 얼굴이 반은 햇빛에 가려진 채로 사진기를 만지작대고 있다. 강한 오전 햇빛으로 콘트라스트가 강한 사진의 명암이 더욱 젊은 장군의 패기에 찬 자세를 잘 드러내고 있다.

빛나는 별이여

후기를 쓰려니 만감이 서린다.

먼저 명근 동생이 70년 가까이 장군의 모든 기록물을 소중하게 간직해온 덕으로 이 추모집이 세상에 나오게 되었다. 이사도 다녔을 터인데 지금까지 간수해 온 그 정성에 탄복하지 않을 수 없다. 진숙 동생의 애틋한 성원은 말할 것도 없고 멀리 LA의 길근 오빠와 영근, 성숙 동생들이 사진을 보내주어 셋째 숙부 사진을 실었다.

웅근과 심재석 일가가 합심하여 어려운 편지를 옮겨주는 수고를 하였다. 감사를 드려야 될 분이 하나 둘이 아니나 이순 시인은 까다로운 작가의 책을 편집하느라 여러 번 교정을 보았다.

우여곡절 끝에 서거 70주년을 맞이하여 조출한 추모집을 상재(上梓)하게 되어 어깨가 홀가분하다. 밀린 숙제를 마친 후 큰 대문을 박차고 놀러 나가던 어린 날의 그 기분이다. 책이 나오기까지 유족인 진숙, 명근 동생과 정신을 비롯하여 모두들 열렬하게 격려를 해주었다. 특히 명근 동생이 정성껏 간직한 장군의 자료가 없었다면 이 책의 완성도는 떨어졌을 것이다.

추모집이 단편 단편의 글에서 어엿한 책으로 나오기까지는 맏형 彦紹(언소)의 집필인 『青松沈氏世蹟記(청송심씨세적기)』와 셋째 형 彦晩

(언만)이 『將軍의 逸話(장군의 일화)』를 남겨 후손에게 선조(先祖)의 후덕(厚德)을 깨우쳐 주신 덕택(德澤)이고 이기동(李基東) 석좌교수(夕座敎授)의 『S 장군의 죽음』이 토대(土臺)가 되었다. 이런 귀한 글들이 없었다면 나의 이야기는 자칫 미궁(迷宮)에 빠질 위험이 크고 그것은 진정한 장군의 진면목(眞面目)에 누(累)가 되었을 것이다. 이 책은 그러므로 그 누구의 작품도 아닌 심언봉 장군의 후손들의 추모집인 것이다.

후손들의 찬미(eulogy)와 더불어 독자들은 난세(亂世)의 삶을 살고 떠난 장군의 행적(行蹟)을 통해서 격변기 신생 대한민국이 건국에 이르기까지, 누만(累萬)의 영혼들의 희생과 헌신과 충정과 배신의 피눈물로 얼룩진 토양위에 이 나라가 세워졌다는 것을 알고 숙연(肅然) 해지리라. 동시에 군사부(君師父) 일체의 유교정신과 대가족의 전통에 충실(充實)했던 장군의 지조(志操)에 매료될 것이다.

아산의 용혈리 본가에 가면 어디서 누구를 마주하게 되어도 반드시 돌아가신 넷째 삼촌 이야기가 터져 나오기 마련이니 후손인 나로서는 경전(經典)을 외우듯 공손히 앉아 들어야했다. 용와산 골짜기를 뛰어놀던 어린 시절도 끝나고 서울로 대전으로 학교를 옮겨 다니며 학업에 몰두하면서도 마음속 깊은 저변에 장군의 생애(生涯)를 재조명하고 싶다는 희원(希願)은 사그라들지 않았다. 장군의 궤적(軌跡)을 세상에 알리고 싶다는 생각이 뇌리에 박혀 그림자처럼 따라 다녔다. 일국의 명장의 반열에 올라섰다 곤두박질치듯 지구를 떠난 '어린 왕자'처럼 돌연 세상을 하직(下直)한 장군은 내게 늘 무의식속 에니그마(enigma)였다.

젖먹이 아들 명근이 채 백일도 되기 전에 운명(殞命)하신 고인의 심경은 어떠했을까? 할아버지는? 어렴풋하게 장군의 영결식에서 밤낮이 있듯 삶의 명암에 눈뜬 아이도 이제 일흔여섯의 노인이 되어 장군의 활약을 쓰느라 비지땀을 흘린 한 해가 가고(기독교력으로) 크리스마스 시즌이 시작되고 있다. 바이런 경(Lord George Gordon Byron: 1788.1.22.-1824.4.19.)은 "신(神)이 총애(寵愛)하는 사람을 일찍 하늘로 데려간다"고 하였는데, 더욱이 크리스마스에 장군을 하늘로 안아 가신 것을 보면 장군은 분명 천국에서도 본좌에 오르셨을 것이다. 거기서도 수호천사들이 장군을 엄호하는 가운데 장군이 태어나고 자란 용혈리 산천을 굽어보며 후손의 안녕을 降福(강복)하시리라.

이제 제발 나라 걱정은 그만 하시고 그곳에서는 경건한 나날을 누리시라고 화살기도를 보낸다. 전쟁도 없고 야만적인 사람들의 음모(陰謀)와 모략(謀略)도 없고 더욱이 광기(狂氣)의 네로도 아니고, 맨정신으로 국가의 무기고에 방화(arson)를 하는 그런 괴상(怪狀)한 사람이 없는 천국의 정원에서 그리그(Grieg, 1843.6.15.-1907.9.4.)의 피아노 협주곡(Piano Concerto in A minor op.16)을 즐기셨으면 좋겠다. 그리그가 가장 행복한 신혼시절에 작곡 한 이 협주곡의 서주부(序奏部)처럼 드라마틱했던 이승의 삶을 회억(回憶)하며 찬란한 햇빛과 맑은 공기와 푸른 하늘의 흰 구름 따라 유유자적(悠悠自適)하소서!

책을 거의 완성해 갈 무렵 명근 동생이 애써 찾아낸 육군 훈령 217호와 김득만 운전병의 혼례식 사진을 보내와서 부랴부랴 첨가하였다. 당시 참모총장과 휘하 참모들의 국방에 대한 사명감이 투철하고 민주적으로 회의 절차를 거쳐 공포한 훈령의 내막을 알게 되니 더욱 현 계엄으로 빚어지고 있는 혼란사태가 개탄스럽다. 국방부 인비발(人祕發) 제1호로 1952년 6월 4일 전광석화처럼 내려진 보직 변경 공문에서 장군의 동료들은 하나같이 면직되어 보직을 받지 못하였다. 나는 그래도 1952년 5월 27일 항명 이후 숨 돌리고 잠잠해진 후 인사 조치를 취한 줄 알았는데 이번에 비정한 실상을 접하게 되니 장군이 겪은 고초가 상상을 초월했다는 것을 알게 되었다.(pp.187-190 참조)

"태양 아래 새로운 것 없다"(There is nothing new under the sun)는 말을 실증하듯 날이면 날마다 암투와 대활극의 나날이 펼쳐지고 있다. 누란(累卵)의 위기란 말이 입가에 뱅뱅 돈다. 여하간 온갖 분란이 빨리 가라앉고 태평성대가 지속되기를 우리는 물론 지하에 누워 계신 장군이 누구보다 목마르게 간구하실 것 같다. 절박하면 늘 찾게 되는 셸리의 서풍부(西風賦) "예언의 나팔소리"를 우렁차게 외친다.

서풍부(西風賦)

오, 나를 일으키려마, 물결처럼, 잎새처럼, 구름처럼!
우주 사이에 휘날리어 새 생명을 주어라!
그리하여, 부르는 이 노래의 소리로,
영원의 풀무에서 재와 불꽃을 날리듯이,
나의 말을 인류 속에 넣어 흩어라!
내 입술을 빌려 이 잠자는 지구 위에
예언의 나팔 소리를 외쳐라, 오, 바람아,
겨울이 오면 봄이 머지않으리.
(西風賦 5부 인용)

ODE TO THE WEST WIND

by: Percy Bysshe Shelly (1792-1822)

Make me thy lyre, even as the forest is:
What if my leaves are falling like its own!
The tumult of thy mighty harmonies
Will take from both a deep, autumnal tone,
Sweet though in sadness. Be thou, Spirit fierce,
My spirit! Be thou me, impetuous one!
Drive my dead thoughts over the universe
Like wither'd leaves to quicken a new birth!
And, by the incantation of this verse,
Scatter, as from an unextinguish'd hearth
Ashes and sparks, my words among mankind!
Be through my lips to unawaken'd earth
The trumpet of a prophecy! O Wind,
If Winter comes, can Spring be far behind?

군의 정치적 개입을 거부하고
참군인의 정신을 지켜낸

심언봉 장군

펴낸날 2024년 12월 31일

지은이 심정임
펴낸이 이순옥
펴낸곳 도서출판 문화의힘
등록 364-0000117
주소 대전광역시 동구 대전천북로 30-2(1층)
전화 042-633-6537
전송 0505-489-6537

ISBN 979-11-988670-6-3

| 값 18,000원 |